Heinrich Steinfest

Das himmlische Kind

HEINRICH STEINFEST

Das himmlische Kind

Roman

DROEMER

Besuchen Sie uns im Internet:
www.droemer.de

© 2012 Droemer Verlag
Ein Unternehmen der Droemerschen Verlagsanstalt
Th. Knaur Nachf. GmbH & Co. KG, München
Alle Rechte vorbehalten.
Das Werk darf – auch teilweise –
nur mit Genehmigung des Verlags wiedergegeben werden.
Redaktion: Michaela Kenklies
Umschlaggestaltung: ZERO Werbeagentur, München
Umschlagabbildung: FinePic®, München
Satz: Adobe InDesign im Verlag
Druck und Bindung: GGP Media GmbH, Pößneck
Printed in Germany
ISBN 978-3-426-19960-2

3 5 6 4

Der Tod eines heißgeliebten Menschen ist die
eigentliche Weihe für eine höhere Welt.
Man muß auf Erden etwas verlieren, damit man in
jenen Sphären etwas zu suchen habe.

Friedrich Hebbel an Charlotte Rousseau in Ansbach

1

»Mama, was bedeutet *Aquapet*?«
Die Frage blieb ohne Antwort. Nicht ein Ton. Miriam sah hinüber zu ihrer Mutter, deren Gestalt im schräg ins Zimmer fallenden Sonnenlicht kaum auszumachen war. Wodurch ein Eindruck entstand, als löse sich der Körper in viele längliche Streifen auf, die ihrerseits zu kleinen Punkten zerfielen. Miriam mußte an den Beamstrahl denken, der die Leute auf dem Raumschiff Enterprise atomisierte, um sie an entfernte Orte zu transportieren. Als ihr Vater noch in diesem Haus gewohnt hatte, hatte sie mehrere Folgen der alten TV-Serie sehen dürfen. Scheinbar allein aus dem Grund, weil ihr Vater, als er selbst ein Kind gewesen war, ein großer Fan dieser Weltraumabenteuer gewesen war.

Miriam hingegen, die bereits im neuen, sogenannten 21. Jahrtausend auf die Welt gekommen und gerade zwölf geworden war, hatte lachen müssen über die komischen Menschen auf diesem Schiff, welche auffällig viel und lange miteinander diskutierten, ja sich stritten, aber offensichtlich, weil sie daran Gefallen fanden. Weil es ihnen Freude bereitete, im Vorfeld eines Unternehmens sich besserwisserisch zu geben und die Dinge zu debattieren. Da waren ein Kapitän, ein Arzt und ein Mann mit spitzen Ohren. Die drei verkörperten die Grundzustände menschlichen Daseins, auch wenn der mit den Ohren nur zur Hälfte Mensch war, was aber ebenfalls einem menschlichen Grundzustand entsprach, vielleicht sogar seinen ausgeprägtesten darstellte. Dieser Mr. Spock hatte eine gewisse Ähnlichkeit mit ihrem Vater, nicht der Ohren wegen, sondern weil er so gebildet redete und seiner Umwelt mit einer freundlichen Verachtung begegnete. – Stimmt, »freundlich« und »Verachtung« stellten einen Gegensatz dar. Aber war ihr Vater nicht genau das: ein lebender Gegensatz?

Die Streitigkeiten zwischen ihrer Mutter und ihrem Vater hatten nie jene glückliche Wendung wie auf diesem Raumschiff genommen, sondern waren stets ohne Einsicht und Erbarmen gewesen. Dabei hatten ihre Eltern sich selten angeschrien, eher war es ein Flüstern gewesen, ein zusammengequetschtes, gepreßtes Fauchen. Vielleicht um sie, Miriam, und ihren kleinen Bruder zu schonen, vielleicht auch wegen der Nachbarn. Nicht, daß Miriam sich schreiende Eltern gewünscht hätte, aber deren Flüsterei hatte sich als giftig erwiesen. Da hatten die beiden noch so sehr die Hände vor die Lippen halten können. Das Gift hatte sich ausgebreitet, hatte gleich schwebenden Tropfen in der Luft gestanden, und selbst für einen Menschen von Miriams Größe war es anstrengend gewesen, um diese Tropfen einen Bogen zu machen.

Vor einem halben Jahr war dann ihr Vater ausgezogen. Er hatte sich die Zeit genommen, mit Miriam, jetzt, wo sie quasi »ein großes Mädchen« war, lange und ausführlich über seine Gründe zu sprechen und wie sehr dies insgesamt das Beste für die ganze Familie sei. Weil dann eben Frieden einkehren würde.

Der Frieden, der dann aber einkehrte, verstärkte nur die Giftigkeit. Die Tropfen, in denen sich die ganze Wohnung auf eine unheimliche, stark verzerrte Weise spiegelte, standen fortan noch enger als zuvor. Es war eine tiefe Traurigkeit, die ihre Mutter umfangen hielt. Ja, ein Teil der giftigen Tropfen waren wohl Tränen. Statt diese Tränen zu weinen, hatte ihre Mutter selbige in den Raum gestellt, in der Luft abgelegt, dort, wo sie aber niemals trockneten.

Es war in diesen Monaten sehr schwer geworden, die Mutter etwas zu fragen. Sie war abwesend und in der Folge auch abweisend. Allerdings nicht in einem genervten Sinn. Sie sagte also weder »Laß mich in Frieden, Miriam!« noch »Ich habe jetzt wirklich keine Zeit für diesen Unfug«. Nein, sie blieb auf eine Frage hin einfach die Antwort schuldig, schaute an Miriam vorbei oder durch sie hindurch. Manchmal war sie zärtlich wie früher, nahm Miriam in den Arm, berührte sie an der Wange oder gab ihr einen Kuß. Aber man kann sagen: Ein solcher Kuß, eine solche Berührung hafteten nicht. Sie fielen augenblicklich von Miriam herunter wie alte Aufkleber, die man nirgends mehr anbringen konnte,

9

weil sich auf der Klebefläche zu viel Staub gesammelt
hatte. An Miriam selbst konnte es nicht liegen, ihre
Haut war glatt und trocken, und sie war willig, einen
solchen Kuß bei sich zu lassen. Doch die Küsse hielten
nicht. Als sei ihre Mutter kein echter Mensch, sondern
ein Gespenst. Kein böser Geist, das nicht, aber eben
bloß eine Andeutung von etwas Gewesenem, blaß und
skizzenhaft, gleich einem Pastell, aus dem die meiste
Farbe verschwunden und nur noch ein vager Umriß geblieben war.

»Mama, *Aquapet*, was heißt das? – *Aqua* ist Wasser, das
weiß ich, aber *Pet*, ich weiß nicht, was Pet bedeutet.«
   In einer ihrer alten Spielzeugschachteln hatte Miriam ein vielleicht zehn Zentimeter hohes Objekt entdeckt, eine durchsichtige, mit abgestandenem, gelb-
lichem Wasser gefüllte Säule, die auf einem blauen
Plastiksockel thronte. Der Sockel verfügte rechts und
links über zwei kleine gelbe Knöpfe, der eine mit einem
fünfzackigen Stern, der andere mit einem Herz. In der
Mitte war ein abstraktes Symbol angebracht, darunter
ein kleines Loch, welches wohl als Mikrophon dien-
te. In der gefluteten Säule schwebte, vom Boden her
an zwei kaum sichtbare Fäden gebunden, eine kleine,
geschlechtslose, ballonförmige Figur in Rosa. Sie verfügte über aufgemalte Augen und einen aufgemalten
Mund, blaue, dreizackige Öhrchen, über eine Spirale
von der Art eine Sahnehäubchens auf der Stirn sowie
über schlaff herunterhängende Arme und Beine. Auf
der Unterseite des Sockels befand sich eine kreisförmi-

ge Anordnung von sechs Löchern, die als Lautsprecher-
ausgang dienten, zudem ein verschraubtes Batteriefach,
darauf eine Aufschrift: Segatoys 2003, Made in China.

2003 also. Sie selbst war 2000 auf die Welt gekommen. Als man ihr dieses Spielzeug geschenkt hatte, da
war sie etwa fünf gewesen. Vieles aus dieser Zeit war ihr
wieder entfallen. Es wunderte sie, wenn man ihr mitunter ein anderes Kind vorstellte und behauptete, mit ihm
wäre Miriam damals so gerne zusammengewesen. Die
Gesichter waren ihr so fremd wie die Geschichten, die
man zu diesen Gesichtern erzählte. Woran sie sich allerdings erinnern konnte, war der Tag, an dem sie mit ihrem
Vater auf dem großen Stadtfest gewesen war. Sie meinte
jetzt noch den gleichermaßen bestimmten und sicheren
wie sanften Druck seiner Hand zu spüren. Eine Hand,
die damals anders gewesen war, nicht bloß größer, weil
ja die ihre kleiner gewesen war, sondern auch fester. Gut,
ihre eigene Hand war in den vergangenen Jahren erstens
gewachsen und zweitens kräftiger geworden, sodaß es
sie nicht zu verwundern brauchte, wenn sich die Dinge, eben nicht zuletzt die Körperteile der Eltern, schwächer anfühlten. Aber ihr kam vor, als hätte der Griff ihres
Vaters seither noch etwas anderes eingebüßt als bloße
Muskelkraft, etwas, das man vielleicht die Seele einer
Hand nennen konnte. Miriam stellte sich vor, jeder Kör-
perteil besitze seine eigene Seele und daß die Seele in ihres Vaters Händen eben verschwunden war. Rechts wie
links. Wohin auch immer.

Jedenfalls war es an diesem Tag geschehen, daß
Miriam bei einer Tombola das Aquapet gewonnen

hatte. Drückte man auf einen der Knöpfe, begann die schwimmende Figur hin und her zu wackeln und diverse Geräusche von sich zu geben. Es entließ ein Piepsen und Fiepen und Pfeifen. Auch war dieses elektronische Vögelchen in der Lage, den Donauwalzer zu zwitschern. Ausschalten konnte man es nicht, weshalb es vorkam, daß es selbst dann noch etwas zum besten gab, wenn man sich bereits von ihm abgewandt hatte. Als rufe es einem hinterher oder führe Selbstgespräche. Dies aber nur kurz. So sehr es nach Aufmerksamkeit und Fütterung verlangte, war es dennoch weniger lästig als konventionelle Haustiere oder familiäre Gefährten.

Damals, als alles an diesem Ding noch rein und hell gewesen war, hatte Miriam es für passend gefunden, es im Badezimmer unterzubringen. Immerhin handelte es sich um ein »Wassertier«. Während des Zähneputzens hatte Miriam es sich dann zur Angewohnheit gemacht, an den Knöpfen herumzudrücken und den vergnügten, aber doch recht eintönigen Bewegungen und Äußerungen des Geschöpfs zu folgen. Ein Geschöpf, das aber nie einen Namen erhalten hatte. Ein Umstand, der Miriam im nachhinein wunderte. Jedes ihrer Stofftiere hatte einen erhalten, sogar die Pflanzen ihrer Mutter. Warum dieses kleine Wasserwesen nicht? Oder hatte sie den Namen nur vergessen, wie den der Kinder, denen sie zu dieser Zeit auf Spielplätzen und Geburtstagsfesten begegnet war?

Miriam hielt das Objekt in die Höhe und gegen das Licht und betrachtete es von allen Seiten. Das einst so klare Wasser, das im Zuge innerer Verdunstung auf

Scheitelhöhe des Aquapets herabgesunken war, besaß nun den Farbton von Urin. (Allerdings würde Miriam bald feststellen, daß gar nicht die Flüssigkeit diesen Eindruck verschuldete, sondern der gelbgraue Film, der sich an der Innenwand gebildet hatte.)

Auf den Begriff des Aquapets war sie im Internet gestoßen. Miriam hatte vor einiger Zeit einen Internetführerschein gemacht und durfte sich in der Bücherei als auch zu Hause in die ozeanischen Gefilde des Weltwissens begeben. Unter strengen Auflagen, versteht sich, obgleich ihre Mutter längst nicht mehr über die Konzentration verfügte, Auflagen zu überwachen. Aber Miriam gehörte ohnehin zu den Kindern, die sich selbst kontrollierten, die wußten oder ahnten, was für sie gut war und was nicht und die mit geradezu zensorischem Eifer sich Dingen verweigerten, die ihrem Alter oder ihrem Temperament nicht entsprachen. Und genau das war ja der Grund, daß Miriam diversen Hinweisen, es handle sich bei Aquapets um phallische Symbole, ebenso wenig nachging wie den geschmacklosen Kommentaren bezüglich der Möglichkeit, mit solchen Objekten frühzeitig eine Masturbation vorzunehmen. – Sie stoppte, sie kehrte um, sobald sie eine Gefahr witterte. Denn Miriam hatte begriffen, wie sehr menschliches Glück nicht nur darin bestand, etwas zu erfahren, sondern auch darin, etwas *nicht* zu erfahren. Zumindest nicht sofort.

Mit derlei selektivem Gespür hatte sie also herausgefunden, daß es sich bei dem Gegenstand, welcher da einige Monate lang zwischen ihren Zahnputzsachen gestanden hatte und dann im Zuge diverser häuslicher Umschichtungen in einen Karton und mit diesem in immer tiefere und dunklere Regionen des Kinderzimmers geraten war (in ferner Zeit werden Außerirdische diese Kinderzimmer freilegen und für reichbestückte Grabkammern halten), um eine Spezies namens »Aquapet« handelte. Und darum wollte sie nun wissen, wie *Pet* zu übersetzen sei.

Den Begriff in die Suchmaschine fügend, war sie als erstes auf die *Pet Shop Boys* gestoßen und postwendend auf die deutsche Übersetzung: *Jungs aus der Zoohandlung*. Pet Shop konnte somit nur Tierladen heißen. Und gleich darauf fand Miriam in Zusammenhang mit der Bezeichnung »Aquapets« die Formulierung »virtuelle Haustiere«. Nun, sie wußte, was virtuell bedeutete. Eine virtuelle Welt war schließlich genau die, in die sie dank des Computers ihrer Mutter eintreten konnte. Und wieder austreten.

Aber diese Figur hier, die da auf ihrem Tisch stand und in einer acht Jahre alten Lauge wie tot schwamm (denn noch hatte Miriam keinen der Knöpfe gedrückt), war doch eine gänzlich leibhaftige. Die äußere Hülle berührbar, warm vom Sonnenlicht, das darauf fiel, ohne aber eine optische Auflösung wie bei der Mutter zu bewirken. Ja, auf eine gewisse Weise mutete dieses Spielzeug realer und stofflicher an als der verlorene, nicht in Wasser, sondern in seine Traurigkeit eingeschlossene Mensch, der ihre Mutter war. Und würde wohl auch sehr viel kommunikativer sein, das Ding, wenn es einmal zu reden anfing.

Stimmt, das Aquapet war künstlich, ein Produkt. Aber war denn nicht alles ein Produkt? Und die Frage nur, ob es sich um ein beseeltes oder seelenloses handelte. Oder einst gehandelt hatte, wie etwa die Hände ihres Vaters.

Miriam dachte nach. Wahrscheinlich war im vorliegenden Fall mit »virtuell« gemeint, daß es sich hierbei nicht um ein *richtiges* Haustier handelte. Richtig im Sinne von fleischlich. Von gewachsen. Aus der Natur gewachsen oder von Gott erschaffen. Während ja das Gebilde in ihrer Hand von einer japanischen Firma entwickelt, von einer chinesischen produziert und von einer amerikanischen vertrieben worden war. Damit war freilich nicht geklärt, ob es eine Seele besaß oder nicht. Das war übrigens auch bei einem Käfer oder einer Spinne nicht eindeutig, obwohl diese keineswegs als virtuell galten, von Pflanzen ganz zu schweigen. Im Falle von Miriams Hund, der vor zwei Jahren gestorben war, ein Collie, der nie völlig gesund gewesen war, hatten ihre Eltern mehrfach betont, seine Seele sei in den Himmel gekommen. Sie, Miriam, hatte das gerne geglaubt, doch auf die Frage, ob dies ebenso für eine von ihr zertretene Fliege gelte, keine befriedigende Antwort erhalten. Das war möglicherweise überhaupt der Grund für die Entstehung des Internets. Es gab viel zu viele Fragen, als daß ein Erwachsener allein sämtliche Antworten hätte geben können. Über die Existenz von Seelen bei Insekten stand nun zwar auch im Netz nicht viel Befriedigendes, aber doch einiges, was die elterlichen Ausweichmanöver an Amüsement bei weitem überwog

(»Ich denke, die Sache mit der Seele kann man nicht rausfinden, wenn man nicht zuerst mit einem Insekt geredet hat«).

Bevor nun Miriam daranging, das Aquapet durch ein Berühren der beiden Knöpfe dazu zu bringen, sich zu bewegen und Laute von sich zu geben, wollte sie es mit einem eigenen Namen ausstatten. Denn erst der Name verlieh den Dingen ein Leben. Das galt ja auch für sie selbst. Hätte sie nicht Miriam geheißen, wie hätte sie überhaupt wissen können, auf der Welt zu sein?

Der offizielle Kosename ihres Aquapets lautete Kiko. Wobei Miriam aus dem Netz erfuhr, daß die blaue Kiko-Figur (das Blau bezog sich auf die Farbe des Sockels) zusammen mit einem grünen und rosanen Modell die erste Generation dieser »interaktiven Wassertierchen« bildete. Wie so oft schienen die Nachfolgermodelle eher wie eine Karikatur der Urfassung, wirkten übertrieben und grotesk, lustiger als lustig, auch waren größere, recht unförmige Gehäuse entstanden. Die Gehäuse spielten eine wichtige Rolle. Denn im Falle eines Aquapets bildeten das glassturzartige Behältnis sowie der mit Elektronik gefüllte Sockel einen Teil des Ganzen, das zentrale Wesen nährend und schützend. Hier war das Haus untrennbar mit seinem Benutzer verbunden, ähnlich wie bei einer Schnecke.

Kiko also.

Nun, das war japanisch und es war weiblich. Doch Miriam empfand die Figur gar nicht als feminin, trotz der roten Lippen und großen Augen. Im Gegenteil, der spitz zulaufende Scheitel und die flossenartigen Ohren machten auf sie einen jungenhaften Eindruck: frech und draufgängerisch. – Keine Frage, jeder halbwegs aufgeschlossene Erwachsene hätte ihr nun erwidert, wie sehr auch Mädchen frech sein können, ja, frech sein sollen. Doch sie war da anderer Meinung. Das Frechsein erschien ihr als eine Männersache. Wenn Mädchen frech waren, dann nur, um sich nicht unterkriegen zu lassen. Aber es machte keinen Spaß, sich wie ein Bub aufzuführen. Wieso war sie ein Mädchen geworden, um dann Jungens nachzumachen? *Schatz, zieh mal die schöne neue Hose an!* Aber Hosen waren für sie das letzte. Vollkommen unbequem und praktisch nur, wenn man auf Bäume kletterte. Wohin sie nicht wollte. Bei Bäumen mochte sie die Blätter. Und die Blätter kamen ja von selbst. Dazu braucht man keine Hose anziehen.

Neuerdings mußte sie einen Selbstverteidigungskurs besuchen. Ihr Vater hatte es ihr lang und breit erklärt, wie sehr dies nötig sei und wie sehr ihr das später einmal helfen würde, sich Jungs vom Leib zu halten, wenn sie das wollte. Sie dachte jedoch an die Stricknadeln ihrer Großmutter und daß es damit eigentlich auch ganz gut funktionieren müßte. Ja, Miriam hatte mit dem Stricken angefangen, obgleich ihre Mutter wenig davon hielt. Mit dem Stricken schien es nämlich umgekehrt zu sein. Das war etwas, was Jungs lernen sollten, um sich zu beruhigen.

Wie auch immer, Miriam wollte diesem Wassertierchen einen Jungennamen geben. Ihr kleiner Bruder hieß übrigens Elias. Er war fünf, somit im gleichen Alter wie Miriam damals, als sie das Aquapet bekommen und im Badezimmer aufgestellt hatte. Wobei es ihr nun einige Gewissensbisse bereitete, das Spielzeug so lange vernachlässigt zu haben. Sie konnte nicht ausschließen, daß das rosane Figürchen bereits gestorben war, auch wenn seine Lebenszeit im Unterschied zu den Tamagotchis der 90er Jahre allein von den beiden Batterien abhing, die da gleich einem übergroßen, zweiteiligen Herzen im Sockel steckten. Doch vielleicht trug dieses Batterienfach längst ein Herz der Finsternis in sich. Vielleicht aber ... Egal, ein Name mußte her.

Miriam sah sich um, als würde selbiger sogleich zwischen ihren Spielsachen hervorwandern, in der Form in die Luft geschriebener leuchtender Buchstaben. Man nannte das wohl Eingebung. Es gab Menschen, von denen behauptet wurde, sie hätten mathematische oder chemische Formeln, die Idee zu Erfindungen und sogar ganze Romane auf diese fremdbestimmte Weise zu Papier gebracht. Stellte sich die Frage, woher diese Eingebungen kamen und von wem. Miriam überlegte, inwieweit es sich dabei um Signale aus dem Jenseits handelte, Versuche der Toten, sich ins Leben der Lebenden zu mischen, Gutes oder Schlechtes zu bewirken, weniger aus einer Laune heraus, eher aus dem Drang, Einfluß auszuüben auf Dinge, auf die Einfluß zu nehmen sie während ihres Erdendaseins verabsäumt hatten.

Genau, Geister holten Versäumtes nach.

Um eine solche *geistvolle* Eingebung zu empfangen, mußte man gewissermaßen eine Türe in seinem Schädelinneren öffnen.

Miriam schloß ihre Augen. Sie sah ihn sofort, den

Namen. Er prangte in dem gleichen, ein wenig fauligen Rosa, das auch die Kunststoffhaut des Aquapets bestimmte, von einem der Buchrücken in der Mitte ihres Kopfes: Dankward.

Dankward? Sollte das wirklich ein Name sein?

Als Miriam später wieder vor ihrem Computer saß und festgestellt hatte, daß es sich bei Dankward tatsächlich um einen alten deutschen, wohl ein wenig überholt zu nennenden Namen handelte, drängte es sie dennoch, eine kleine Korrektur vorzunehmen. Wenn man nämlich »Dankward« etwas rascher und kräftiger aussprach, so ergab sich das Folgende: Tankwart. Was ihr ungleich besser gefiel. Auch wegen der Vorstellung, ein Name bezeichne zugleich den Beruf oder die Eigenart seines Trägers. Ein Müller, der Müller hieß. Ein Ernst, der ernst war. Ein teuflischer Herr Teufel. Eine schöne Bella und so weiter. Ja, die ursprünglich mit einem Mädchennamen versehene kleine Kiko war jetzt ein Junge. Ein Junge, der Tankwart hieß und auch ein Tankwart war. Ein Tankwart der Gedanken und Phantasien. Ein wiedergefundener Freund.

Miriam versuchte nun, diesen Freund zum Leben zu erwecken, indem sie auf den Knopf mit dem Herzchen drückte. Natürlich stand das Herz für Liebe und Zuneigung. Aber nichts geschah. Offensichtlich galt für Tankwart das gleiche, was auch manchmal über Miriam gesagt wurde, nämlich »nicht immer auf Knopfdruck zu reagieren«. Zumindest nicht sofort.

Miriam bewies Geduld. Sie hob das Aquapet hoch und sprach in das kleine Loch am Grunde des Sockels.

Fordernd, aber zärtlich fordernd. Doch noch immer blieb eine Reaktion aus. Gut möglich, daß Tankwart auf eine elektronische Weise beleidigt sein mochte. Oder geschwächt. Geschwächt von all den Jahren, die er im Dunkel einer vernachlässigten Spielzeugschachtel zugebracht hatte, zusammen mit anderen ausrangierten Objekten. Man war hier nicht bei *Toy Story* oder *Pu der Bär*, wo die Spielsachen auch unabhängig von den Menschen zu existieren verstanden. Nein, Tankwart schien beeinträchtigt vom Umstand fehlender Kommunikation als auch fehlender Nahrung, die er über die Taste mit dem Sternchen zugeteilt bekam. Das war nämlich sein Problem, eingeschlossen in die mit Wasser gefüllte Säule zwar einen hervorragenden Blick auf die Knöpfe zu haben, aber darauf angewiesen zu sein, daß jemand selbige auch drückte. Jemand, der bereit war, sich auf das »Spiel« einzulassen.

Na gut, Miriam war jetzt bereit. Sie bat um Verzeihung. Wobei ihr klar war, daß sie sich dann eigentlich bei einer ganzen Menge Zeug hätte entschuldigen müssen. Andererseits wurde ihr auch zum ersten Mal bewußt, wieso die Erwachsenen an alten Gegenständen, die sie in der Folge Antiquitäten nannten, einen solchen Gefallen fanden. Am Anfang war etwas neu, dann vergaß man es, um es, wenn es alt genug war, mit umso größerer Begeisterung wertzuschätzen. Vor allem, wenn es sich bei dem Gegenstand um den ersten seiner Art handelte.

Tankwart war der erste seiner Art. Umso mehr ein Grund, ihm Zeit zu geben. Er hatte wahrlich das Recht, ein wenig eingeschnappt zu sein.

Miriam polierte mit ihrem Rockzipfel seine transparente, im Inneren patinierte Hülle und stellte ihn auf einem Regal in ihrem Kinderzimmer ab, das sie zuvor vom Staub befreit hatte. Dann wechselte sie hinüber in die Küche, um nach einer Tafel Schokolade zu suchen. Sie hatte einfach Appetit. Stimmt schon, Schokolade mitten am Tag und ohne Nachfrage war eigentlich verboten, doch Miriam fand, die Gleichgültigkeit ihrer Mutter dürfe ruhig auch einen gewissen Nutzen haben. Zudem hielt sich die Schwere des Regelbruchs in Grenzen.

Sie war soeben dabei, ein Schrankfach zu öffnen, als sie mehrere Laute vernahm, die aus ihrem Kinderzimmer drangen: ein elektronisches Zirpen, eine Art von Ouvertüre in Form kurzer Töne, sodann ein verlangendes Fiepen. Sofort lief Miriam zurück in ihr Zimmer und drückte die Herztaste, was zu einer Folge dreier Klänge führte, die erneut mit einem flehenden Ton, einem animalischen Wimmern endeten. Es war unverkennbar zu hören: Hier beschwerte sich einer.

Miriam begriff, daß auch jemand, der Tankwart hieß, also gewissermaßen eine Tankstelle betrieb, eine Tankstelle der Töne und Klänge, Treibstoff benötigte. Von Liebe allein zu leben war eine doofe Behauptung.

Darum betätigte sie jetzt die kleine gelbe Sterntaste. Und in der Tat ergab sich ein Geräusch, das man leicht als ein mahlendes erkennen konnte, als ein Kauen, ein Geräusch von Zähnen, zwischen denen etwas Eßbares zerrieben wurde. Miriam wiederholte diesen Vorgang mehrmals, um Tankwart zu sättigen. Dazwischen sprach sie ihn auf eine vertraulichen Weise an, erklärte ihm, wie sie darauf gekommen war, ihm diesen bestimmten Namen zu geben.

Es war keineswegs so, daß Miriam nicht gewußt hätte, es hier mit einer im Grunde recht simplen und billigen Apparatur zu tun zu haben, die auf Knopfdruck sowie auf akustische Reize reagierte, und ganz sicher nicht mit einer Persönlichkeit, die den Sinn einer bestimmten Namensgebung begriff. Andererseits war sie noch immer in jene kindliche Welt verstrickt, in der die Vorstellung herrschte, so gut wie alles könne zum Leben erweckt werden, weil in so gut wie allem dieses Leben potentiell steckte. Jedes Ding in der Welt unterstand einer möglichen Golemisierung. Ja, Miriam meinte, daß die Frage, ob etwas lebte oder nicht, in erster Linie von einem selbst abhing. Und daß es vor allem keine Zufälle gab. Wenn dieses Aquapet nach so vielen Jahren erneut ihre Aufmerksamkeit erregte, dann wohl, um geliebt und gepflegt und auf solche Weise erweckt zu werden.

Keine Frage, Pädagogen empfahlen hierfür eher echte Tiere oder wenigstens Spielzeug aus echtem Holz, doch blieb dies für Kinder bedeutungslos, weil sie ja einer Bestimmung erlagen. Und die Bestimmung konnte genauso zu einem echten Tier wie zu einem völlig unechten Plastikteil führen. Entscheidend war, es richtig zu machen. Und Miriam wollte es richtig machen. Nicht nur im Sinne der Erfinder, jener japanischen Spielzeugingenieure, denen zu verdanken war, daß Tankwart im Zuge seines Gepflegtwerdens eine Melodie von sich gab, bei der es sich eindeutig um den Beginn des Donauwalzers von Johann Strauss handelte, sondern eben auch in jenem magischen Zusammenhang, der darin gipfelte, daß ein einmal angesprochenes, mit einem Namen versehenes Objekt sich in etwas verwandeln konnte, was über die Idee der Erfinder weit hinausging. – Ich werde angesprochen, also bin ich.

Freilich wird nicht jedes Objekt erweckt, das erweckt werden möchte, so wertvoll oder hochentwickelt es auch sein mag. Etwa Miriams Klavier. An welches sie nun erinnert wurde, weil es an der Türe klingelte. Das mußte ihre Klavierlehrerin sein, die jeden Dienstag und Donnerstag erschien, eine freundliche, einfühlsame junge Frau mit kleinen, runden Augen und langen, dünnen Fingern, was in ihrem Fall besser war als umgekehrt. Sie war ein typischer Man-kann-nicht-alles-haben-Mensch. Bei dem Klavier wiederum handelte es sich zwar wie im Falle des Aquapets um einen Japaner, ein Instrument von Yamaha, doch hatte Miriam in all den Jahren kein Verhältnis entwickelt, das geeignet gewesen wäre, dem Gerät Leben einzuhauchen. Nicht, daß diese Musikstunden eine Qual dargestellt hätten oder Miriam untalentiert gewesen wäre. Aber zwischen Miriam und dem Klavier bestand einfach keine andere Beziehung als die quasi berufsmäßige. Zu spielen und gespielt zu werden.

Das Yamahapiano – so ungemein schwarz und glänzend und halb tot – erinnerte an einen dieser Wale, die im Zuge viraler Infektionen oder der Verlärmung der Weltmeere an den Stränden der Menschen gelandet waren, unser Mitgefühl erregten, aber in den seltensten Fällen auf Rettung hoffen durften.

»Ich würde gerne den Donauwalzer lernen«, sagte Miriam, die das von Tankwart gespielte Stück erkannt hatte, es selber aber nicht beherrschte.

»Gute Idee«, sagte die Klavierlehrerin und lächelte mit dem gesenkten Vorhang ihrer kleinen Augenlider.

2

»Macht euch fertig, wir fahren aufs Land.«
Miriam hätte gerne gefragt, wohin aufs Land. Aber ihre Mutter war bereits wieder aus dem Türrahmen getreten. Das war ohnehin der maßgeblichste Eindruck, den diese Frau derzeit bot, so rasch zu entschwinden, wie sie aufgetaucht war, ohne jedoch rasant oder geschäftig zu wirken. Sie tat ja nicht wirklich etwas, zumindest nichts, was aufgefallen wäre oder etwas bewirkt hätte. Sie begab sich selten nach draußen, nahm kaum Termine wahr, verblieb im Haus, war dennoch so gut wie unsichtbar. Um die Ordnung in der Wohnung, um die Mahlzeiten und die Wäsche kümmerte sich eine Frau, die jetzt täglich kam. Die Hausaufgaben erledigte Miriam im Hort. Sie tat sich leicht in der Schule, ohne der Schule etwas abgewinnen zu können. Sie hörte oft, wie wichtig es sei, all diese Dinge zu lernen und daß es doch eigentlich Spaß mache, klug zu werden.

Nun hatte Miriam gegen die Klugheit an sich nichts

einzuwenden, doch der eigentliche Zweck anvisierter Bildung schien vor allem darin zu bestehen, klüger als jemand anders zu sein. Sich zu unterscheiden. Abstand herzustellen. Ein markantes Selbst zu schaffen, ohne freilich zum Außenseiter zu werden. Mitten in der Mitte außerordentlich zu sein. – Wenn die Leute gewissen Idealen der Schönheit, der Macht oder eben der Intelligenz nacheiferten, dann nur in der Hoffnung, sich zusätzliche Unterscheidungsmerkmale anzueignen. Niemand wollte sich von einem Spiegel anhören müssen, genauso schön wie jemand anders zu sein. Derartige Spiegel waren verhaßt. Dann lieber einer, der einem versicherte, man sei die Häßlichste im ganzen Land.

Nicht, daß Miriam mit ihren zwölf Jahren davon träumte, in einem Einheitsbrei unterzugehen oder in einem Maoanzug durch die Gegend zu laufen, aber sie fand, es seien der Unterschiede, die einem die Natur mitgab, genug. Mitunter konnte man einen bestimmten Menschen von hinten erkennen, allein durch seine Art des Gehens oder auch nur Stehens. Selbst das Stehen hinterließ einen unverwechselbaren Fingerabdruck. Das Stehen und einiges mehr. Es wäre ihr ein leichtes gewesen, ihren Vater von anderen zu unterscheiden, allein dadurch, wie er seine Brille putzte. Als massiere er die Haut eines kleinen, jungen Tiers und versuche auf diese Weise, quälende Blähungen zum Verschwinden zu bringen. Die Zärtlichkeit seiner Bewegungen beim Brillenputzen war einmalig, und Miriam wurde bei diesem Anblick stets warm ums Herz (wenngleich eine Bitterkeit mitschwang, weil sie ja meinte, sie selbst könne die Seele in den Händen dieses Mannes nicht mehr spüren).

Die Einmaligkeiten in einem jeden Gesicht, einer jeden Geste oder Bewegung erschienen Miriam völlig ausreichend. Was war denn wichtiger? Die Form der Augen oder die Form und Marke der Brillengläser, die diesen Augen übergestülpt waren? Für Miriam zählte eher, wie einer einen Satz aussprach, als die Intelligenz seiner Worte. Was ja keineswegs bedeutete, sie hätte ein Faible für Blödheiten gehabt. Aber sie erlebte das meiste Gescheitsein als einen bloßen Gegenpol zum meisten Blödsein, ebenso radikal und ungemütlich. Eine Stimme aber konnte es in sich haben, eine *gute* Stimme konnte die Welt verwandeln.

Ihre Erfahrung war nun, daß umso blöder und umso gescheiter Leute waren, umso unangenehmer deren Stimmen wurden. Die schönsten Stimmen gab es hingegen bei den Mittelgescheiten (eine Gruppe, an deren äußerstem Spektrum die Mittelblöden standen). Eingedenk solcher Anschauung, ging Miriam höchst vorsichtig mit der Bildung und der eigenen Leichtigkeit beim Lernen um. Man kann sagen: Ihr war sehr daran gelegen, auch später mal eine schöne, eine gute Stimme zu haben. Und in der Tat war es Miriams prägnantester Zug, trotz all ihrer Talente und ihrer raschen Aufnahmefähigkeit ein in ganz neuer Bedeutung des Wortes *konkurrenzloser* Mensch zu sein. – Klar, viele hätten jetzt eingewandt, wie sehr sich das noch ändern werde, sobald die Kleine mal die Vorzüge begriff, die sich aus ihrer Intelligenz ergaben. Aber das waren eben jene

Leute, die ihre eigene Stimme geopfert hatten und nun
krächzend oder brummend, mit Piepslauten oder im
Ton einer Schlagbohrmaschine durchs Leben schritten
und trotz aller Bildung unfähig waren, einen Gott zu
rühren.

»Komm!« rief Miriam zu ihrem Bruder hinüber.
»Mama will wegfahren, wir sollen uns anziehen.«

Beide waren noch im Pyjama. Ein Samstag. Und vor
der Tür der Winter. Winter ohne Schnee. Aber kalt und
mit grauer Luft, trüb und kummervoll. Allerdings hatten
die Morgennachrichten den ersten weißen Tag dieses
Jahres angekündigt, zumindest für das Land draußen.
Möglicherweise der Auslöser dafür, daß die Mutter
einen Ausflug unternehmen wollte. Obgleich das kaum
zu ihrer derzeitigen Verfassung paßte. Seit Vater ausgezogen war, hatte es keine einzige solche Unterneh-
mung mehr gegeben, gerade so, als wären das Wandern
und das Besichtigen nur zu viert möglich.

Nun, was auch immer der Grund für den Wandel der
Mutter sein mochte, Miriam ging zum Schrank und
holte für ihren Bruder die Schiunterwäsche aus dem
Kasten, dazu weitere winterfeste Kleidung. Sie war
es gewohnt, solche Aufgaben zu übernehmen. Darum
auch hatte sie begonnen, täglich die Wetternachrich-
ten zu hören, um zu wissen, welche Sachen sie ihrem
Bruder morgens hinlegen sollte. Elias wurde dann von
einer fremden Mutter abgeholt und zum Kindergarten
gebracht.

So leicht sich Miriam in fast allem tat, so schwer fielen ihrem Bruder manche Dinge. Er war ein Stolperer,

einer von diesen Menschen, die sich selbst im Weg zu stehen schienen, die auch ohne Behinderung sich behinderten. Weder war er zurückgeblieben noch eingeschränkt, sondern nur tendenziell ungeschickt und daraus resultierend ein bißchen langsam. Noch aber wurde er deswegen nicht gehänselt. Noch war nicht die Zeit gekommen, wo einer wie er im Tor stehen mußte, weil man dorthin gerne die Tolpatschigen schickte. Früher waren es immer die Dicken gewesen, aber es gab zwischenzeitlich so viele dicke Kinder, die konnte man nicht alle ins Tor stellen. Zudem hatte der Fußball auch die Dicken erreicht, die immer besser spielten. Nein, im Tor standen die mit den zwei linken Beinen. Das durften dann auch dünne Beine sein.

Miriam half ihrem Bruder, sich einzukleiden. Sie tat das gerne, weil sie es mochte, ihn zu berühren und darauf zu achten, daß er hübsch aussah und alles so war, wie es sein sollte. – Auch so etwas, was man Mädchen gerne vorwarf: ihre Fürsorglichkeit. Ihr Vermögen, Ordnung zu schaffen. Und mit Ordnung ist nicht nur die sichtbare gemeint. Sondern gleichwohl die Fähigkeit, unsichtbare Objekte zu ordnen. Auch wenn darüber allgemein nicht gerne gesprochen wird.

»Vergiß nicht dein Zebra«, erinnerte Miriam ihren Bruder.

Er nickte und nahm seinen kleinen Rucksack, den gleichen, den er trug, wenn er in den Kindergarten ging und in dem sich im Moment eine leere Trinkflasche befand, dazu einige Zeichenstifte und zwei zerlesene Pokémonhefte. Zudem mehrere glatte Steinchen sowie zugespitzte Äste, wie sie auch die Urmenschen verwendet haben mochten und deren Besitz ein Gefühl der Sicherheit versprach. Er stellte sich auf einen quadratischen Holzsessel und holte von einem der Regale ein Plastikzebra, das einst Miriam gehört hatte. Keine Frage, Elias besaß genügend eigene Spielsachen, noch dazu handelte es sich um ein dreibeiniges Zebra, dessen vorderer linker Lauf heruntergebrochen war und von einem mit Klebeband befestigten dünnen Stück Holz, dem Teil eines Eßstäbchens, ersetzt wurde. Das realistisch gestaltete Kunststoffzebra stammte aus der Kollektion sogenannter Schleich-Tiere. Es war Miriam, als sie viel kleiner gewesen und ausnahmsweise selbst einmal gestolpert war, aus der Hand geglitten und in einem hohen Bogen auf dem Gehweg gelandet. Dabei war das eine Bein abgebrochen und mußte wohl in ein nahes Gebüsch geraten sein. Und zwar unauffindbar. Miriam hatte noch Tage und Wochen später an dieser Stelle nach der verlustig gegangenen Gliedmaße gesucht, ohne Erfolg aber. Selbst Jahre danach geschah es, daß wenn sie am »Unfallort« vorbeikam, einen Blick in das Grün warf und nach einem schwarz und weiß gestreiften Fragment Ausschau hielt.

Das Ersatzbein hatte sie als Sechsjährige eigenhändig angefertigt, weil das Plastiktier dreibeinig nicht in der Lage gewesen war, aufrecht zu stehen und im Liegen einen doch recht bedauernswerten Anblick geboten hatte. Das auf diese Weise verarztete Zebra geriet dann irgendwann ins Kinderzimmer ihres Bruders und wurde – noch vor den weichen und anschmiegsamen

Plüschtieren – zu seinem favorisierten Begleiter erkoren. Eine Entscheidung, die beide Elternteile bis heute ablehnten, da es ihnen vorkam, als würde Elias damit eine fremde »Behinderung« idealisieren und sich somit auch dem eigenen Schicksal ergeben, obgleich er ja nicht im eigentlichen Sinn gehandikapt war, nur eben ungeschickt, sich ständig wo anstieß, ständig mit blauen Flecken durch die Gegend lief, als erhalte er zu Hause Hiebe. »Schmeiß das Zebra weg, du kriegst eines mit vier Beinen«, hatte der Vater erklärt. Doch Elias war in diesem Punkt ungewöhnlich starrköpfig gewesen und hatte sich nicht abbringen lassen, sein »Sebra«, wie er es gerne aussprach, überall hin mitzunehmen. Und wurde dabei von Miriam unterstützt, die noch immer hoffte, eines Tages auf das verlorengegangene Bein zu stoßen.

Und darum also mußte das Sebra-Zebra unbedingt auf diesen Ausflug mit. Elias brachte es in dem vorderen Täschchen seines Rucksacks unter und ging dann zum Frühstück, welches die Haushaltshilfe den Kindern vorbereitet hatte. Die Mutter war zwar ebenfalls in der Küche, saß aber nicht am Tisch, sondern lehnte an einer Kante, eine Tasse Tee in der Hand, und starrte nach draußen. Miriam meinte im Augenwinkel ihrer Mutter eine Träne zu bemerken, keine von denen, die in der Luft hingen und niemals trocknen würden, sondern eine geweinte, eine, die auf der Haut bleiben und sich dort auflösen würde.

Miriam fragte: »Soll ich uns einen Proviant herrichten?«

Ohne ihren Blick vom Fenster zu nehmen, meinte die Mutter: »Nein, Schatz, nicht nötig, wir werden unterwegs im Restaurant essen.«

Miriam runzelte die Stirn. Sie mochte es gar nicht, ohne Verpflegung das Haus zu verlassen. Das war so eine Regel, sich eine Notsituation vorzustellen, etwa in eine U-Bahn eingesperrt zu sein und was man dann benötigte, Kekse und Brote, etwas zum Trinken, vielleicht ein Pflaster, ein gutes Buch oder Heft, eine Packung Gummibärchen für die Nerven, einen Glücksbringer, Stricksachen. Nun gut, mit der U-Bahn würde man diesmal nicht fahren, und sie wollte keinesfalls ihre Mutter hintergehen, indem sie nun heimlich ein paar Brote schmierte und in Elias' Rucksack schmuggelte.

Plötzlich wandte die Mutter ihren Kopf Richtung ihrer Tochter und sagte: »Pet ist das englische Wort für Haustier.«

3

Holla! Geht's noch später?
Miriam wußte doch längst, wie das Wort zu übersetzen war. Schließlich war sie gezwungen gewesen, im Internet nachzusehen. Es war bereits zwei Tage her, als sie sich nach der Bedeutung dieses fremden Wortes erkundigt hatte. Dennoch erfolgte die Antwort ihrer Mutter jetzt in einer Weise, als hätte Miriam soeben erst die Frage gestellt. Weil sie aber wußte, wie oft die Mutter seit Vaters Weggang in tiefe Löcher fiel, in denen die Zeit stockte, unterließ sie es, auf den beträchtlichen Abstand hinzuweisen, und sagte einfach: »Danke, Mama!«

Ohnehin tat es ihr gut, der Mutter danken zu können. Das war so selten in letzter Zeit geschehen. Miriam begann, sich auf den Ausflug zu freuen. Sie überlegte sogar, ihren Vater anzurufen und ihn zu bitten, mitzukommen. Für diesen einen Tag nur. Wenn der erste Schnee fiel. Nichts ist schöner als der erste Schnee. Ein

Kleid aus geflockten Liebkosungen, das sich Kuß für Kuß auf die Erde legt, entweder rasch wieder vergeht oder aber ein *dicker* Kuß wird. – Doch Miriam ließ es bleiben. Es war ja nur ein Wunsch und der Wunsch an sich schöner als der Umstand, nicht erfüllt zu werden. Sie wußte, daß Vater nicht kommen würde, nicht, wenn die Mutter dabei war. Also beschloß sie, ihm hinterher davon zu berichten, daß es Mama jetzt bessergehe und man wieder Ausflüge mache, dorthin, wo die Luft so gut riecht und man auf eine schöne Weise hungrig wird und sich aufs Warme freuen kann.

Sie zog sich jetzt ebenfalls an, dicke Strümpfe zu ihrem obligaten Rock, dazu die schöne oilily-Jacke, mit der sie aussah wie ein buntgeflecktes Eskimomädchen. Die Wollhandschuhe hatte sie sich selbst gestrickt, keine geringe Leistung, umso mehr als sie bemüht gewesen war, das Muster der Jacke zu kopieren. Wie auch im Falle ihres Schals. Da nun gleichfalls der Rock, die Strümpfe und selbst noch die Schuhe einiges an Farbigkeit aufbieten konnten, empfand Miriam beim Blick in den Spiegel eine Verwandtschaft zu jenen Gemälden, die sie kürzlich bei einem Museumsbesuch mit ihrer Schulklasse gesehen hatte. Nicht die Deutschen, die man expressionistisch nannte, sondern die Franzosen, die Fauves, was laut der Museumspädagogin auf den Begriff »wilde Bestien« zurückging. Miriam hatte ziemlich toll gefunden, was diese Bestien auf die Leinwand gebracht hatten. Als schafften sie es, die Dinge in ein Licht zu stellen, das von diesen Dingen selbst erzeugt wurde. Jeder Gegenstand eine kleine Sonne.

Miriam als Gemälde einer ausstellungswürdigen klassischen Moderne?

Nun, sie war keineswegs uneitel, sie mit ihrem vollen Gesicht, den blauen Augen, die im lamellösen Schatten ihrer langen Wimpern standen, dem Mund aus zwei Lippen, die ihrerseits an selbstleuchtende, polierte Objekte erinnerten. Ganz ohne Lippenstift. Der kindliche Zug, diese gewisse rundliche Frische der frühen Jahre, war weniger aus ihrem Gesicht verschwunden, als daß er sich in etwas Vornehmes verwandelt hatte, etwas von der Art eines geschmackvoll eingerichteten Raums, wo jeder Gegenstand an der einzig richtigen Stelle steht. Doch auch Miriams Eitelkeit, die Freude, die sie empfand, sich selbst zu betrachten – also ein von einem berühmten Franzosen gemaltes »Eskimomädchen« zu sein –, kam ohne Vergleiche aus. Die Freude war eine *ungeteilte*. Miriam wollte hübsch sein, aber nicht hübscher als jemand anders, so, wie sie auch gerne sagte, sie wolle sehr alt werden, aber damit ja keineswegs meinte, älter als ihre Sitznachbarin oder älter als ihr Bruder.

Mit diesem nun saß sie im Flur und half ihm, sich die Schuhe anzuziehen. Die Mutter stand bereits draußen und zog an einer Zigarette. Wie fast alle Kinder fand Miriam es schlecht, daß ihre Mutter rauchte. Denn gleich, wie lange sie selbst, Miriam, leben würde, wollte sie vor allem, daß ihre Mutter alt wurde, steinalt.

Genau dieses Wort dachte sie und überlegte sodann: »Können Steine sterben?« Eine Frage, die in die Haben-Ameisen-eine-Seele-Kategorie gehörte.

Die beiden Kinder traten ins Freie. Ein Streifen von

Licht fiel auf die Wiese vor dem Haus. Zum wiederholten Male sah es aus, als sei die große traurige Frau in einen Beamstrahl geraten. Als versuche jemand von weit oben so hartnäckig wie verzweifelt, sie rechtzeitig von diesem Planeten fortzuschaffen. Doch dann schloß sich die Lücke in der Wolkendecke, und das graue Band war wieder ungebrochen. Die Mutter stand noch immer da. Ein sterblicher Stein.

Als man im Auto saß, beide Kinder angeschnallt auf der Rückbank, fragte Miriam, wohin man fahren werde.

»Hinaus«, sagte die Mutter.

»Ja, schon. Aber wohin? Zu Oma?«

Statt zu antworten, erkundigte sich die Mutter: »Hast du Lust auf Musik?«

»Mhm! *Sweetbox*«, schlug Miriam vor.

»Natürlich.« Die Mutter nickte und griff nach einer CD der Sängerin Jade Valerie, die einst Jade Villalon geheißen hatte, einer puppenhaft blonden Schönheit mit üppigen Lippen, deren ganzes Gesicht auf eine anziehende Weise aufgequollen und großbusig wirkte. Miriams Mutter hatte absolut recht, wenn sie sich angesichts dieser Person an Brigitte Bardot erinnert fühlte. Aber die Bardot war Miriam kein Begriff, eine Schauspielerin aus dem letzten Jahrhundert, die noch immer lebte und obskurerweise den Tierschutz mit dem Rassenhaß kombinierte, während eben Jade Valerie ein Idol der heutigen Zeit war (bei *Sweetbox* handelte es sich um ein Heinrich-VIII-artiges Pop-Projekt, das seine Sängerinnen absichtsvoll verschlang, fünf in dreizehn Jahren).

Auch Miriam war eine Blondine, ihr Bruder hingegen dunkelbraun. Sie sahen nicht wie Geschwister aus, aber wenn man die zwei erlebte, erkannte man die Linie, die gleich einer Nabelschnur die beiden verband, wie hier einer den anderen nährte. Auch der kleine Bub das große Mädchen. Seine Unschuld war Sirup.

Mit Sweetbox-Musik fuhren sie aus der Stadt hinaus, gerieten auf die Autobahn, von der Autobahn auf eine Landstraße und solcherart in die Natur hinein. Es schneite noch immer nicht. Aber als sie einmal ausstiegen, weil Miriam Pipi mußte, konnte man den nahenden Schnee riechen. Wie man ja auch einen Kuchen riechen kann, der noch gar nicht auf dem Tisch steht, sondern noch im Backrohr steckt. Der Schnee war im Backrohr, und es würde nicht mehr lange dauern, bis er fertig war.

Sie setzten die Fahrt fort, und während sie nun auf einen schmalen, mit Schotter ausgelegten Forstweg gelangten, reichte die Mutter den Kindern zwei Trinkflaschen. Eine mit Cola für Miriam und eine mit Apfelsaft für Elias.

Cola!? Cola war ungewöhnlich, gab es eigentlich nur in den Ferien.

Darum auch fragte Miriam: »Machen wir denn Urlaub? Ich meine ... wegen der Coca-Cola.«

»Du darfst sie trinken, Schatz.«

Man kann sagen, daß Miriam zu einer gewissen Gesetzestreue neigte. Denn obgleich sie durchaus das Bedürfnis verspürte, das ganze Jahr über den süßsauren Geschmack dieses aufbrausenden Getränks zu genießen, hatte sie die einmal erfolgte und aus behaupteten Gründen der Vernunft erteilte Beschränkung auf die Urlaubszeit akzeptiert. Hin und wieder aufzumucken gehörte zum Spiel, so wie zum Spiel gehörte, eine Cola auch mal heimlich zu trinken oder sich ungefragt ein Stück Schokolade einzuverleiben. Daß aber die Mutter selbst die Regel durchbrach, ohne dies stichhaltig zu begründen, empfand Miriam als irritierend.

Sie drehte noch immer gedankenverloren an der Öffnung, während Elias, der sonst so Langsame, bereits einen ersten tiefen Zug aus seinem Getränk nahm. Wie übrigens auch die Mutter, die mit ihrer freien Hand gleichfalls eine Cola an die Lippen führte und in großen Schlucken trank. Dabei sah sie in den Rückspiegel und fixierte ihre Tochter.

Miriam bemerkte den Blick und fragte sich, was das zu bedeuten habe. Dies paßte so gar nicht zu der Mutter. Eher noch die Cola, aber nicht die Unvorsichtigkeit, während des Fahrens auf enger Straße das eigene Kind ins Visier zu nehmen. Sie hatte sich seit jeher als höchst achtsame Fahrerin erwiesen und war dies auch – trotz ihrer tagtraumartigen Abwesenheit, die sie nach dem Weggang des Vaters entwickelt hatte – geblieben.

»Magst du nicht trinken?« fragte die Mutter, nachdem sie ihre eigene, halb geleerte Flasche abgestellt hatte. Ihr Blick war jetzt alles andere als abwesend, sondern stechend und forschend.

»Natürlich, Mama, ja«, antwortete Miriam und lenkte die Flaschenöffnung an den Mund. Dabei neigte sie den Kopf nicht nur nach hinten, sondern auch ein

Stück zur Seite. In keiner Weise auffällig, aber doch so, daß sie mit dem eigenen Gesicht aus der Spiegelung geriet. Für ihre Mutter waren jetzt nur noch die Hand sowie die vorgeneigte Flasche zu erkennen.

War es Instinkt, der Miriam antrieb? Eigentlich nicht. Eher mußte man von einer Summe verwirrender Eindrücke sprechen, die zwar nicht zu einem konkreten Verdacht führten, aber doch zur Konsequenz der Vorsicht. Einer logischen Konsequenz. Miriam wollte diese Cola nicht trinken, denn es handelte sich nun mal um eine »illegale« Cola, eine, die nicht ins Bild paßte. Darum tat Miriam auch nur so, als trinke sie aus der Flasche, vollzog ein dementsprechendes Geräusch, blies Luft in die Flüssigkeit, ließ es blubbern, setzte dann ab und bog sich noch weiter zur Türe hin, um etwas von dem Getränk auf den Boden zu leeren. Sodann richtete sie sich wieder auf und gewährte ihrer Mutter einen Blick auf den nun um ein Drittel reduzierten Flascheninhalt.

Noch immer war Miriam außerstande, ihrer Ahnung einen Namen zu geben, handelte aber geradezu kaltblütig. Als sie sah, wie die Mutter sich wieder auf die holpernde Straße konzentrierte, rückte sie zu Elias hin und nahm ihm seine Flasche aus der Hand. So sachte wie bestimmt. Elias hatte erst einen einzigen Schluck getan, denn auch fürs Trinken brauchte er eine Weile. Natürlich sah er Miriam fragend an, ließ aber zu, was sie tat. Allerdings beeilte er sich zu versichern – mit einer Stimme wie Blätterteig, dünn und durchscheinend –, der Apfelsaft würde ihm ausgezeichnet schmecken.

»Ich weiß«, flüsterte Miriam und zwinkerte ihm zu.

Dann leerte sie fast den gesamten Inhalt auf den Boden. Elias machte große Augen und wollte etwas einwenden. Doch Miriam führte sich einen Finger senkrecht an die Lippen und hob die Brauen. Elias gehorchte. Es war ein Gottvertrauen, das er in seine Schwester legte. Wenn sie hier und jetzt etwas absolut Irritierendes tat, würde er es dennoch ertragen. Er hätte auch nichts gesagt, hätte sie ihn geknufft, was sie aber ohnehin nie versuchte. Sie war keine Knufferin. Heute freilich schien sie eine Ausleererin zu sein. Na, mal was Neues!

Solcherart hatte sich auf dem Boden eine Cola-Apfelsaft-Lache gebildet, die aber für die Fahrerin des Wagens außerhalb des Blickfelds lag. Sie selbst, die Mutter, hatte ihre Flasche bereits zur Gänze ausgetrunken, und als sie nun erneut im Rückspiegel nach hinten lugte, da hatte Elias die seine wieder in der Hand, allerdings bloß noch mit bedecktem Flaschenboden. Seine Schwester ebenso.

»Trinkt aus, Kinder«, sagte die Mutter sanft.

Elias setzte an und machte zwei letzte kleine Schlukke. Miriam tat erneut bloß so, als würde sie trinken. Dabei geschah es zu keiner Sekunde, daß sie dachte: »Mama will uns vergiften.« – Warum auch sollte die Mutter das tun? Sie liebte ihre Kinder, sie war keine finstere Hexe, kein Ungeheuer, keine Sadistin, sondern nur eine traurige Frau, über die die anderen sagten, sie sei depressiv. Dennoch blieb Miriam bei dem einmal eingeschlagenen Weg. Auch wenn sie noch nicht wußte, wie sie später die kleine Überschwemmung zu ihren Füßen erklären sollte.

Man bewegte sich weiter auf der langen, geraden Forststraße. Die Mutter fuhr ungewöhnlich schnell. Ein weiteres Zeichen dafür, daß etwas nicht stimmte. Ganz normal hingegen schien, daß Elias eingeschlafen war, das tat er meistens im Auto.

»Du mußt doch müde sein«, sagte die Mutter. Es war jetzt eine Verzweiflung in ihrer Stimme. Ein Flehen. Sie wandte sich zu Miriam um und sah ihr direkt in die Augen. Miriam erkannte die Anstrengung, mit der die Mutter die eigenen Lider am Zuklappen hinderte. Die Lider flatterten. – Ganz klar, die Mutter verlangte, daß auch sie, Miriam, wie ihr Bruder einnicken möge. Miriam tat ihr den Gefallen, die Augen zu schließen. Sie sagte sogar, eine freundliche Lüge aussprechend: »Ich will jetzt schlafen, Mama.«

»Ja ... schlaf! Und wenn du aufwachst, erklär ich dir ...« Ihre Stimme verwelkte im Satz. Sie starrte jetzt wieder auf die Straße und umklammerte das Steuer mit beiden Händen am höchsten Punkt. Sie war auf dem Sitz so weit nach vorne gerückt, um mit der Stirn gegen die Frontscheibe zu stoßen. Der Wagen wurde immer schneller. Miriam hatte die Augen wieder geöffnet, sie erkannte die Gefahr, fürchtete aber, indem sie jetzt etwas von sich gab, das Ganze nur noch schlimmer zu machen. Vielleicht bremste die Mutter ja demnächst.

Doch sie bremste nicht.

Der Wagen hatte etwas durchbrochen, eine Barriere, einen Balken, der splitternd zur Seite flog. Aber nicht nur Holz flog. Auch der Wagen.

Das Gefährt hob an. Einen steilen Bogen aufwärts

beschreibend. Im Fenster war nun allein das gräuliche Weiß des Himmels zu sehen. Miriam glaubte, die in der Luft sich drehenden Räder zu spüren. Vier rasende Windmühlen. Sie schrie. Doch ihre Mutter konnte den Schrei nicht mehr hören. Gleich darauf neigte sich der Wagen und stürzte abwärts. Miriam erkannte das Wasser.

Wie allgemein gesagt wird, meinte sie für einen Moment alles in Zeitlupe zu erleben und darum eben auch über die Zeit zu verfügen, sich Gedanken über dieses Wasser zu machen – es mußte wohl ein See sein, ein Teich –, und daß wenn sie jetzt ertrinken würde, es in der Tat besser gewesen wäre, bewußtlos zu sein, bewußtlos von den Medikamenten, die ihre Mutter in alle drei Getränke getan hatte. Die Leute sagten doch, Ertrinken sei schrecklich. Andererseits war Verbrennen wahrscheinlich schrecklicher.

Dann der Aufprall und der Rückprall. Ein Schmerz in der Brust vom gespannten Gurt. Als versenge ein glühender Draht ihre Haut. Mit einem Schlag endete auch die Musik aus dem CD-Player. Der Wagen hatte sich jetzt waagrecht gestellt, begann aber sogleich zur Motorhaube hin abzusinken. Miriam öffnete eilig ihren Gurt und auch den Gurt ihres Bruders. Sie schüttelte ihn, schrie ihn an, aber seine Augen blieben verschlossen, sein Körper schlaff. Sie rief nach ihrer Mutter, die vom Airbag nach hinten gedrückt worden war. Keine Regung, der Kopf herabhängend wie bei einem toten Reh. Miriam öffnete die Wagentüre und stemmte sich dagegen. Es gelang ihr, sie zu öffnen, auch wenn jetzt freilich zügig das Wasser hereinflutete. Miriam packte Elias am Schulterstück seiner Jacke, zerrte ihn vom Kindersitz herunter und drückte ihn und sich zwischen der halboffenen Türe hindurch aus dem Auto. Sie schafften es gerade noch, bevor der Wagen unter die Wasseroberfläche tauchte und geradezu geräuschlos verschwand. Ein Glucksen bloß.

»Mama!«

Niemals wieder in ihrem Leben würde sich Miriam so verlassen fühlen.

4

Sie, die Zwölfjährige, war eine gute Schwimmerin. Es fiel ihr nicht schwer, sich und den reglosen Elias, den sie eng an ihre Brust drückte, hinüber zu einer flachen Stelle des Ufers zu befördern. Rücklings und mit den kräftigen Stößen ihrer Beine. Dort angelangt, zog sie den kleinen Körper auf eine schlammige Fläche. Elias lag da wie tot, wie man so sagt: friedlich.

Miriam fiel auf die Knie und hielt ihr Ohr an sein Herz. Sie wurde panisch, weil es ihr unmöglich war, durch die Jacke hindurch etwas zu hören, doch dann registrierte sie das feine Auf und Ab seines Brustkorbs. Und als sie auf Kopfhöhe wechselte, spürte sie den Atemwind, der aus seiner Nase drang. Ganz deutlich: diese zu einem dünnen Zopf geflochtene Luft, die an Miriams Wange stieß und sich dort wieder in ihre verschiedenen Strähnen auflöste.

Miriam drehte Elias auf die Seite, damit Wasser aus Mund und Nase entweichen konnte. Für alle Fälle. Sie hatte das einmal in einem Film gesehen. Aber da war nichts, nichts, was nach außen drang. Kein zappelnder Fisch schlüpfte aus seinem Mund. Immerhin befand er sich nun in einer Position … Wie hieß das nochmal? Labile Lage? Nein anders. Aber egal, es sah richtig aus.

Sie wandte sich um und blickte hinüber zu der Stelle, wo der Wagen versunken war. Das Wasser war glatt wie straff gezogen. Nichts Auffälliges. Nein, das stimmte nicht. Etwas trieb an der Oberfläche, Elias' Rucksack. Irgendwie mußte er ebenfalls aus dem Wagen geschwemmt worden sein. – Gab es das, unsinkbare Rucksäcke? Nun, es war nichts Schweres darin, am schwersten noch das dreibeinige Zebra. Miriam ging zurück ins Wasser. Sie wollte wenigstens dieses Zebra retten. Dabei hatte sie doch gerade ihren Bruder gerettet, ja im Grunde bereits in dem Moment, da sie ihm die Flasche aus der Hand genommen hatte. Aber getrunken hatte er eben doch, genug, um beim Aufprall auf das Wasser nicht aufgewacht zu sein. Unverletzt wie seine Schwester, jedoch stark betäubt. Würde er überhaupt wieder das Bewußtsein erlangen?

»Natürlich wacht er auf«, sagte sich Miriam, während sie durch das Wasser glitt, in dem noch ein wenig von der Wärme eines langen milden Herbstes steckte. Klar, so richtig aufgeheizt war es nicht, weshalb die rasche Bewegung half. Miriam verstand es bestens zu kraulen, hatte einen Kurs besucht. Es fiel ihr sogar leichter als die Brusttechnik, die sie allerdings dennoch nutzte, als sie dann den Rucksack erreicht hatte und mit ihm zurückschwamm.

Wieder am Ufer, schaute sie sogleich nach, ob das Zebra noch da war, als käme es ausgerechnet darauf an. Und in der Tat befand es sich an obligater Stelle. Wie übrigens auch das Aquapet, das Miriam in einer verschlossenen Innentasche ihrer Jacke trug und dessen Elektronik jetzt wohl im Eimer war.

Miriam bettete Elias' Kopf auf den Rucksack und setzte sich neben ihn. Sie wartete. Sie wartete, daß er erwachte. Aber das würde möglicherweise noch eine ganze Weile dauern. Es war kalt, und sie beide waren vollständig durchnäßt. Ja eigentlich fand Miriam, war es im Wasser weit angenehmer gewesen. Taugte aber leider nicht als Alternative.

Wie in den Nachrichten angekündigt, fielen nun erste Flocken. In der Tat Kuß für Kuß, auf Stirn und Nase und Wange und Handrücken. Nur, daß es diesmal weh tat. – Wie sehr hatte sie sich darauf gefreut, auf diesen ersten Schnee, denn im Grunde ergab sich allein daraus das Weihnachtsgefühl, auch wenn es dann am Vierundzwanzigsten regnete oder taute oder sich eher tropische Gefühle einstellten. Der wirkliche Heiligabend war der Tag des ersten Schnees. Dies war die vollkommene Bescherung. Gott und Natur eins.

So gesehen würde auf diesen Tag die Heilige Nacht folgen.

Aber wo? Im Freien?

Die Kälte erinnerte Miriam, daß man nicht einfach hier bleiben konnte. Keine Sonne würde kommen und sie beide trocknen. Nicht heute. Und nicht demnächst. Sie stand auf und verschaffte sich einen Überblick. Im

Grunde war dies alles zuviel für ein Mädchen ihren Alters, viel zuviel, aber da bot sich einfach nirgends ein Erwachsener an, an den sie die Verantwortung hätte abtreten können. Sie hatte mehrmals laut um Hilfe gerufen. Doch offensichtlich war das hier so ziemlich das Ende der Welt: ein alter Baggersee, nach einer Seite von einer hohen, steilen Böschung begrenzt, zur anderen hin vom Ufer und einem daran anschließenden dichten Wald. Kein Badesee, das schien eindeutig, auch wenn es in der aktuellen Situation wenig genützt hätte, hätten sich im Sommer an diesem Ort die Leute getummelt. Jedenfalls waren nirgends Häuser zu sehen, nicht einmal wegführende Pfade, der See bildete praktisch die Mündung der Straße, auf der man gekommen und über die man hinausgeflogen war. Genau zu dieser Straße hätten Miriam und Elias zurückgelangen müssen, um realistischerweise irgendwann auf bewohntes Gebiet zu stoßen. Allerdings lag der Forstweg jenseits des Abhangs, und Miriam hatte noch gut im Kopf, wie lange man durch keine Ortschaft mehr gekommen war.

»So hat sich Mama das ausgedacht«, überlegte Miriam. »Man soll uns nicht finden. Nicht so schnell.« Womit natürlich das Vorhaben gemeint war, daß sie alle drei in diesem Wagen hätten umkommen sollen. Daran bestand für Miriam jetzt kein Zweifel. Sie begriff, warum die Mutter die Getränke mit Medikamenten versetzt hatte, wahrscheinlich etwas wie Schlafpulver. Damit sie alle ertranken, ohne es aber zu bemerken. Vor allem die Kinder. Keines hätte leiden sollen.

Aber warum?

Nun, Miriam erinnerte sich, davon gehört zu haben, es gebe Mütter, die ihr Leben nicht weiter ertrugen, die sterben wollten und die ihre Kinder mit in den Tod nahmen, um sie nicht alleine auf der Welt zurückzulassen.

Hatte so auch ihre Mutter gedacht?

Anders war es nicht zu erklären. Sie, die Mutter, hatte sich für den Tod entschieden, für die Entlastung vom Leben, aber niemanden gekannt, dem sie ihre Kinder hatte aushändigen wollen. Nicht einmal Oma und Opa, auch nicht Vater oder den Eltern von Vater, keinem. – Es mochte komisch klingen ... nein, das tat es nicht: Miriam empfand eine tiefe Dankbarkeit dafür, daß ihre Mutter sich dagegen entschieden hatte, die inniglich geliebten zwei Kinder bei anderen Menschen unterzubringen. Daß ihr Plan gewesen war, Miriam und Elias mitsterben zu lassen. Genau so mußte doch eine gute Mutter denken, oder? Eine Mutter, die wegging, die sich außerstande sah, weiterzumachen, aber nie und nimmer daran dachte, ihre Kinder im Stich zu lassen.

Nicht wahr?

Eingedenk dessen fühlte sich Miriam schuldig. Schuldig, die Maßnahmen ihrer Mutter unterlaufen zu haben. Ihr eigenes Handeln war ein Reflex auf den verwirrenden Umstand einer »illegalen Cola« gewesen und keineswegs gegen die Mutter gerichtet. Ja, ein Teil von Miriam wäre jetzt viel lieber dort unten gewesen, verbunden mit der Toten, Hand in Hand mit ihr und Elias durch jenen Tunnel marschierend, an dessen Ende ein helles Licht stand, so zumindest beschrieben es Menschen, die bereits tot gewesen, dann aber zurückgekehrt waren. Miriam stellte sich die Wärme vor, die am Ende dieses Tunnels wartete. Und selbst wenn es dort nicht so warm war wie behauptet, war es doch etwas ganz anderes, das, was einen in den jenseitigen Gefilden erwartete, im familiären Verband zu erleben. Statt dessen …

Der Winter meldete sich jetzt mit aller Kraft. Die Flocken kreisten eine um die andere gleich rotierenden Eishockeyspielern. Ja sie meinte, das Geräusch der Kufen zu hören, welche Spuren in die Luft schnitten. Auch wenn natürlich alles seine Ordnung hatte. Die Kraft der Natur war schließlich nicht in bösartiger Absicht gegen Miriam gerichtet, nein, daß dieser Schneefall ausgerechnet jetzt in so ausgeprägter Heftigkeit geschah, hatte schon sehr viel länger festgestanden als der Entschluß der Mutter, sich genau an dieser Stelle das Leben zu nehmen.

Miriam mußte einen Platz finden, wo sie Elias unterbringen konnte, wo er geschützter sein würde als hier auf offener Fläche. Freilich ahnte sie, nicht die Kraft zu besitzen, ihn die steile Böschung nach oben zu tragen oder zu ziehen, rauf zum Schotterweg, der eine Sackgasse darstellte und wo man ohnehin nicht viel besser dran wäre. Das war keine Lösung. Also betrachtete sie die nächste Umgebung, spähte in den Wald hinein, zwischen die dicht stehenden Nadelbäume.

Es war kaum etwas auszumachen, so finster war es dort, allerdings frei vom Schnee, der sich vorerst in den Baumkronen verfing. Somit war das noch ein halbwegs trockener Ort.

Miriam kehrte zurück zu ihrem Bruder, drehte ihn wieder auf den Rücken, griff ihm von hinten unter die Arme, verkrallte sich in seiner Jacke und schleifte die dreizehn Kilo Mensch, die aber wegen der schlaffen Haltung sicherlich mehr wogen, hinüber ins Dunkel des Tanns, einige Meter hinein, wo sie ihn niederließ, ihn erneut in die »labile Lage« versetzte, erneut seinen Kopf auf dem gefalteten Rucksack plazierte. Sie zog sich ihre nasse Jacke aus und breitete sie über Elias. Natürlich wußte sie, wie wichtig es war, die Sachen trocken zu bekommen. Aber wie? Sie wandte sich um und drang tiefer in das Gehölz ein. In der leisen Hoffnung, der Wald würde so rasch aufhören, wie er begonnen hatte, würde sich zu einer Lichtung hin öffnen, auf der Häuser standen.

Aber da kam keine Lichtung, eher verdichteten sich die ineinander verhakten Schatten. Miriam schwitzte, sie fühlte die Hitze in sich, die mit der kalten, nassen Kleidung ein merkwürdig ungleiches Paar bildete. Ihre Atmung war wie das Zischen eines kleinen Feuers, das stets aufs neue zum Erlöschen gebracht wurde. Und auch in ihren Schuhen war jetzt tiefer Winter.

Doch endlich wurden die Bäume höher, Mischwald setzte ein, und der Abstand zwischen den Stämmen weitete sich, sodaß Licht, aber auch Schnee eindrang. Das Weiß bildete eine erste dünne Schicht. Die bislang ebene Fläche begann anzusteigen, und Miriam hoffte, beim Erreichen des höchsten Punktes auf eine Aussicht zu gelangen, die etwas anderes bot als den puren Wald. Als sie aber die Stelle erreichte, wo sich der Erdboden gleich einem Wellenrücken steil nach unten bog, waren da wieder nur Bäume, und der Blick führte hinüber auf eine nächste bewaldete Anhöhe. In diesem Stil mochte es noch ewig weitergehen. Miriam beschloß, umzukehren, denn sie mußte fürchten, sich zu verirren. Und das wäre nun das Schlimmste gewesen, Elias nicht wiederzufinden. Es durfte nicht geschehen, daß er aufwachte in diesem Wald wie lebendig begraben, vollkommen alleine.

So geriet sie also zurück in den dunkleren Bereich des Forstes, mußte aber bald feststellen, sich nicht mehr auf der alten Spur zu befinden – denn von einem Weg konnte man ja nicht sprechen. Es gab auch nichts, woran sie sich hätte orientieren können: keine Markierungen, keinen Baum, der auf eine bestimmte Weise originell und unverwechselbar gewesen wäre, keine Klänge, wie man sie aus der Stadt kannte, wenn ein Geräusch anschwoll oder abnahm. Alles hier war von einer Gleichförmigkeit geprägt, einer Wiederholung der natürlichen Gegenstände und Formen. Doch inmitten dieser Summe verwandter Posten erblickte Miriam jetzt eine Stelle, die sich dadurch auszeichnete, noch düsterer als die restliche Umgebung zu sein. Einen Moment war ihr, als nähere sie sich einem großen erstarrten Tier. Aber es mußte sich schon eher um ein überlebensgroßes Geschöpf handeln, so eines wie aus Urzeiten. Oder ein Monster.

Gab es Monster? Miriam wollte das so wenig ausschließen wie die Möglichkeit, daß Insekten Seelen besaßen und es auch einem Stein passieren konnte, daß er starb. Aber als das Kind, das sie war und eingedenk vieler neuerer Geschichten der Kinderliteratur konnte sie sich natürlich auch liebevolle Monster denken, vor allem schwermütige, die darunter litten, als böse zu gelten, oder es beklagten, nicht ernst genommen, nicht einmal richtig gefürchtet zu werden.

Es war aber kein Monster, dem sie sich näherte, sondern ein Haus, auch wenn dies für manchen glücklosen Hausbesitzer das gleiche bedeuten mochte. Ein Haus als Hütte. Geformt aus vier geraden Nachtschatten. Ein Stummfilmobjekt. Die Holzlatten muteten an wie mit Teer bestrichen. Die Fenster waren kaum auszumachen. Tote Augen.

Miriam war vorsichtig. Sie wußte nicht, ob sie sich angesichts eines solchen »Knusperhäuschens« Bewohner wünschen sollte oder nicht. Richtig, sie brauchte Hilfe. Aber sie wußte auch, wie sehr von manchen Erwachsenen, die komisch geworden waren, Schlimmes drohte. Also strich sie einmal um die Hütte herum. Teilweise auf Knien, weil die Äste der Bäume so tief lagen und gegen die Wände stießen. Sie vernahm nichts außer dem eigenen Atem und den eigenen Schritten, dies aber überdeutlich. Dann rief sie. Keiner antwortete. Miriam ging zur Türe hin, wo ein Vorhängeschloß offen im Bügel hing. Sie löste das Schloß aus der Verankerung und drückte die schnallenlose Türe nach innen. Das schwache Tageslicht fiel in einen Raum, der es an Schwärze bestens mit seiner Außenhülle aufnehmen konnte. Unwahrscheinlich, daß Miriam eine weiter hinten postierte Person hätte erkennen können. Aber sie meinte zu spüren, daß der Raum menschenleer war.

Miriam trat ein, wartete eine Weile, bis sich ihre Augen an die nachtartigen Bedingungen gewöhnt hatten und konnte sodann die Gegebenheiten erschauen. *Schöner Wohnen* war woanders. Da standen ein Tisch und zwei Stühle, etwas von der Art eines Bettes und etwas von der Art einer Matratze, ein Regal mit einigen Gegenständen, ein Ofen, und dies alles in einem Zustand, der nahelegte, es habe schon lange niemand mehr dieses Quartier benutzt. Und wer auch immer es zuvor einmal getan hatte, war entweder nicht willens oder nicht fähig gewesen, es sich gemütlich zu machen. (Man konnte vielleicht sagen, wenn einst nicht nur die Menschen, sondern auch die Häuser ausstarben, dann würde »das letzte Haus auf der Welt« so aussehen wie dieses hier.) Dennoch: Es war trocken in seinem Inneren. Und es existierte ein Ofen, obgleich Miriam noch nie einen solchen gesehen hatte. Beziehungsweise kannte sie derartige Objekte nur aus Illustrationen von Kinderbüchern, die in früheren Zeiten spielten, als das Heizen mit Holz oder Kohle die Regel gewesen war. Immerhin war der Ofen nicht schwarz, sondern besaß einen Mantel aus braunem Stahlblech. Man hätte ihn auch gut und gerne für einen antiken Tresor halten können. Strom gab es nicht, versteht sich. Dafür stand auf dem Tisch eine Petroleumlampe. Nein, sie war nicht in Betrieb. Über den beiden Fenstern klebte eine dunkle Folie, so fest, daß es unmöglich war, sie herunterzuziehen. Es schien, als hätte der frühere Benutzer auch das wenige Tageslicht, das sich in dieser Ecke des Waldes einfand, aus dem Raum zu verbannen versucht. Doch das war im Moment nicht das Thema: die Befindlich-keiten des Menschen, der einmal hier gehaust hatte.

Miriam trat wieder nach draußen. Sie mußte ihren Bruder finden und herbringen. Ein Haus war ein Haus und der Ofen ein Geschenk, obgleich sie noch nicht darüber nachgedacht hatte, wie das Gerät genau in Gang zu setzen war. Aber sie sagte sich, daß wenn je-mand stricken konnte, er auch in der Lage war, einen Ofen zu bedienen. Nette Logik!

Sie sah sich um, überlegte, welche Richtung stimmen könnte. Aber im Grunde konnte es jede sein. Freilich wäre es naiv gewesen, kurzerhand in eine davon loszu-marschieren. Sie war somit gezwungen, einzusetzen, was die Menschen den sechsten Sinn nannten und vor allem Tieren zuordneten. Doch Tiere konnten in der Regel einfach besser hören oder besser riechen als Menschen, sodaß also das Mirakel einen festen Unter-grund besaß.

Miriam sagte sich, der Mensch sei auch nur ein Tier, obzwar ein *schwaches,* und spitzte darum ihre jungen Oh-ren. Es war ein Dröhnen, das sie vernahm. Ja, die Stille verursachte ein vibrierendes Geräusch, ein gleichblei-bendes Brummen, wie man sich vielleicht vorstellt, das Weltall, dort wo es leer ist, brumme. Dann aber ... sie meinte, noch etwas zu registrieren: eine rhythmische Klangfolge tief im Brummen verborgen, die bekann-te Nadel im Heuhaufen, spitz und glitzernd, aber ein schmales Ding. – Das Gute an Nadeln ist, daß Fäden durch sie gezogen werden. Miriam folgte dem Faden der gezwirnten Töne in die ungefähre Richtung, aus der diese kamen. Manchmal gab es Pausen, als habe das Brummen den Faden verschluckt, dann wieder schwang er zurück, wirkte jedoch verändert, andersfarbig, dicker oder dünner. Bald gelang es Miriam zu unterscheiden, ob der Faden unterbrochen wurde oder sie selbst sich vielmehr von ihm entfernte, also den falschen Weg eingeschlagen hatte. Worauf sie sich rasch korrigierte und zurück in die Linie des Fadens trat. Wenn hingegen eine Pause folgte, blieb sie stehen und marschierte erst wieder los beim hörbaren Aufblitzen einer Nadel, die immer höher aus dem Heuhaufen ragte.

Mein Gott, jetzt erkannte sie es, das Geräusch, die Folge von Klängen: Es war das Aquapet, es war Tankwart, sein Zwitschern und Piepen und Trillern, das klagende Fiepen, mit dem er nach Liebe und Nahrung verlangte und dessen Erfüllung mitunter zu einem hysterisch fröhlichen Liedchen führte. Oder zu einem Donauwalzer. Oder zu einem glockenartigen Ton, dem sich ein sägendes Freßgeräusch anschloß. – Es war jetzt unverkennbar!

Miriam überlegte. Konnte es möglich sein, daß Tankwart in der Lage war, ihre Not zu erahnen, ihr Verirrtsein, und er nun versuchte, seine kleine »Herrin« zur richtigen Stelle zu leiten? Sie hatte ihn schließlich in ihrer oilily-Jacke untergebracht gehabt, mit der sie wiederum Elias zugedeckt hatte. Es war anzunehmen, die Jackentasche von Miriams verzierter Winterjacke habe insofern Tankwart Schutz geboten, als seine Elektronik trotz Aufenthalts im Wasser unbeschadet geblieben war. Oder aber man steigerte

die metaphysische Qualität dieses Aquapets dahingehend, zu meinen, den technischen Innereien in seinem
Sockel wäre die Feuchtigkeit sehr gelegen gekommen.
Immerhin gehörte er ja zur Spezies der Wassertiere,
wenngleich der virtuellen.

Wie auch immer, auf die Idee, jetzt ihrerseits einen
Ton von sich zu geben, kam Miriam nicht, sondern sie
folgte den lauter werdenden Signalen des verspielten
Rufers im Walde.

Und dann, endlich, sah sie ihn. Nicht Tankwart,
sondern Elias, der aufgerichtet an der Stelle saß, wo
Miriam ihn zurückgelassen hatte, und der nun das
Aquapet in seiner Hand hielt. Er drückte abwechselnd
die Knöpfe, und das Spielzeug reagierte.

Als Miriam näher kam, drehte Elias seinen Kopf zu
ihr hin, betrachtete sie mit großen Augen und fragte:
»Bist du böse?«

»Wieso denn böse, Elias?«

»Daß ich deine Jackentasche aufgemacht habe. Ich
hab so Hunger gehabt und ... dann ... ich hab das da
gefunden. Es redet ... es singt.«

»Ja, tut es.« Sie sah, wie Elias zitterte. Gleichwohl
wirkte er nicht, als sei er vor Angst gestorben, nachdem
er alleine im Wald erwacht war. Zugedeckt, naß, einen
dünnen Schleier von Schnee im Gesicht. Aber natürlich fragte er jetzt: »Wo ist Mutti?«

Er sagte immer »Mutti«, während Miriam das Wort
»Mama« zu benutzen pflegte. Die Mutter selbst hatte
das »Mutti« nie gemocht. Sie war überzeugt gewesen,
Elias habe dieses Unwort aus dem Fernsehen, und ihm

erklärt, gerne darauf zu verzichten. Es klinge blödsinnig. Doch Elias hatte so seine Momente, wo schwer zu beurteilen war, ob er bockte oder einfach nicht anders konnte.

Er zeigte sich aber keineswegs bockig, als Miriam ihn nun anwies, aufzustehen. Sie reichte ihm die Hand und zog ihn hoch. Im Gegenzug legte er das Aquapet in ihrer Hand ab und fragte erneut nach seiner Mutti.

Miriam fühlte sich überfordert. Sie wußte nicht, wie sie ihm die Wahrheit beibringen sollte. Umso mehr, als es ein miserabler Moment war, ihm eine *solche* Wahrheit zuzumuten. Nicht hier in der Einöde, alleine mit ihm, ohne den Trost, den Erwachsene spenden konnten, indem sie von Gott sprachen und vom Himmel, wohin die Dinge und Menschen gingen. Es fehlte der Vater, fehlten die Großeltern, eine Lehrerin oder Erzieherin, ein Arzt. Darum erklärte sie: »Mama ist nicht da. Sie holt Hilfe.«

»Wieso?«

»Wir hatten einen Unfall.«

»Im Wald?«

»Jawohl im Wald. Und jetzt müssen wir auf Mama warten. Aber nicht hier. Komm!«

Elias kam. Miriam legte ihm ihre Jacke um die Schulter, nahm seine Hand und sagte: »Ich habe einen guten Platz gefunden. Du wirst sehen.« Dann griff sie in ihre Tasche, kramte ein naß verklebtes Bonbon hervor und fügte es Elias zwischen die Lippen. Es war das einzige, das sie bei sich hatte, und man darf vielleicht sagen, daß selten ein Bonbon ein Kind so gewärmt hatte.

Einen Moment überlegte Miriam, ob es nicht doch besser wäre, anstatt zur Hütte zu gehen, zu versuchen, seitlich des Baggersees den steilen Hang hochzuklettern, um zum Forstweg zu gelangen. Oder selbigen über einen großen Bogen zu erreichen. Aber ein Blick hinüber zum Ufer genügte ihr. Einfach, weil sie selbiges Ufer gar nicht mehr erkennen konnte. Derart heftig fiel jetzt der Schnee, eine flimmernde Wand, undurchdringlich, darin die Welt eher theoretisch als praktisch.

Anders im Wald. Obgleich der Schnee sich auch hier seinen Weg ins Dickicht bahnte, konnte man dennoch sehen, wohin es ging. Die von den Flocken gesprenkelte Dunkelheit im Reich der Bäume war detaillierter als das große Weiß auf freiem Feld. Zudem war Miriam diesmal so umsichtig gewesen, den Weg, den sie von der Hütte hergekommen war, zu markieren, indem sie ein Taschentuch in viele kleine Stücke gerissen und auf die Spitzen abgebrochener Äste gespießt hatte. Freilich war es nicht ganz einfach, angesichts der herabfallenden Flocken und Flöckchen die überaus ähnlichen Tuchstücke zu erkennen. So kamen die Kinder nur langsam vorwärts. Ihrer beider Atem trieb als weißlicher Rauch aus den halb offenen Mündern.

»Ist es noch weit?« fragte Elias.

Anstatt zu antworten, griff Miriam in den Rucksack ihres Bruders, den sie an sich genommen hatte, holte das dreibeinige Zebra heraus und reichte es ihm. »Schau, halt es! Es will auch den Wald sehen. Das ist doch ein schöner Wald.«

»Sehr unheimlich«, fand Elias.

»Ein Märchenwald«, erklärte Miriam. »Die müssen auch ein wenig unheimlich sein. Sonst wäre es nicht spannend. Ein Wald, der nicht unheimlich ist, ist nur was für Erwachsene, die sich gerne langweilen. Wir wollen uns nicht langweilen, oder?«

»Aber mir ist kalt.«

»Dem Zebra ist auch kalt.«

»Es ist aus Plastik«, bewies Elias, daß er zwar fünf war, aber nicht blöd. Andererseits muß gesagt werden, daß er das Zebra in einer Weise gegen die eigene Brust hielt, als wollte er es wärmen, beziehungsweise sich und das Zebra. Miriam brauchte ihm also gar nicht zu widersprechen. Er tat es selbst.

»Da schau!« rief Miriam, nachdem sie ein weiteres Stück Taschentuch gepflückt hatte, aber nur pro forma, denn im Hintergrund zeichnete sich bereits das monströse Schwarz der Hütte ab.

»Was ... ist das?« fragte der Bruder.

»Ein Haus.«

»Ein Haus ... wirklich, Miriam? Keine Höhle?«

»Stimmt«, sagte Miriam, »auf die Ferne könnte man es dafür halten. Oder für den Rachen eines Drachen. Ein Drache, dem das Feuer ausgegangen ist.«

Elias kicherte in der schmutzigsten Weise, die ihm möglich war, und meinte dann: »Oder der Popo von einem großen, großen Wildschwein.«

»Ojemine!« meinte Miriam grinsend, froh um solche Witze in solcher Situation. »In einem Schweinepopsch möchte ich aber noch weniger gern wohnen als in einem ausgekühlten Drachenrachen.«

Beide lachten. Dennoch spürte Miriam den fester werdenden Griff ihres Bruders. Und wäre das Zebra aus Fleisch gewesen, hätte er es wohl aus lauter Furcht zerdrückt. Auch Miriam hatte das Gefühl, als würde die Hütte ein tiefes Geräusch von sich geben, etwas, das aus dem Magen des Hauses kam. Ein Knurren.

Elias meinte, es klinge, als sei das Haus hungrig.

Doch Miriam erwiderte: »Keine Angst, das kommt vom Wind.«

»Dann hat der Wind also Hunger?«

»Vielleicht etwas Appetit«, sagte Miriam. »Aber sicher nicht auf kleine Kinder. – Also, laß uns reingehen.«

Vor dem Eingang zur Hütte lag bereits eine dicke Schneeschicht, denn an dieser Stelle bestand eine schmale senkrechte Schneise zwischen den sonst so dicht stehenden Bäumen. Miriam hatte die Türe offen gelassen, und Schnee war nach innen geweht worden. Das war gut so. Er wirkte gleich einem freundlichen Teppich in diesem unfreundlichen Raum.

»Komm, Elias, setz dich dorthin. Ich werde versuchen, ein Feuer zu machen, dann können wir unsere Sachen trocknen, und es wird warm.«

»Kannst du das? Feuer machen?«

»Ja«, sagte Miriam. Es war ein gutes »Ja«, keine Lüge, sondern Optimismus, was mitunter das gleiche ist, aber nicht sein muß. In diesem Moment jedenfalls nicht.

5

Als erstes nahm sie den freien Stuhl, stellte ihn vor das Regal, stieg darauf, streckte sich und befühlte die dort gelagerten Gegenstände. Da kaum etwas zu erkennen war, holte sie ein Ding nach dem anderen herunter und reihte sie auf dem Tisch auf. Eßbares war bedauerlicherweise nicht darunter. Immerhin ein kleiner Kanister, in dem hörbar eine Flüssigkeit gegen das Innere klatschte. Aufschrift besaß er keine, aber Miriam war überzeugt, es müsse sich um Brennstoff für die Lampe handeln. Was vor Ort freilich fehlte, war ein Computer mit Internetanschluß, damit Miriam hätte recherchieren können, wie man eine solche Lampe bedient, etwas, das sie ja ebenfalls nur aus Filmen kannte, die in einer vergangenen Zeit spielten. Andererseits ergab sich eine einfache logische Folge. Das Petroleum, oder was auch immer es genau war, mußte in den Tank und sodann der Docht in Brand gesetzt werden. Glücklicherweise befand sich unter den Gegenständen nicht nur ein verrostetes Tapeziermesser, ein Küchenwecker in Gestalt einer Zitrone, schwärzlich wie alles hier, ein Schraubenzieher, ein emaillierter Kochtopf, sondern auch zwei Feuerzeuge, die man wohl in einer anderen Situation augenblicklich in den Müll geworfen hätte, so wie sie aussahen. Hier und jetzt aber erschienen sie als Rettung, denn in einem Punkt war sich Miriam sicher, daß es ihr − egal ob mit oder ohne Internet − niemals gelingen würde, Feuer herzustellen, wie es die Verschollenen auf einsamen Inseln zu tun pflegten. Hölzchen rollen und Steinchen klopfen. Sie war nicht Robinson Crusoe. Gleichzeitig scheute sie sich, augenblicklich die Nutzbarkeit dieser »antiquarischen« Feuerzeuge zu testen. Was denn, wenn ihr nur ein Versuch blieb? Das kannte man doch, diese Einweg-Dinger, die gerade noch ein letztes Mal funktionierten und in der Folge nie wieder, auch wenn man sich noch so sehr die Daumenhaut wund rieb.

Also öffnete Miriam zuerst den kleinen Kanister und schnupperte am Inhalt. Sie hatte einen sehr viel heftigeren Geruch erwartet, benzinartig und sommerlich, so wie am Strand, wenn man die vielen mit Schmiermitteln versetzen nackten Menschen riechen konnte. Nun gut, möglicherweise galt dies für die neueren Lampenöle nicht mehr.

Sie füllte einen Teil des Inhalts in den Sockel der Lampe, machte ihn aber nicht ganz voll, weil es ihr als eine grundsätzliche Regel erschien, auf Übertreibungen zu verzichten. Sodann verschloß sie den Tank. Sie wartete eine Weile, nicht etwa, weil sie ahnte, der Docht müsse sich erst vollsaugen, sondern der Aufregung wegen, der Angst, es könnte nicht klappen.

»Wird das gehen?« fragte Elias.

»Halt die Schnauze, Kleiner«, hätte sie jetzt gerne gerufen. Sie war nervös. Das kam eben auch vor. Laut aber sagte sie: »Wirst gleich sehen.« Sie griff nach einem Teil, der sich als Hebel herausstellte und den sie nach unten drückte, worauf das Schutzglas nach oben glitt und den Docht freigab. Allerdings saß dieser ausgesprochen tief in seiner Verankerung.

So wie Miriam zuvor ihre jungen Ohren gespitzt hatte, spitzte sie nun ihre jungen Augen und fand ein kleines Rädchen, an dem sie drehte, und tatsächlich stieg der Docht höher. Sodann nahm sie jenes der Feuerzeuge, das nach ihrer Meinung den besseren Eindruck machte (soweit man das sagen konnte, denn beide erinnerten an verkohlte kleine Puppenbeine). Miriam knickte ihren Daumen und ließ ihn über das Reibrad schnellen, immer wieder, aber nichts geschah, bloß ein Geräusch, wie wenn eine krächzende Stimme »Bic!« sagt. Aber da glühte nur ein Wort, keine Flamme. Wütend warf sie das Ding auf den Tisch. Sie spürte eine Träne, eine kleine, schmerzende Scherbe in der Augenecke. Verbissen packte sie das andere Zündgerät. Und als könne es helfen, so zu reden, meinte sie: »Wehe dir!«

Dann aber überlegte sie es sich, wurde ruhig und fest und sprach: »Bitte!«

Ob es nun die wüste Drohung oder das zärtliche Ersuchen war, was wirkte – das Feuerzeug tat. Eine kleine Flamme sprang in die Höhe und gebar eine sehr viel

größere, nachdem Miriam sie auf den Docht der Sturmlaterne übertragen hatte. Herrlich!

Nicht, daß der Raum nun wundersam an Farbe gewann, eher wurde der schwarze Grundton noch klarer,
trat aus der Dunkelheit hervor. Gleichwohl breitete sich augenblicklich eine Wärme aus, eine aus dem
Optischen resultierende. Auch Schwarz konnte warm
sein. Leider aber stieg in der Folge dunkler Rauch aus
der Lampe hoch. Miriam fürchtete ein Ende des Lichts,
und es war eher das Bedürfnis, irgend etwas zu tun, statt
nämlich gar nichts, welches sie veranlaßte, am Docht
zu drehen. Immerhin, es half. Als der Docht fast im
Brenner versunken war, normalisierte sich der Zustand.
Miriam nickte der Flamme zu und ließ das Schutzglas
herunter.

Elias kommentierte: »Toll!«

Miriam strich ihm über seine dunklen Locken und
entschied: »Nun der Ofen.«

Sie trug die Lampe hinüber, dort, wo der »Tresor« stand, öffnete die obere wie die untere Türe und
leuchtete hinein. Hätte sie schon Filme gesehen, die
auch Erwachsene fürchten ließen, meistens Filme ab
zwölf Jahren, dann hätte sie im Zwielicht den Inhalt
des Ofens für Schädelknochen halten mögen, so aber
erkannte sie die porösen Brocken als das, was sie waren, die übliche Schlacke, und machte sich daran, diese nach außen zu befördern.

»Komm, hilf mir«, sagte Miriam. Nicht, weil sie seine Hilfe nötig hatte, aber sie wollte, daß er sich bewegte.

»So, und jetzt brauchen wir Holz und Papier.«

Glücklicherweise lagerten mehrere Scheite in einer Ecke des Raums, die Miriam niemals entdeckt hätte, hätte sie nicht über das Licht aus der Sturmlampe verfügt.

Nachdem sie ein paar Stück herübergetragen hatte, sagte sie: »Bin gleich wieder da« und verließ die Hütte, um einige zweiglose Äste von den umliegenden Stämmen zu brechen.

Als sie wieder zurück war und den Stapel von Hölzchen wie ein kleines lebloses Geschöpf neben dem Kamin abgelegt hatte, meinte sie: »Und als letztes noch Papier.«

Sie erinnerte sich, daß Elias stets einige Poekémonhefte in seinem Rucksack mit sich führte. Möglicherweise waren sie halbwegs trocken geblieben. Also bat sie ihn darum, wobei sie in ihre Stimme einen prophylaktischen Nachdruck legte. Zu Recht. Elias schüttelte heftig den Kopf.

»Willst du erfrieren?« fragte sie.

Erneut schüttelte er den Kopf.

»Dann sei kein Baby und gib mir die Hefte!«

Und schüttelte.

»Ich kann sie mir auch holen.«

»Nein!« Er schrie es. »Die sind ein Schenk.«

»Ein *Ge*schenk«, korrigierte sie ihn. Wenn er sehr aufgeregt war, opferte er hin und wieder eine Vorsilbe.

Miriam verdrehte die Augen, was sie sonst vermied. Dann erklärte sie: »Hör zu, diese Hefte können unser Leben retten.«

»Trotzdem«, erwiderte Elias.

Miriam seufzte: »Das ist so ein Moment, wo Tante Angelika immer sagt, wie froh sie ist, daß sie keine Kinder hat.«

»Das verstehe ich nicht.«

»Vergiß es.«

»Und wann kommt Mutti?«

»Sie hat gesagt, wir müssen Geduld haben, es kann dauern. Also haben wir Geduld, oder?«

Elias schwieg. Miriam nahm die Lampe und sah sich um. In der Tat hatte sie ja noch immer nicht den gesamten Raum untersucht. Sie schwenkte die Lampe umher, als läute sie eine Glocke. Erst jetzt bemerkte sie in einer der Ecken einen gar nicht unscheinbaren Schrank. Einen Rübezahl von einem Möbel.

So wenig Miriam zuvor auf die Idee gekommen war, die Schlacke im Ofen für etwas anderes zu halten, als sie war, nährte der Umstand, daß dieser Kasten die Größe eines leicht überdimensionierten Menschen besaß, doch eine gewisse gruselige Phantasie. Miriam war nun mal in dem Alter, wo man den Schrecken nicht im Ofen, sondern im Kleiderschrank vermutete. Mit zusammengepreßten Lippen trat sie heran, gleichzeitig überlegend, wieviel einfacher es doch wäre, dem Bruder die Magazine aus der Hand zu reißen. Wenn sie spielerisch mit ihm raufte, merkte sie oft, was für ein dünnes, schwaches Männlein er war, abgesehen von den Jahren, die zwischen ihnen lagen. Dennoch ... sie griff nach der Kante der rechten Schranktüre und zog sie auf.

Daß solche Türen immer ächzen müssen, beruht natürlich auf der geringen Pflege der Angeln und scheint dennoch Teil einer tückischen Inszenierung. Jedenfalls wagte Miriam kaum, die Lampe hochzuheben. Tat es dann aber doch, weil es sinnlos gewesen wäre, sich zu überwinden, aber nur *halb* zu überwinden. Sie hatte sich ja nicht alleine darum herangetraut, um sich zu fürchten, sondern auch, um sämtliche Möglichkeiten des Schranks und seines Inhalts auszuschöpfen. Und in der Tat erwies es sich als überaus nützlich, den ersten Schrecken zu überstehen, der aus der länglichen Figur resultierte, die Miriam im Schrankinneren zu erkennen meinte.

Anstatt nun zurückzuweichen, griff sie schleunig nach dem Ding, spürte die gummiartig glatte Fläche und gewahrte nun auch den grünlichen Farbton des bodenlangen Regenmantels, der an dieser Stelle von einem Bügel hing. Die Kapuze baumelte vom Kragen gleich einem laschen Stück Kopfhaut. Aber das war eben nur ein Bild, ein Gedanke.

Es tat Miriam gut, zu begreifen, wie sehr der Horror sich als eine Frage der Perspektive und des Lichts erweisen konnte. Bei einem Lebewesen nämlich, das in der Dunkelheit schlecht sah. Wäre sie, Miriam, hingegen eine Katze gewesen …

Das war übrigens ohnehin ihr Wunsch, nämlich eine Katze zu sein. Sie hatte mehrmals auf die Frage Erwachsener, was sie denn einmal werden möge, genau auf diese Weise geantwortet: eine Katze. Die Erwachsenen lachten dann immer und erklärten, sie meine wohl, sie wolle Tierärztin werden. Nein, Katze, sagte sie, unterließ es aber in der Folge, darzulegen, daß sie glaube, im nächsten Leben, falls es das gebe, als ein solches Tier geboren zu werden.

Noch aber war es nicht so weit. Sie war gezwungen, ihre Sichtmöglichkeiten mittels der Sturmlaterne zu verstärken. Dabei entdeckte sie auf dem Boden des Schranks auch zwei grobe Filzdecken, die zwar rochen wie tausend Jahre Schweiß, jedoch trocken waren. Zudem ein Paar mächtige Stiefel, wie man sie von Fischern kannte. Und dann … und das war das eigentliche Glück: einen Stoß mit Magazinen, die bei Berührung knisterten, als könnten sie es kaum erwarten, verbrannt zu werden. Wobei es sich nicht um die Art von Zeitschriften handelte, die bei ihr zu Hause herumlagen. Auf allen waren nackte Frauen zu sehen, die meisten lachten oder grinsten und offenbarten große, mitunter riesenhafte Brüste. Auch ihre Mutter hatte einen großen Busen gehabt. Miriam hatte ihn oft bewundert und auch gerne berührt. Freilich war ihr dies in den letzten Jahren untersagt worden, weil es sich, angeblich, in ihrem Alter nicht mehr gehören würde. Sie vermutete, es hänge damit zusammen, daß sie selbst eine Brust bekam.

Miriam zog die beiden Decken aus dem Kasten und zwei der Hefte, dann schloß sie die Türen.

»Zieh dich aus, Elias! Und wirf dir gleich die Decken über. Okay?«

Er tat es.

Miriam wechselte hinüber zum Ofen, zerteilte die

Magazine, zerriß und zerknüllte die Seiten – einen verstohlenen Blick darauf richtend, aber kaum mehr erkennend als eine Collage von Gliedmaßen – und stopfte die Knäuel am geöffneten Gitter vorbei in den schamottierten Innenraum. Über die obere Luke ließ sie nun einige der Äste und kleine Holzsplitter hinunter, sodann zwei große und einen kleinen Scheit. Sie holte das funktionierende Feuerzeug vom Tisch, zog einen Zipfel des Papiers wieder etwas nach draußen und setzte die Ecke in Brand. In diesem Moment sah sie das Gesicht einer der nackten Frauen, ein Gesicht, das rasch vom Feuer bedrängt wurde. Ein merkwürdiger Blick, dachte Miriam, nicht böse und nicht gut, eher so, wie ein Berg schaut. – Mein Gott, wie schauen Berge denn? Nun, bergig und eher unbeweglich und geduldig die Zeit überdauernd. Ja, es gibt Blicke, die halten sich. Auch wenn sie verbrennen.

Zuerst qualmte es ein wenig, aber Miriam blieb ruhig. Schließlich war aus der Lampe ebenfalls Rauch aufgestiegen. Das gehörte wohl dazu. Ohnehin sah es hier aus wie in einer Rauchküche, nur, daß das Fleisch fehlte und statt dessen die Gegenstände und Menschen geräuchert wurden. Miriam kniete sich hin und griff nach einem Hebel, den sie mühselig zu sich zog, dann wieder zurück, mehrmals, sodaß der Rost in Bewegung geriet und damit auch die Materialien. Was leider die Sache nicht besser machte. Bald war das Feuer vollständig erloschen.

»Ich will essen und was trinken«, quäkte von hinten Elias, der jetzt nackt in der schweren Decke wie in einem kleinen Zelt hockte. Bloß eine Hälfte seines Gesichts war unter der haubenförmig zugespitzten Textilie zu erkennen.

»Erst das Feuer, dann das Essen«, erklärte Miriam.

Elias konnte auch kritisch sein. Er fragte: »Wirst du uns einen Hasen jagen?«

»Na vielleicht koche ich einen kleinen Jungen.«

Elias grinste. »Ich schmecke ganz schlecht.«

»Ach, in der Not ...« – Wie war das? Sie versuchte sich zu erinnern. Wer aß Fliegen in der Not? Der Teufel? Wieso eigentlich? Und anstatt von was oder wem?

Niemand konnte ihr jetzt die Frage beantworten. Das Internet war ein ferner Tempel. Und da war auch keiner, der ihr zeigen konnte, wie man den Ofen in Gang setzte. Ihr blieb nichts anderes übrig, als die so gut wie kalten Holzstücke herauszuziehen, das verbrannte Papier mit einem Feuerhaken in die Aschenlade zu befördern und den ganzen Vorgang zu wiederholen. Doch anstatt der viel zu feuchten Zweige von zuvor, wollte sie für die Anfeuerung nun trockenes Holz verwenden, indem sie mit Hilfe des Schraubenziehers eine Latte aus der hölzernen Verkleidung der Innenwand riß, dünnes, billiges Baumarktholz, Gott sei Dank, denn dicker hätte es nicht sein dürfen. – Das alles war keineswegs so leicht, wie es sich anhörte, sondern kostete Kraft und Zeit und verursachte eine Schnittwunde, die sie verarztete, indem sie vor die Hütte eilte und ihre Hand eine Weile in den kühlenden Schnee hielt. Der Schnee saugte das Blut auf. Eine kleine Spur von Rot entstand, wie bei Vampiren, denen etwas vom fremden Blut um den Mund klebt, als wäre es Schokolade. Leider aber kein Pflaster weit und breit.

Miriam wartete, bis ihr die Kälte weh tat, dann kehrte sie zurück, schob sich den Pulloverärmel über den verletzten Handrücken und begann erneut, die Feuerstelle zu präparieren, wobei sie diesmal eine Drosselklappe im Verbindungsstück entdeckte und diese in eine offene Stellung brachte.

In der Not frißt der Teufel Fliegen, und in der Not werden kleine Mädchen zu geschickten Heizerinnen.

Es gelang. Das Feuer setzte sich in Bewegung, vertilgte das Papier, wurde nun erst recht hungrig, verschlang die gesplitterten Teile der Holzverkleidung und verbiß sich sodann in den Holzscheiten. Miriam schloß die obere Luke, legte sich flach auf den Boden und schaute durch die untere Öffnung in das Innere: perfekt! Dann verriegelte sie auch diese Türe und hatte nur noch über ein stark verrußtes Fensterchen Blickkontakt zu dem Feuer, welches bei aller Eigenwilligkeit Miriams Obhut unterstand. Ob es lebte oder starb.

Miriam fühlte sich wie der erste Mensch, der das Feuer und seine Nutzung entdeckt hatte. Allerdings kein Homo erectus, sondern ein Homo faber. Denn auf Grund derselben Logik, nach welcher auf den Schlaf das Wachsein folgt und umgekehrt, drehte Miriam nun die Drosselklappe des Verbindungsstücks wieder in die andere Richtung. Auch betätigte sie zwei Regler der unteren Türe und steuerte auf diese Weise die Verbrennungsluft. Sie unterband eine weitere Zufuhr der

Primärluft und stellte die Zufuhr der Sekundärluft auf eine mittlere Stufe. Sie fragte sich selbst: »Woher weiß ich das?« – Sie erinnerte sich, gehört zu haben, manche Menschen würden plötzlich – nach einem Unfall, in höchster Gefahr oder im Zustand der Besessenheit – eine Sprache sprechen, die sie nachweislich nie erlernt hatten. Ja, manche beherrschten sodann Dialekte, die längst ausgestorben waren. Andere brachten durch einen bloßen Gedanken ein Glas zum Zerspringen. Oder einen Sattelschlepper zum Rollen. Da war das bißchen Geschick beim Heizen eigentlich harmlos zu nennen, nicht?

Nachdem sich eine sichtbare Glut gebildet hatte, legte sie zwei Scheite nach. Die Hitze drängte weiter in den Raum vor. Dennoch war es, war man nackt, noch immer empfindlich kalt.

»Nimm die Decken«, wies Miriam ihren Bruder an, »und geh hinüber ins Bett.«

»Wer war in dem Bett vorher?«

»Keine Ahnung. Für einen Drachen ist es zu klein und für einen Zwerg zu groß, selbst für einen Riesenzwerg.«

»Ich will nicht ins Bett.«

»Niemand spricht davon, daß du schlafen mußt. Du sollst dich nur dort reinlegen.«

Elias motzte noch ein wenig, bevor er die beiden grauen Armeedecken zu der alten Matratze schleifte und sich ein neues Zelt baute.

Nun endlich entledigte sich auch Miriam ihrer noch immer feuchten und kalten Kleidung und drapierte

diese zusammen mit Elias' Sachen auf den beiden frei-
en Stühlen, welche sie jeweils seitlich gegen den Ofen
stellte. Sodann kroch sie zu ihrem Bruder unter die ge-
doppelte Decke.

»Du bist kalt«, sagte er und schüttelte sich.

»Und du bist warm«, antwortete sie und kuschelte
sich fest an ihn.

6

Das war nun das erste Mal in Miriams bewußtem und erinnerbarem Leben, daß sie sich so völlig nackt gegen einen anderen nackten Körper drückte. Denn auch früher, als sie bei ihren Eltern im Bett hatte liegen dürfen, hatte sie stets ein Nachtgewand angehabt, und erst recht natürlich Vater und Mutter. War ihr danach gewesen, den Busen ihrer Mutter zu berühren, hatte sie unter deren Nachthemd oder in den Ausschnitt fassen müssen.

Sie fand es erstaunlich, wie heiß ein Körper werden konnte. Sie sagte: »Du bist eine Wärmflasche, Elias.«

»Du bist ein Kühlschrank«, gab er zurück.

Aber das änderte sich rasch.

So lagen sie also, die beiden, Miriam gegen den Rücken des Bruders. Sie spürte ihre Müdigkeit. Und kämpfte dagegen an, weil sie fürchtete, einzuschlafen, und ihr so ehrgeizig produziertes Kaminfeuer könnte ausgehen. Gleichwohl zogen die kleinen Kiesel, die an

ihren Lidern hingen, sie in den Schlaf. Dort im Schlaf,
wo der Schlaf Traum wurde – wie aus einer Leinwand
ein Gemälde wird –, sah sie ihre Mutter. Wasser lief
ihr den ganzen Körper herunter, aus den Augen und
Ohren und den Nasenlöchern und den Fingerspitzen.
Dennoch wirkte der Anblick nicht erschreckend, sondern so, als hätte sich die Mutter in einen schmalen
Felsen verwandelt, dem viele kleine Bäche und Wasser-
fälle entsprangen.

Miriam wollte wissen, wieso dies alles hatte geschehen müssen. Aber als die Mutter den Mund öffnete,
strömte auch aus diesem das Wasser, und kein Wort war
zu verstehen. Immerhin meinte Miriam ein Lächeln zu
erkennen, wie sie es in den letzten Monaten kein einzi-
ges Mal gesehen hatte.

»Ich hab Durst, wirklich ...«

»Wie bitte!?« Miriam war aufgeschreckt. Elias lag
jetzt mit dem Gesicht zu ihr hingedreht, hatte sie an
der Schulter gefaßt und erklärte zum wiederholten
Male, fürchterlichen Durst zu haben.

»Okay, ich mach das«, sagte Miriam und erhob sich
von der Matratze. Obwohl sie etwas von der Wärme
spürte, die sich endlich im Raum verteilt hatte, fror
sie noch immer. Kein Wunder, sie war nackt und erschöpft, und der Schlaf hatte wohl nur wenige Minuten gedauert. Immerhin aber war sie nun in der Lage,
rechtzeitig Holz nachzulegen. Sodann ging sie – ohne
sich anzuziehen, denn die Kleidung war noch weit davon entfernt, trocken zu sein – ins Freie und fischte mit

dem Kochtopf einen großen Schöpfer Schnee, den sie auf den Ofen stellte. Rasch schmolzen die Kristalle und führten zu einem Wässerchen, das Miriam auskühlen ließ, in Elias' Trinkflasche füllte und sie ihm reichte.

»Das schmeckt gar nicht gut«, beschwerte er sich, nachdem er einen ersten Schluck getan hatte.

»Dafür ist es Bio«, antwortete Miriam.

Er nickte, als sei sie seine Mutter. Gut, eine große Schwester war immer auch eine kleine Mutter.

»Wirst du jetzt ... etwas zum Essen holen?« fragte Elias.

Miriam ersparte sich, darauf zu verweisen, wie weit entfernt man sich vom nächsten Supermarkt befand. Sie blickte hinüber zum Tisch, dort, wo jetzt nicht nur die Lampe und der Kanister und der Schraubenzieher ihren Platz hatten, sondern auch das Zebra mit dem Holzbein und ein derzeit stummes Aquapet. Miriam dachte an eine Diskussion, die sie einmal mit Freundinnen geführt hatte, ob man nämlich bereit wäre, das eigene Haustier zu verspeisen, um nicht selbst verhungern zu müssen. »Niemals«, hatte sie damals gesagt, nicht zuletzt in Erinnerung an ihren immer kranken Collie. Ein Familienmitglied, und das war nun mal ein Haustier, konnte man nicht essen, gleich, wie groß die Not war. Übrigens hielt sie Kannibalismus für eine Erfindung der Schriftsteller, um gewissen fernen Gegenden einen abenteuerlichen und morbiden Charakter zu verleihen.

Gut, das Zebra und Tankwart waren ja nicht aus Fleisch, sodaß sich die Frage nach einem möglichen Verzehr erübrigte, aber Miriam gehörte nun mal zu diesen Kindern, die gedankliche Ketten entwickelten und gerne über Was-wäre-wenn-Fragen nachdachten.

Sie nahm die Lampe und begann erneut, den Raum zu untersuchen, jede Ecke, das Regal wie auch den Kasten, und sah diesmal sogar unter dem Bett nach. Stieß jedoch nirgends auf Konservendosen, wie man sie bei einem solchen Ensemble durchaus hätte erwarten dürfen.

Miriam ging daran, ihre Kleider dicht vor den Ofen zu halten, drehte sie nach allen Seiten. Und als diese dann endlich trocken waren, zog sie sich an und schlüpfte in ihre Schuhe, die freilich im Inneren noch einiges an Feuchtigkeit aufwiesen.

»Ich bin gleich wieder zurück«, rief sie.

Keine Antwort. Sie wandte sich um und sah, daß Elias eingeschlafen war. Er lag eingerollt zwischen den Decken und hatte einen Daumen im Mund. Das schmatzende Geräusch beruhigte Miriam.

Der Bereich vor der Türe war jetzt mit einer festen Schneeschicht bedeckt, auf der sich fortgesetzt die Flocken türmten, während tief im dunklen Tannenwald um die Stämme herum noch immer das Braun des Bodens sichtbar war. Freilich würde es auch dort nicht mehr lange dauern. Es war zu offensichtlich, wie rigoros der Niederschlag alles und jeden zu umgeben gedachte. Es handelte sich hier nicht bloß um eine kleine Vorankündigung des Winters, wie man das oft in der Stadt erlebte, ein schwaches Echo aus der Zukunft, sondern um eine massive gegenwärtige Wortmeldung. Welche noch viel deutlicher wurde, als Miriam – diesmal be-

müht um einen geraden Weg – den lichteren Mischwald erreichte und das Gestöber auch zwischen den
Bäumen über genügend Raum verfügte.

Es muß nun gesagt werden, daß Miriam – als die
zwölfjährige Schülerin einer zweiten Gymnasiumsklas-
se, die sie war, vor allem aber dank ihrer vier Grundschul-
jahre – durchaus umfassende Kenntnisse betreffs der
Flora und Fauna heimischer Wälder besaß. Also etwa die
verschiedenen Blätter benennen konnte, auch die Bee-
renarten und das Wild, das in diesen Arealen lebte. Sie
wußte um die Genießbarkeit von Hagebutten und die
Unmöglichkeit, Roßkastanien – so sehr sie an Maronen
erinnern mochten – zu verzehren. Sie wußte um die Eßbarkeit von Brennesselblättern nach erfolgter Waschung
und daß Erbsen nicht nur in Dosen, sondern auch auf
Lehmböden gediehen. Aber war nützte das, jetzt, im frühen Dezember, angesichts einer Situation, die sich eher
eignete, Schneebälle zu verfertigen. Immerhin sah sie
ein Eichhörnchen, brauchte sich aber, unbewaffnet wie
sie war, die Frage nicht erneut stellen, ob sie in der Lage
wäre, ein Tier zu töten. Dann aber ...

Beinahe hätte sie sie übersehen, weil sämtliche Kap-
pen einen weißen Bauschen von Schnee trugen: eine
Gruppe von Pilzen, die in Augenhöhe aus dem Stamm
einer Rotbuche herauswuchsen. Miriam blieb stehen,
befreite einige der Hüte von ihren schneeigen Aufbau-
ten und betrachtete sie eingehend. Keine Frage, ihr
waren solche Pilze vertraut, ausnahmsweise aber nicht
aus dem Fernsehen oder dem Märchen oder dem Na-
turkundebuch, sondern diesmal aus dem Supermarkt.

Es handelte sich um Austern-Seitlinge, die man auch Austernpilze nannte und die als engstehende familiäre Verbände lebten. Deren Anblick rief bei Miriam die Assoziation vieler kleiner, auf dem Kopf stehender, beigefarbener Rollkragenpullover hervor. Komischer Vergleich, mag sein, aber nicht für ein Mädchen mit gewissen Alice-im-Wunderland-Qualitäten.

Beim Einkaufen mit der Mutter – denn bis zum Wegzug des Vaters hatte ein solches fast täglich stattgefunden – war es stets Miriam vorbehalten gewesen, das Obst und das Gemüse auszuwählen. Worum sie selbst gebeten hatte. Einerseits, weil ihr die kräftigen Farben der Rohkost so viel anziehender erschienen als die Farben der verpackten und verglasten und verdosten Gerichte. Andererseits, da sich bald gezeigt hatte, wie perfekt Miriam es verstand, die gute von der schlechten Ware zu unterscheiden, Druckstellen, gar Fauliges zu erkennen und Frisches vom Nicht-so-Frischen auseinanderzuhalten (umso mehr, als gerne das eine unters andere gemischt wurde). Darum pflegte sie nicht nur Auberginen und Kiwis zu befühlen, sondern auch jede einzelne Zwiebel, welche sie also niemals in einer abgefüllten Netzpackung genommen hätte. Einmal, als sie eine Zuckermelone betastet und dabei auch ans Ohr gehalten und gerüttelt hatte, wie das andere Kinder bei Überraschungseiern taten, hatte ihre Mutter gemeint: »Du bist wie Jack Lemmon.«

»Wer bitte?«

»Du kennst den Film nicht. Er heißt *Ein seltsames Paar*.« Stimmt, sie kannte den Film nicht und hatte keine

Ahnung, was die Anspielung bedeuten sollte. Sie fragte: »Ist Jack denn ein Frauenname?«

»Nicht in diesem Fall, mein Schatz«, sagte die Mutter und wollte erklären, wieso ...

»Danke, ich will es nicht wissen«, unterbrach Miriam, diesmal aber nicht aus Angst vor einer Obszönität. Doch bei der Flut an Informationen, die auf einen einprasselten, war es auch für einen wißbegierigen Menschen sinnvoll, mit dem Wissen hauszuhalten. Ein Kopf war ein gewaltiger Raum, doch soviel man hineinstellen konnte, konnte sich ein Zuviel auf die Schönheit des Raums auswirken. Ganz leer war so häßlich wie ganz voll.

Jedenfalls war sie im Zuge dieser Einkäufe natürlich auch mit Pilzen in Kontakt gekommen: Champignons (ein trauriges Thema für sich, denn keinem Pilz wurde vom Menschen derart die Würde genommen), frische Pfifferlinge, Steinpilze und neuerdings auch gezüchtete Shitakepilze und eben Austern-Seitlinge. Anfangs hatte sie gedacht, es handle sich bei den beiden letzteren um reine Labor-Schöpfungen, um »erfundene« Pilze, aber einmal hatte eine Verkäuferin sie darüber aufgeklärt, es würden Pilze dieser Art und dieses Aussehens auch in der freien Wildbahn existieren.

Und einer solchen Gruppe *freier* Austernpilze, die dicht an dicht aus dem Stamm hervorquollen, stand Miriam nun gegenüber. Einem Geschenk der Natur, das sie gerne annahm und damit begann, die Fruchtkörper herunterzubrechen und in Elias' Rucksack unterzubringen.

Wie jedem, der von Pilzen nur bedingt eine Ahnung hatte, kam ihr natürlich der Gedanke, es könnte sich hierbei um eine Verwechslung handeln, in Wirklichkeit um einen ungenießbaren oder gar giftigen Pilz. Gleichzeitig ging sie davon aus, sie würde dies später beim Kochen, dank einer Verfärbung, dank eines unangenehmen Geruchs oder einer Art von göttlichem Wink bemerken. – Miriam war überzeugt, daß Gott stets präsent war, sich stets einmischte, unentwegt Zeichen gab, Einflüsterungen, Hinweise, einem sogar hin und wieder auf die Stirn tippte, wenn man etwas besonders Dummes plante ... Richtig, bei den meisten Menschen hätte Gott mit einem Hammer zuschlagen müssen. Doch Gott mit einem Hammer ...? Nein!

Miriam konzentrierte sich. Aber da war kein Finger auf ihrer Stirn zu spüren. Und in der Tat war es ja so, daß die Ähnlichkeit dieses Pilzes, der hier bei niedriger Temperatur aus der Buche ragte, zu dem, der in den Regalen märktlicher Gemüseabteilungen ebenfalls büschelweise lagerte, frappant war.

Miriam kehrte zurück zur Hütte, diesmal ohne Schwierigkeiten. Sie hatte ein Gefühl für diesen Wald bekommen, beziehungsweise die beiden Wälder, die eine Grenze bildeten. Als sie den Raum betrat, saß Elias angezogen am Tisch und war über etwas gebeugt. Weder über das Zebra noch über Tankwart ... Elias produzierte ein schmatzendes Geräusch. Aber diesmal keins, das vom Daumenlutschen kam.

»He!« rief Miriam so streng wie besorgt. »Was hast du da?«

Er sah hoch und sagte: »S…alz.«

»Salz?«

»Und … Feffer.«

»Pfeffer!?«

Rasch war Miriam näher gekommen. Sie fürchtete, Elias könnte in der Not etwas in den Mund genommen haben, was nur so aussah wie Salz. Doch es stimmte. Mehrere kleine, flache, papierene Päckchen lagen auf dem Tisch, auf denen in dünnen, geschnörkelten Lettern die Begriffe der beiden Würzmittel zu lesen waren, dazu, verblaßt, der Name eines Restaurants.

»Wo hast du die her?«

»Aus der Schublade. Da im Tisch dort.« Er zeigte unter die Platte.

»Geh mal zur Seite«, wies Miriam ihn an und griff nach dem Henkel einer Schublade, die ihr zuvor nicht aufgefallen war, wohl weil es Schubladen in Tischen bei ihr zu Hause nicht gab. Vielleicht mußte man so klein wie Elias sein, damit sie einem ins Auge stachen. Wie auch immer, das Innere war mit Zeitungspapier ausgelegt, und darin befand sich altes Besteck, auch zwei Teller aus Kunststoff, die Miriam nun ebenfalls herausnahm. Das war es auch schon. Nun, Hauptsache, es gab Salz. Miriam wußte, wie gesund es war und wie sehr es half, einem Essen einen erträglichen Geschmack zu verleihen. Umso mehr, als es hier vor Ort an Crème fraîche und Sahne und Butter fehlte, mit dem die Erwachsenen ihre Speisen zu verfeinern pflegten, wollte man nicht sagen: zu retten pflegten.

Die Pilze waren fast vollkommen sauber, und Miriam brauchte sie nur noch in längliche Stücke schneiden und in den Topf zu fügen, den sie mit ein wenig Schneewasser gefüllt und auf der oberen Fläche des glühenden Kaminofens plaziert hatte. Es war jetzt so heiß dort, daß man es in der Nähe kaum aushielt. Auch begann das Wasser im Topf bald zu kochen. Miriam zog ihren Pulloverärmel erneut über die Hand und fixierte auf diese Weise einen Löffel, mit dem sie umrührte. Ihre Augen tränten von der Hitze, ihr Gesicht glühte. Sie fühlte sich fiebrig. Aber es war ein gutes Gefühl, wie man es hat, wenn einem das Fieber weder Kopf- noch Gelenkschmerzen beschert, aber hoch genug ist, um nicht in die Schule zu müssen.

Miriam holte den Topf vom »Herd«. Die Pilze waren geschrumpft und schwammen in einer milchiggrauen Brühe. Miriam ging mit dem Topf nach draußen, um einen Teil der Flüssigkeit zu entleeren. Die Heftigkeit des Schneefalls hatte abgenommen, die Flocken schwebten nun wesentlich gemächlicher nach unten, viele kleine Astronauten: die romantisch veranlagte Nachhut einer Invasion. Zudem war es dämmrig geworden, wie es dämmrig wird, wenn der Tag zu Ende geht und die Welt unter einer Schlammpackung verschwindet. Damit die Haut am nächsten Morgen seidiger ist.

Sie würden also in dieser Hütte übernachten müssen. In die Miriam nun zurückkehrte, die Kasserolle auf dem Tisch abstellte und zwei Packungen Salz und eine mit Pfeffer unter das Pilzfleisch mischte.

»Haben wir Ketchup?« fragte Elias, als man vor zwei gefüllten Tellern saß.

»Nein, aber wir können beten«, meinte Miriam.

Nicht, daß sie es von zu Hause gewohnt war, vor dem Abendessen den lieben Gott anzurufen. So religiös war man dort nie gewesen. Kirchlich heiraten, hin und wieder eine Sonntagsmesse, die Taufe, versteht sich, die Firmung, der Religionsunterricht, vor allem natürlich die Christmette. Aber so gut wie kein Gespräch über den Schöpfer, was Miriam doch immer wieder gewundert hatte, nicht nur wegen des Verzichts, dem Herrn für Speis und Trank zu danken, sondern überhaupt wie wenig ihre Eltern wie auch andere Eltern es offensichtlich mochten, daß Gott mit am Tisch saß. Sogar ungeliebte Verwandte waren da eher willkommen. Es hatte den Anschein, viele Menschen würden sich vor dem Heiland in acht nehmen oder sich vor ihm genieren.

»Was willst du denn beten?« fragte Elias, der aber bereits seine gefalteten Hände vor die Brust hielt und den Kopf leicht nach oben gerichtet hatte.

»Lieber Gott«, begann Miriam, dachte dann aber, daß das viel zu kindhaft klang. Wie »lieber Onkel« oder »lieber Weihnachtsmann«. Das war lächerlich.

»Herr im Himmel«, begann sie von neuem, »gib, daß unsere Mama ...«

»Mutti!«

»Unsere Mama und Mutti den richtigen Weg findet, zu Dir hin. Daß es ihr gutgeht und nirgends ein Schmerz in ihr ist und ...«

»Was für ein Schmerz?«

»Na, daß ihr die Beine weh tun vom vielen Gehen. –

Aber bitte unterbrich mich nicht, wenn ich zu Gott spreche.«

Elias senkte den Blick.

Miriam fuhr fort: »Und Danke für die Pilze, die da aus dem Baum gewachsen sind. Ich sage nicht, daß Du sie direkt für uns hast wachsen lassen, aber ich glaube, als ich dort gestanden bin im Wald und gesucht habe, da hast Du mich schon ein bißchen hingeführt zum richtigen Platz hin, oder? Und auch Danke für den Ofen und das Feuer und überhaupt für die Hütte, ja, und Danke für das Salz. Amen.«

»Ist das Salz auch von Gott?«

»Es ist alles von ihm«, erklärte Miriam.

»Sogar die Monster?« fragte Elias.

Stimmt, das war eine interessante und schwierige Frage. Miriam antwortete: »Ich glaube, die Monster ebenfalls. Wenn es sie gibt.«

»Dann heißt das, daß Gott auch böse ist.«

»Ich glaube eher, wenn er Monster schafft, dann nur, damit wir wissen, was *böse* überhaupt bedeutet.«

»Aha«, sagte Elias und griff nach seiner Gabel.

Er war wohl überfordert von dieser Antwort und darum zurückgeworfen auf das fundamentale Bedürfnis, seinen Hunger zu stillen. Und in der Tat, auch Miriam selbst war unzufrieden mit ihrer Auslegung. Sie umfaßte ihrerseits eine alte, fleckige Gabel und trieb sie in das weiche Fleisch.

Es heißt ja immer, der Hunger sei der beste Koch. Was im Moment ganz sicher der Fall war. Kein Wort der Kritik oder Selbstkritik fiel. Zu Hause hätten die beiden Kinder diese Mahlzeit mit einem deutlichen Ausdruck des Ekels von sich weggeschoben. In der gegenwärtigen Situation hingegen – noch dazu Gottes Hilfe bedenkend – verspeisten sie zur Gänze ihre Portionen. Nachher tranken sie Wasser vom Schnee. Miriam legte mehrere Scheite nach und wachte noch ein wenig am Feuer. Elias hatte sich wieder ins Bett gelegt. Er fragte nach seiner Mutti. Erneut versuchte Miriam zu erklären, daß die Mutter einen sehr weiten Weg gehen müsse, um Hilfe zu holen.

»Auch in der Nacht?«

»Keine Angst, sie schafft das. Sie ist stark.«

So ist das also, dachte Miriam, wenn man sich in eine Lüge verstrickt, immer tiefer, sodaß die Lüge an einem klebt und nicht mehr heruntergeht. Aber ihr fiel beim besten Willen nicht ein, wie sie anders hätte handeln können.

Erneut meldete sich Elias. Er bat: »Erzähl mir eine Geschichte.«

»Gleich«, antwortete Miriam. Sie ging nach draußen und füllte den Topf mit Schnee. Es war jetzt vollkommen dunkel, und nur der Schein der Lampe schlug eine Bresche von Licht ins Freie. Auch war der Wald nun sehr viel lauter, Miriam vernahm das tobende himmlische Kind. – Oder war es lediglich so, daß man in der Nacht alles ungleich deutlicher hörte, weil man ja deutlich weniger sah?

Es fröstelte Miriam. Nicht nur der Kälte wegen. Sie trat zurück in die Hütte und verriegelte die Türe. So wenig dieses vorgeschobene Stück Eisen geeignet war, ein Monster oder einen kräftigen Mann aufzuhalten, vermittelte es dennoch ein Gefühl der Sicherheit. Ein Fuchs oder Wolf würde die Türe nicht öffnen können.

Miriam legte sich zu Elias, wobei sie diesmal alle beide ihre Unterwäsche trugen.

»Eine Geschichte!« erinnerte er.

Sie dachte nach. Dies war so ein Moment, wo die Wahl der Erzählung von großer Bedeutung war. – Was bot sich an? Eine eigene oder fremde Geschichte? Eine Geschichte, die Mut machte? Oder lieber eine Geschichte, die von der Wirklichkeit ablenkte? Oder aber eine, die geradewegs auf die Realität hinsteuerte, sie jedoch gleichzeitig dank der Kunst des Beschreibens erträglich machte. Vielleicht eine Geschichte über eine Mutter, die nicht wiederkam, aber dennoch im Herzen ihrer Kinder weiterlebte.

Miriam entschied sich, selbst eine auszutüfteln. Sie berichtete von einer Gruppe von Kindern, die sich auf der Reise in die Ferien in einem Zug befinden. Anfangs ist der Wagen überfüllt, leert sich aber nach und nach, ohne daß jemand ausgestiegen wäre, ein Umstand, den die Kinder zunächst nicht bemerken, bloß froh darum, mehr Platz zu haben. Endlich aber stellen sie fest, ganz unter sich zu sein, selbst ihre erwachsenen Begleiter sind nirgends zu sehen, ja schlußendlich erweist sich der gesamte Zug als leer. Nur ein paar andere Kinder stoßen noch zu der Gruppe der Verbliebenen. Zudem wird der Zug zusehends langsamer, um schließlich auf freier Strecke stehenzubleiben.

»Wo sind die Erwachsenen hin?« fragte Elias.

»Sie sind einfach verschwunden.«

»Sie haben die Kinder also im Stich gelassen.«

»Nein, sie konnten nichts dafür.«

»Das verstehe ich nicht. Sie können doch nicht einfach weg sein und nichts dafürkönnen.«

Eigentlich wollte Miriam von den Kindern berichten, wie diese nun den Zug verlassen und hinaus in den Wald und in die Nacht treten, möglicherweise ein altes Schloß entdecken, um dort Abenteuer zu bestehen. Aber Elias war viel mehr daran gelegen, zu erfahren, was aus den Leuten im Zug geworden war. Die Kinder würden sich schon irgendwie zu helfen wissen – so, wie auch sie beide sich zu helfen gewußt hatten, zumindest die große Miriam, und immerhin hatte er selbst, Elias, die Päckchen mit Salz und Pfeffer gefunden –, nein, es interessierte ihn viel mehr, wohin die Erwachsenen gelangt waren. Es war doch unmöglich, daß sich alle einfach in Luft aufgelöst hatten, wie nie gelebt.

Elias bockte.

Miriam, die Erzählerin, begriff nun also, wie das war, nicht einfach nur eine Geschichte zu entwickeln, sondern auf die Wünsche eines Zuhörers, eines Konsumenten reagieren zu müssen. Das war zwar noch nicht Zensur im strengen Sinne, sondern eine Art marktwirtschaftliche Orientierung, aber … Es erinnerte an die Formulierung, nach welcher der Kunde König sei. Auch so ein In-der-Not-frißt-der-Teufel-und-soweiter-Satz. Aber was sollte sie tun? Sie konnte Elias' Bitten nicht ignorieren, weshalb sie also ihren Plot änderte und davon zu berichten begann, es existiere in dieser Geschichte eine magische Kraft, die befähigt war, Menschen von einem Ort an einen anderen, sehr fernen, zu verpflanzen. Aus Zügen und Bahnen heraus, aus Büroräumen genauso wie aus Einfamilienhäusern oder Fußgängerzonen. Nicht aber Kinder, die aus unbekannten Gründen immun gegen diese magische Kraft waren. Und so kam es also, daß sämtliche der Erwachsenen, die in diesem Zug gewesen waren, auf einer Insel landeten, wobei man in der Ferne die Sicheln von gleich zwei aufgehenden Monden erkennen konnte, was also nahelegte, sich nicht mehr auf der Erde zu befinden.

»Außerirdische ...«, tönte Elias. »Die sind von Ufos entführt worden, gell!«

»Du meinst *Aliens.* Aliens haben sie entführt. Aber so sicher ist das nicht. Sicher ist nur, daß da zwei Monde am Himmel stehen und daß die Luft warm ist und der Strand weiß und daß die Erwachsenen, die alle aus dem gleichen ICE stammen, ein Lagerfeuer machen. Und hinter ihnen beginnt ein Dschungel, aus dem Geräusche dringen, und sie alle sind sich unsicher, ob das jetzt normale Urwaldgeräusche sind – Stimmen von Kakadus und nachtaktiven Äffchen und kleinen, bunten Fröschen – oder ob das ein Dschungel der anderen Art ist.«

Im Grunde hatte Miriam ihre ursprüngliche Idee, die Geschichte von Kindern, die alleine in der Wildnis überleben müssen, nun auf die Erwachsenen übertragen. Den Wald für die Kinder, die Insel für die Erwachsenen!

Sie beschrieb ausführlich den unglaublich klaren Sternenhimmel und wie empfindlich kalt es wurde und sich die ganze Zuggesellschaft vor dem Lagefeuer drängte, wobei hier niemand sang oder Witze erzählte, dazu war die Situation wirklich zu ernst. Man fragte sich nämlich nach Sinn und Zweck dieser Transportation.

»Trans...port...was?« drangen die Silben stückweise aus Elias' Mund. Er sprach bereits mit geschlossenen Augen. Er war jetzt selbst in einen Zug geraten, Richtung Traumland.

Aber Miriam gab dennoch eine Antwort: »Na, die Leute befürchten, daß sie Teil eines Experiments sind.«

»Wa...?« Elias schluckte. Und gewissermaßen glitt er zusammen mit diesem Schlucken vollständig in sein inneres Schlafgemach hinein.

Auch Miriam schloß die Augen. Nicht, daß sie richtig schlafen wollte. Schließlich gedachte sie, weiterhin Holz nachzulegen, ja, sie wollte Wache halten. Aber sie war einfach zu erschöpft. Der Schlaf kam über sie. Auch so eine Schlammpackung, obgleich Miriams Gesichtshaut an Seidigkeit kaum zu überbieten war.

Ein Feuer, das langsam verglühte. Zwei Kinder unter der Decke. Draußen der Winter. Im See die tote Mutter. Und fern von alldem eine Insel mit Leuten aus einem ICE, deren Drohungen, die Deutsche Bahn zu verklagen, weithin verhallte.

7

Miriam träumte. Und sie wußte, daß sie träumte. Wie man weiß, daß man ein Herz in sich trägt, ohne freilich dieses Herz je gesehen zu haben. Es pumpt und es pocht und es hat einen Namen, und man kennt es von Abbildungen, deren Echtheit man glauben muß. – Auch ihr Traum pumpte und pochte.

In diesem Traum suchte Miriam nach ihrer Mutter. Sie fragte die Leute, ob sie eine Frau gesehen hätten, der das Wasser aus sämtlichen Körperöffnungen floß. Die einen schüttelten den Kopf, und die anderen zeigten in unbestimmte Richtungen. Endlich aber traf sie auf einen Mann, der weniger gleichgültig wirkte, nicht in Eile war, wie die anderen, und der sich zu ihr hinunterbeugte. Er war jetzt ganz nahe bei ihr, dennoch war es unmöglich, sein Gesicht zu erkennen. Das Gesicht war vollkommen schwarz, auch die Augen, auch der sich öffnende Mund, schwarz und glänzend wie von Seide, allein erkennbar durch die sich verschiebenden Glanzlichter. Ein Smoking von einem Gesicht. Die Stimme wohlklingend. Wohlklingend, aber fern. Miriam mußte sich sehr konzentrieren, um die Worte zu verstehen, die da tief aus dem Inneren des Mannes nach oben drangen, sternengleich, kleine Punkte von Licht, deren Ausgangspunkt riesige Sonnen waren. Worte, die so lange schon unterwegs waren, daß man nicht sagen konnte, ob der, der sie einst gesprochen hatte, überhaupt noch am Leben war.

Die Wörter reihten sich aneinander und ergaben eine Sternenkette: »Denk an die Tränen im Bach.«

Hatte sie sich verhört? Tränen im Bach? Nun, Tränen, die im Bach waren, waren wohl kaum von ihrer Umgebung zu unterscheiden, beziehungsweise vermischten sie sich mit ihrer Umgebung. Und waren somit für immer verloren. Was also sollte das bedeuten? Daß ihre Mutter sich quasi im Jenseits aufgelöst hatte? Unauffindbar?

»Ist das ein Rätsel oder so?« fragte Miriam.

Aber da hatte sie bereits die Augen aufgetan und starrte in die vom Licht der Sturmlampe gelblich aufgeweichte Dunkelheit. Sie atmete kalte Luft, während unter der Decke noch immer der Körper ihres Bruders und ihr eigener sich gegenseitig wärmten. Der Kaminofen war still. Umso deutlicher konnte man das Haus hören, das angetrieben vom nächtlichen Wind gespenstische Töne produzierte. Ein Jammern wie aus alten Knochen, die jemand zwecks archaischem Flötenspiel angebohrt hatte.

Miriam tauchte wieder ganz unter die Decke und klammerte sich fest an ihren Bruder. Er schnaufte. Sie

beschloß, einzuschlafen, um erneut in jene Traum-
welt zu gelangen, in welcher der Schwarzgesichtige
umging und rätselhafte Hinweise gab. Doch während
des restlichen Schlafs begegnete sie ihm nicht wieder,
sondern verlor sich in einer Mixtur diffuser Bilder und
Eindrücke. Sie war jetzt selbst eine Träne, die auf die
Wasseroberfläche eines Gebirgsbach auftrifft und dort
auseinandergerissen wird.

Als sie erwachte, war Tag. Sie erblickte einen weißen
Streifen von Licht unter der Türe und das Schwarz der
verklebten Fenster war ein wenig gemildert. Sie stellte
fest, wie eiskalt es im Raum war. Ihr Atem war eine weiße Flagge. Freilich konnte von Kapitulation keine Rede
sein. Immerhin durfte sie ja feststellen, überhaupt am
Leben zu sein, also nicht etwa im Zuge einer Pilzver-
giftung das Zeitliche gesegnet zu haben. Elias freilich
lag noch immer bewegungslos und mit geschlossenen
Lidern im Faltenwurf zweier Decken. Geradezu kunst-
voll aufgebahrt. Doch auch er produzierte eine kleine
weiße Fahne, mehr eine Fahnenstange.

Miriam stand auf und zog sich ihre eisigen Kleider
an, die sie aber rasch mit der eigenen Wärme auflud. Sie
schob den Riegel des Schlosses nach hinten und öffnete
die Türe, vorsichtig, ein Knarren vermeidend, um Elias nicht zu wecken. Praktischerweise ließ sich die Türe
nach innen öffnen, denn davor hatte sich ein beträcht-
licher Haufen Schnee gebildet, eine spitze Verwehung,
die sanft abrollte zum lückenlos eingehüllten Vorplatz.
Die Äste bogen sich unter den gewichtigen weißen

Hauben, während das Grün der Nadeln nur noch in Form eines Tellerrands sichtbar war. Ein Märchen, wie man so sagt.

Ihre Blicke trafen sich.

Und *das* war das eigentlich Märchenhafte: die Gegenwart des Tiers. Märchenhaft, aber kein Wunder, denn immerhin war dies hier ein Wald und die Anwesenheit gewisser Paarhufer noch wahrscheinlicher als die von kleinen Mädchen, sodaß eher das Reh, welches in einer Entfernung von fünf, sechs Metern regungslos im Schnee stand, sich wundern mußte ob der menschlichen Erscheinung im Türrahmen.

Keine Bewegung erfolgte, bloßes Stillstehen, bloßes Starren. Einzig ein paar Flocken wirbelten nach unten, wie um allerletzte Lücken im Puzzle zu füllen. Der Schöpfergott nahm es genau.

Miriam überlegte, ob es möglich war, daß das Reh nur darum nicht floh, weil es sie, Miriam, noch gar nicht wahrgenommen hatte. Weil der Wind günstig stand und Miriams Geruch vertrieb und Rehe bekanntermaßen sich schwertaten, ein stillstehendes Objekt auszumachen. Doch der Blick des Rehs schien so überaus gerade auf Miriam gerichtet. Nein, es war ganz unmöglich, daß das Tier sie bloß anglotzte, als wäre sie ein weiterer Stamm in einer von Stämmen reichen Gegend. Es war ein analysierender Blick, der die Fähigkeit dieses Tiers bekundete, zwischen einem gefährlichen Jäger und einer ungefährlichen Zwölfjährigen zu unterscheiden, zumindest diese Ungefährlichkeit in Betracht zu ziehen, anstatt augenblicklich das Weite zu suchen.

Rehe waren Schädlinge, das hatte Miriam mehrmals von ihrem Vater, der hin und wieder zur Jagd ging, gehört. Er hatte es ihr erklärt, und sie hatte es verstanden. Die Viecher zerfraßen den Wald. Punkt. Was sie nicht verstanden hatte, war der Grund für das Ungleichgewicht. Woher kam es? War es Teil der Natur? Auch konnte sie sich beim besten Willen nicht vorstellen, daß ausgerechnet ihr Vater – kein Förster, sondern Amtsrichter – sich eignete, dieses Ungleichgewicht schießend zu bereinigen. Miriam vermutete, daß sich an erster Stelle die Lust am Schießen und mithin auch am Töten ergab und erst in der Folge der »gute Zweck« nachgeliefert wurde.

Sie hatte einmal zu ihrem Vater gesagt: »Ach, ich bin ja nur ein dummes Kind.«

»Nein, du hast starke Gefühle. Die Gefühle leiten dich.«

»Und was leitet dich, Papa?«

»Ebenso die Gefühle, aber noch vor den Gefühlen der Verstand.«

»Der Verstand. Aha! Und der fehlt mir also. Kann man den Verstand kaufen?«

Der Vater ignorierte den Spott und sagte: »Man entwickelt ihn.«

»Ich glaube eher, der Verstand ist eine Ausrede für Sachen, die Menschen tun, und wissen, daß sie schlecht sind, sie aber trotzdem tun wollen.«

»Mein Gott, wo hast du das gelesen, du kritischer kleiner Kopf?«

Er hatte es sicher lieb gemeint, von einem »kleinen

Kopf« zu sprechen. Aber es zeigte deutlich, wo er seine Tochter einordnete. – Das Schlimme war, daß man unweigerlich ebenfalls erwachsen wurde. Außer man starb vorher. Klar, es gab keinen Grund, das Kindsein zu idealisieren, diese vielen quengeligen Kaulquappen mit ihrem Egoismus, die wirklich zu jeder Bösartigkeit bereit und fähig waren, aber ... nun, immerhin verzichteten diese Kaulquappen darauf, sich hinter dem Verstand zu verstecken. Und waren in ihren besten Momenten zu einer Hellsichtigkeit befähigt, die sie in direkte Verbindung zur Wahrheit brachte.

Mädchen und Reh.

Richtig, Miriam hätte nun schauen können, wie weit sie gehen konnte. In beiderlei Sinne. Sie hätte versuchen können, sich dem Tier auf Armlänge zu nähern und es möglicherweise gar zu berühren.

Aber was hätte sich damit beweisen lassen? Daß das Reh instinktlos war, sich von jedermann anfassen ließ, so degeneriert, so blöd vor Hunger, daß es die potentielle Gefahr, die von einem Menschen ausging, ignorierte? Nun, so hätte es wahrscheinlich ihr Vater gesehen.

Wenn aber nicht ...

Die Wahrheit in diesem Moment war die, daß das Reh sie sah und erkannte und sich die Situation nicht etwa im Zuge einer für das Wild ungünstigen Windrichtung ergeben hatte. Dies nun aber mittels einer Berührung des Tiers zu beweisen, wäre geschmacklos gewesen. Es gehörte sich nicht, Rehe anzufassen. Das war hier kein Streichelzoo und auch nicht Lourdes.

Geirrt hatte sich Miriam nur in dem Punkt, gemeint zu haben, sie hätte es mit einer Rehkuh zu tun. Rehe besaßen, gleich welchem Geschlecht sie angehörten, eine feminine Erscheinung. Eben auch dieser Bock, der nun seinen Blick wieder von Miriam nahm und seinen Kopf gegen den Boden richtete. Ein Geweih besaß er nicht, nicht um diese Zeit, sein altes hatte er abgeworfen, und unter der Basthaut verborgen wuchs erst das neue heran. Die für Männchen typischen weißen Flecken am Kinn und an den Seiten der Oberlippen wiederum hatte Miriam nicht bemerkt, es waren vielmehr die Hoden, die ihr jetzt ins Auge stachen.

Für einen Moment war sie enttäuscht, als wäre das Wunder ihrer Begegnung dadurch geschmälert. Immerhin hatte sie am Tag zuvor ihre Mutter verloren, und es war nur stimmig, sich nach einem weiblichen Tier zu sehnen. Aber ein Wunder war kein Reiseprospekt, wo man sich die Zahl der Sternchen zum Hotel aussuchen konnte. Sternchen, die immerhin bezahlt werden mußten. Wunder waren umsonst, jedoch nicht austauschbar.

Der Rehbock drehte sich nun langsam von Miriam und der Hütte weg und schritt behutsam, ohne jede Eile, über die Schneedecke. Miriam erkannte den hellen Fleck am Hinterteil, der – wie sie von ihrem Vater wußte – bei den Jägern mit dem Wort »Spiegel« bezeichnet wurde. Ein merkwürdiger Vergleich, fand Miriam: sich in einem Popo zu spiegeln. Befremdlich wie auch die Vorstellung, jemanden zu erschießen, auf dessen Hintern sich das eigene Antlitz, das Antlitz des Schützen, abzeichnete.

Ihr Vater, der Verstandesmensch, hätte sofort erwidert, kein Jäger würde je auf den Hintern eines Rehs zielen. Zudem würde ein solcher Popo-Spiegel ja nicht wirklich etwas reflektieren. Aber Miriam hätte darauf bestanden, daß wo ein Spiegel ist, der Mensch versuche, sich darin zu betrachten. Und sei es nur theoretisch.

Mit einem sachten Schnauben verschwand der Rehbock in einem schmalen Spalt, der kaum einsichtig zwischen den eng stehenden Nadelbäumen klaffte, gleich einer Ritze in einem Theatervorhang.

Miriam hätte sofort einen ihrer Finger darauf verwettet, diesem Tier nochmals zu begegnen, was übrigens auch für den schwarzen Mann in ihrem Traum galt. Sie fühlte sich beobachtet, aber *liebevoll* beobachtet, und sie fühlte sich bereit, erneut einen Ofen zum Glühen zu bringen. Kehrte also zurück in das Innere der Hütte, registrierte den fortgesetzt tiefen Schlaf ihres Bruders, kniete sich vor die Feuermaschine hin, rüttelte am Rost, zerknüllte ein paar nackte Frauen und erledigte auch den Rest mit dem Empfinden einer uralten Routine. Nicht nur in bezug auf die Technik der Anfeuerung, sondern auch in bezug auf diesen einen Ofen, so, als wäre sie ihm bereits in einem früheren Leben begegnet.

Nachdem sich eine kompakte Glut entwickelt hatte, war auch Elias erwacht. Als erstes fragte er nach seiner Mutti.

Anstatt zu antworten, bat Miriam: »Bist du so lieb und fütterst du das Aquapet. Unseren guten Tankwart.«

»Ja, Miriam«, sagte Elias und ging hinüber zum Tisch,

wo das kleine Wasserwesen in seiner Röhre ruhte. Elias betätigte in rascher Folge mehrmals den Herzknopf, so lange, bis das Aquapet sich mit einer klanglichen Introduktion und einem leichten Gewackel meldete. Anschließend vollzog Elias die Speisung mittels Sternknopf.

»Tankwart mampft«, kommentierte er lachend.

Als dann auch der obligate Wiener Walzer erfolgte, griff Elias nach seinem Zebra und ging zum Bett zurück. Auf einem der Stühle hatte ihm Miriam die trockene, vorgewärmte Kleidung hingelegt.

»Zieh mich bitte an«, ersuchte er.

»Mit fünf Jahren sollte man das selbst hinbekommen.«

Er aber entließ ein gedehntes »Büütte!« und nahm auf der Bettkante Platz.

Miriam schüttelte den Kopf, wechselte aber dennoch zu ihrem Bruder hinüber, ging in die Knie und begann, ihm die Socken über die Füße streifen. Socken, die sich ausgesprochen grob, ja *historisch* anfühlten, wie soeben erst ausgegraben, um nun hundert Jahre später erneut zum Einsatz zu kommen. Die Strumpfhose hingegen hatte Elias die ganze Nacht anbehalten. Sie war körperwarm und körperweich.

Während da Miriam Schicht um Schicht an den Bruder anlegte, fragte dieser, was mit den Leuten aus dem Zug geschehen sei.

»Wie?«

»Na, die aus dem ICE, die jetzt auf einer außerirdischen Insel sind.«

99

Miriam zuckte mit der Schulter. »Nichts. Die haben auch geschlafen.«

»Ist das alles?« zeigte sich Elias enttäuscht.

»Na, ist ja erst der Anfang. Jetzt wachen sie auf, machen Frühstück und dann werden sie entscheiden, ob man einfach am Strand hocken bleibt oder sich mal die Insel näher anschaut. Natürlich nicht alle auf einmal. Sie brauchen Freiwillige. Aber wie gesagt, zuerst das Frühstück.«

Er nickte. »Ich habe auch Hunger.«

»Klar. Ich hole uns noch mal Pilze.«

»Was anderes wäre mir lieber.«

»Du, Elias, hier wachsen keine Cornflakes.«

»Weiß ich auch!« hob er sein Stimmchen an. »Ich bin nicht blöd.«

»Wer nicht blöd ist«, erklärte Miriam, »ist noch lange nicht gescheit. Oder könntest du mir vielleicht sagen, was ich im Wald finden soll? Was es hier tatsächlich gibt. Wenn du schon keine Pilze möchtest.«

»Vielleicht können wir Rinde essen.«

»Ach geh! Könnte man Rinde essen wie Würstchen, wäre noch nie jemand im Wald verhungert.«

»Kann man denn im Wald verhungern?« fragte Elias, und seine Augen weiteten sich zu großer Besorgnis. Sogleich fügte er an, im Zoo einen Affen beobachtet zu haben, wie dieser an einer Baumrinde kaute.

»Echt!? Bist du sicher, daß es nicht ein Schokoriegel war?«

Elias schien die Frage ernst zu nehmen. Er sagte: »Ich

weiß, manche Besucher füttern die Affen, und das ist
verboten. Aber glaub mir, Miriam, es hat wirklich wie
Rinde ausgesehen.«

»Schon gut, Spatz. Wir werden auch ohne Rinde
nicht verhungern. Versprochen!«

Herrje, noch nie hatte sie zu Elias »Spatz« gesagt,
dies hatte immer nur die Mutter getan, wenn sie eins
ihrer beiden Kinder liebevoll gerufen hatte.

»Komm, Elias, laß uns einfach mal in den Wald gehen. Es ist wunderschön draußen. Wollen doch sehen,
ob irgendwo ein Frühstück steht.«

»Was denkst du, Miriam, werden die auf der Insel
essen?«

»Na, die haben es einfacher. Dort sind viele Kokos-
palmen. Und man kann fischen.«

»Außerirdische Fische«, erinnerte Elias.

»Schon, aber ...«

Nun, was aber? Das war doch in der Tat ein Problem.
Denn obgleich die Insel vom derzeitigen Standpunkt
wie ein recht normales Eiland aussah, weißer Strand,
Palmen, Sträucher, ein türkisblaues Meer, Muscheln, die
wie Muscheln anmuteten, und auch der erste gesichtete
Fisch die vertraute Form und Gestalt besaß, waren am
Himmel fortgesetzt die nun zwar blassen, aber unver-
kennbaren und zudem ziemlich großen Sicheln gleich
zweier Monde zu erkennen.

»Du hast recht, Elias«, sagte Miriam, »die ICEler, die
haben ...«

»Was IC...?«

»ICEler. Weil sie ja aus dem ICE-Zug waren. – Also,

die haben sich jedenfalls überlegt, daß die Kokosnüsse zwar wie Kokosnüsse aussehen, aber ...«

»In Wirklichkeit Dracheneier sind«, rief Elias dazwischen.

»Und die Fische vielleicht zu sprechen anfangen oder mit Torpedos schießen. – Aber weißt du, Verhungern war halt eine schlechte Alternative. Darum haben sie noch ein paar Minuten herumdiskutiert und dann eben doch eine Nuß aufgeschlagen.«

»Und?«

»Hat wie Kokosmilch ausgesehen und genauso geschmeckt.«

»Ein Trick vielleicht.«

»Na gut, das gilt auch für das Essen bei uns auf der Erde«, sagte Miriam, ersparte sich und Elias jedoch die Anspielung auf eine bestimmte terrestrische Fastfoodkette. Wie alle Kinder ging sie gerne dort hin, um, wie man so sagt, wie ein Schwein zu essen. Es machte Spaß. Freilich ahnte sie, daß ihr dieser Spaß am Ende des Lebens, wenn das Resümee erstellt wurde, einige Abzüge bei den Haltungsnoten einbringen würde. In mehrfacher Bedeutung des Wortes »Haltung«.

Das meiste Essen war leider ein Verbrechen.

Miriam und Elias traten Hand in Hand ins Weiß hinaus. Der Himmel war bedeckt, und trotzdem erschien alles sehr viel heller als am Vortag. Freilich war es nun um einiges mühsamer, durch das Dickicht zu marschieren. Es lag so gut wie alles unter einer dicken Schicht begraben. Miriam fand es am sichersten, sich erneut in

Richtung der Stelle zu begeben, wo sie die Austern-Seitlinge entdeckt hatte. Denn ein Pilz, der auch von aufrechten Stämmen zu wachsen pflegte, war in dieser Situation der einzige, den man würde finden können.

Als man dann aber den Mischwald erreichte, da ...

»Dort, schau!« rief Elias. »Blut!«

Miriam schärfte ihren Blick. In der Tat waren am Ende einer aufsteigenden Fläche – an der Stelle, wo ein schmaler Erdrücken zwischen zwei weit auseinanderstehenden Buchen einen Bogen spannte und mehr Licht eindrang als anderswo – rote Punkte im Schnee zu sehen.

»Vielleicht ein totes Rotkäppchen«, sagte Miriam, deren zarter Hang zur Ironie ein sehr früher gewesen war, früher als normal, wie eine Kindergärtnerin einmal kritisch angemerkt hatte. Jedenfalls umgriff Miriam fester die Hand des Bruders und zog ihn die Stelle nach oben.

Das Rot wuchs an. Man stand jetzt ganz nahe. Miriam erkannte, daß es sich weder um eine tote Käppchenträgerin noch um sonst etwas Totes handelte. Sie fuhr mit dem Handrücken über die Stelle und wischte den Schnee zur Seite. Weiteres Rot kam zum Vorschein, eingespannt in sattes Grün.

Sie machte große Augen und sagte: »Wow!«

»Was ist das?«

»Na, was meinst du, Elias?«

»Erdbeeren?« riet er. »Aber total klein.«

»Stimmt, im Wald sind sie klein und im Supermarkt groß.«

»Sind die aus dem Wald giftig?« fragte Elias.

»Nein«, lachte Miriam und beugte sich tief zu dem niedrigen, auf einem Erdhügel gedeihenden Rosengewächs, den gezackten Blättern, zwischen denen die kleinen Früchte in großer Zahl aufleuchteten. Herzchen oder Glöckchen, wie man wollte, jedenfalls nicht nur hübsch anzusehen, sondern auch genießbar. Eine erstaunliche Erscheinung – wenigstens auf den ersten Blick. Der zweite Blick besagte nämlich, daß bis vor wenigen Tagen das Wetter ausgesprochen mild und der heftige Wintereinbruch ein nicht nur für die Autofahrer, sondern auch für die Natur plötzlicher gewesen war. Bei einer Pflanze, die in der Lage war, bis zum ersten Winterfrost Früchte zu tragen, war es somit nicht als Wunder anzusehen, um diese Zeit noch in solch intensiver Weise zu existieren. Eher verwunderlich war, daß keines der fleißigen Tiere dieses Waldes sich an der Pracht vergriffen hatte. Der ganze Strauch schien vollkommen unangetastet.

»Wenn man sie essen kann, dann pflücken wir sie, gell!« meinte Elias.

Aber Miriam hielt ihn zurück: »Moment, ich muß überlegen.«

»Was denn mußt du überlegen?«

»Nerv nicht, sondern warte.«

»Ja, Miriam.«

Miriam war eingefallen, was ihre Großmutter – eine weniger religiöse denn in religiösen Dingen bewanderte Frau – ihr über die Erdbeeren des Waldes erzählt hatte. Sie dienten mitunter als Nahrung für die verstorbenen

Kinder. Denn einmal im Jahr stieg die Gottesmutter Maria auf die Erde, um Erdbeeren einzusammeln, die sie ins Himmelreich mitnahm und dort an die vereinte Kinderschar verteilte. Deshalb auch galt die alte Regel, daß eine Frau, die ihr Mädchen oder ihren Jungen verloren hatte, keine Erdbeeren verzehren sollte, um nicht etwa einen Mundraub am eigenen Kind zu begehen.

Nun gut, Miriam war keine Mutter … und wenn auf gewisse Weise *doch*, dann die eines Fünfjährigen, der putzmunter neben ihr stand. Zudem mochte man den Glauben an eine aus dem Paradies herkommende Muttergottes, die auf Erdbeeren aus dem Diesseits angewiesen war, als eine romantische Übertreibung ansehen. Andererseits war der Eindruck des »Romantischen« noch kein Gegenbeweis, eher typisch für eine Politik, die gerne diffamierte, was sie nicht verstand. Zudem beeindruckte Miriam der Umstand, wie sehr dieser Früchte tragende Strauch völlig unangetastet schien, sich offensichtlich kein Vogel oder Fuchs oder Wild daran gelabt hatten. So, als hätten die Tiere instinktiv begriffen, es hier mit Früchten zu tun zu haben, die anderen zustanden. Die auf eine heilige Weise reserviert waren.

»Wir lassen das bleiben«, bestimmte Miriam und hielt den Arm vor Elias' Brust, solcherart eine Sperre markierend.

»Wieso denn, Miriam?« Seine Stimme war klein und kläglich.

Sie hätte ihn jetzt erneut anlügen können, somit doch noch das Gespenst von der Giftigkeit bedienend.

Aber sie wollte nicht erneut eine Konstellation herbei-
führen, die es ihr später schwermachen würde, ohne
Blessuren für die eigene oder erst recht die andere Seele
die Wahrheit ans Licht zu bringen. Also gab sie offen
zu, wieso sie es für besser hielt, diese Waldfrüchte unangetastet zu lassen.

»Ach so! Wegen der Kinder im Himmel also!« rief
Elias aus und nickte dazu mit ernstem Ausdruck. Er war
sichtlich beeindruckt. Noch war er nicht in dem Alter,
wo er gesagt hätte: »Was soll der Scheiß? Bin ich blöd,
in diesem Schneechaos auf Erdbeeren zu verzichten.
Noch dazu für Kids, die sowieso schon tot sind. Das ist
doch krank!«

Es war nun also tatsächlich so, daß Miriam und Elias
die hübsche Ansammlung dunkelrot aus dem Weiß und
Grün stechender Waldfrüchte hängen ließ und sich
aufmachten, eine Pilzart zu suchen, von der sie glücklicherweise keine einzige magische Bedeutung kannten,
die ein Hindernis dargestellt hätte. Austern-Seitlinge
schienen schlichtweg eine Äußerung der Natur zu sein.
Ein Geschenk für die Lebenden. Wenn man sie fand.

Und sie fanden sie. Was mehr als gerecht war, dachte
Miriam. Angesichts des eben getätigten Verzichts.

Sie entdeckten aber nicht nur die Pilze, sondern auch
eine Ameisenstraße, die in zwei Fahrbahnen den Stamm
der hohen Buche hinauf- und hinunterführte, wobei einige der Ameisen auf Höhe der Fruchtkörperbüschel
hielten und Teile des Pilzes abtransportierten.

Miriam war verblüfft. Sie erinnerte sich, in einem
Buch über Insekten gelesen zu haben, daß Ameisen im

hereinbrechenden Herbst darangingen, ein Winternest zu bereiten und sich mehrere Meter tief unter die Erde zurückzogen. Ohne sich zuvor einen Winterspeck angefressen zu haben, kamen sie sodann an der tiefsten Stelle zusammen und verfielen in eine Kältestarre, wobei sie auch während der Starre keine Nahrung zu sich nahmen.

Was also hatte dies zu bedeuten? Gab es jetzt auch winterfeste Waldameisen? Ausgestattet mit einem jüngst entwickelten Frostschutz? Oder waren die Mitglieder dieser einen Kolonie im Zuge eines viel zu warmen Herbstes von ihrem üblichen Plan abgehalten und ihrerseits vom Wintereinbruch überrascht worden? Um nun in aller Eile das Versäumte nachzuholen, letzte Vorbereitungen zu treffen und sich alsbald in ihre Kammern zurückzuziehen. Oder handelte es sich um Nachzügler, die nicht mehr in die Winterquartiere gelangt waren, weil sämtliche Zugänge bereits verschlossen und abgedichtet waren? Blieb auch noch die schlichte Möglichkeit, an dieser Stelle auf eine Gruppe »verrückter Ameisen« gestoßen zu sein, die Pilze einsammelten, als wäre man mitten im Sommer?

Miriam und Elias sahen sich an, wie man sich ansieht, bevor man ein Verbrechen plant. Erneut stellte Elias die Frage nach der Eßbarkeit. Er sagte: »Die könnte man auf dem Ofen rösten, gell?«

Das stimmte. Ob die jetzt verrückt waren oder nicht. Zudem fiel Miriam ein, von der beachtlichen Eiweißhaltigkeit dieser Hautflügler gehört zu haben, wußte aber nicht mehr, inwieweit das auch für die in Europa galt oder bloß für die großen exotischen Dinger. Eßbar waren sie aber ganz sicher. Gleichzeitig stellte sich erneut die Frage, inwieweit Ameisen über Seelen verfügten. Was ja angesichts des Umstands, daß ein Verzehr sich nur lohnte, wenn man viele von ihnen zu sich nahm, eben auch dazu geführt hätte, viele Seelen in Mitleidenschaft zu ziehen. Hätte Miriam nun aber diesen Einwand gegenüber Elias vorgetragen, wäre der vielleicht auf die Idee gekommen, selbige Frage auch bezüglich der Pilze zu stellen, umso mehr, als diese gar nicht zu den Pflanzen zählten.

Miriam sagte: »Okay, probieren wir's.«

»Und wie?«

Miriam griff in den Rucksack, faltete eins der Pokémonhefte auseinander, drehte die beiden Teile zu einer Tüte und knickte die Spitze zur Seite, um das Behältnis nach unten hin abzuschließen. Natürlich protestierte Elias gegen die Verwendung seines Comics, welches er immerhin vor dem Feuertod bewahrt hatte. Aber Miriam versicherte, das Heft bleibe intakt und könne hinterher wieder seinem üblichen Zweck dienen.

Ihr Bruder seufzte und preßte seine Lippen zu einer kleinen Faust zusammen. Doch was sollte er tun? Es war schließlich *seine* Idee gewesen, sich von Ameisen zu ernähren. Also begann er zusammen mit seiner Schwester, einzelne Tiere in die Tüte zu befördern. Dabei Handschuhe anzuhaben, machte ihnen die Sache leichter. Ein Insekt zu berühren, war komisch. Als greife man nach lebendigem Glas. Winzigen Nippesfiguren.

Die beiden sammelten fleißig, und alsbald hatte sich

am Boden der Spitztüte ein beträchtliches Gewusel gebildet. Wobei es sich in Anbetracht der Gesamtpopulation, die hier irgendwo das Nest bewohnte, Hunderttausende wohl, um eine vernachlässigbare Gruppe »Gefangener« handelte, die da einer Röstung entgegensah. Eine Opfergabe an kleine Kinder, die niemals auf die Idee gekommen wären, mit Stöcken einen Ameisenhaufen zu zerstören.

In der Folge pflückten die Geschwister einen Teil der Austern-Seitlinge, bedienten sich aber bei denen, die von der Ameisenstraße etwas entfernt lagen. Sie packten alles zusammen und kehrten zurück zur Hütte. Dort angekommen, legten sie Holz nach und kochten und würzten in bewährter Manier die Pilze.

»Und jetzt die Ameisen«, sagte Miriam, »wir müssen sie direkt auf die heiße Platte legen.«

»Lebend?«

Miriam zögerte. Dann sagte sie: »Du hast recht, wir töten sie zuerst.«

Sie überlegte, wie das am besten zu erledigen war. Jedes Tier einzeln zu zerquetschen, war mühselig und verstärkte nur das schlechte Gewissen. Denn ein solches bestand durchaus. Es war nämlich *eine* Sache, aus einem quasi experimentellen Eifer heraus mal eine Ameise gekillt zu haben, aber etwas völlig anderes, eine nach der anderen in den Tod zu befördern. Existenzen zu beenden. Andererseits wäre ein weiterer Verzicht – nachdem ja die Erdbeeren unberührt geblieben waren – einer moralischen Übertreibung gleichgekommen. Bekanntermaßen war Miriam ein Feind von

109

Übertreibungen. Nein, sie wollte jetzt konsequent sein. Sich aber gleichzeitig die Arbeit vereinfachen, indem sie einen der verbliebenen Holzscheite nahm und in der Folge begann, die am Boden liegende verschlossene Tüte damit zu bearbeiten.

»He!« rief Elias in Sorge um sein Comic.

»Ich töte nicht das Heft, sondern die Ameisen«, beschwichtigte die Schwester, zuerst mit kurzen Stößen zuschlagend, dann in der Art eines Nudelrollers das Papier und damit auch seinen Inhalt glättend. Als sie nach einigem Gewalke das Behältnis öffnete, lebten aber noch immer einige der Ameisen, sodaß sie nun direkt mit dem Holz eindrang und auf die lebenden und toten Ameisen einschlug. Das Geräusch, das dabei entstand, erinnerte sie – ganz folgerichtig – an das Zerschlagen von Glassteinen. Eine Katastrophe in Murano. Es machte sie wütend, wie schwierig es war, dem Leben ein Ende zu setzen. Wie sehr sich das Leben wehrte.

Sie spürte den Schweiß auf ihrer Stirn. Immer noch rührte sich etwas in der papierenen Spitztüte. Miriam fühlte sich elend. War es denn nicht so, daß hier ein Massaker geschah? – Ach, liebes Kindchen, hätten jetzt wohl viele Erwachsene gemeint, das ist in diesem Zusammenhang ein ziemlich starkes Wort. Miriam hätte erwidert, das sehen nur die so, die *keine* Ameisen sind.

Aber der Weg mußte zu Ende gegangen werden. Ein Schlag noch, ein weiterer, ein letzter, gezielter, dann endlich war es vollbracht. Miriam beruhigte sich.

Im nun wirklich ungünstigsten Moment fragte Elias: »Warum wird eigentlich in der Früh nicht gebetet?«

»Habt ihr denn keinen Morgenkreis im Kindergarten?«

»Schon, aber … ich meine zu Hause.«

»Weil die ganze Zeit beten, das wäre … Blödsinn. Gott muß ja fast immer zuhören. Das kann auch nerven«, sagte Miriam.

Sie nahm einen Löffel, tauchte ihn in den Grund der Tüte und verteilte sodann die kleinen Leichname über die heiße Fläche der ebenen Kaminabdeckung. Es knisterte. Der Klang von Popcorn. Derweilen säuberte Elias sein Comicmagazin. Er beschwerte sich über die Flecken, die die getöteten Tiere zurückgelassen hatten. Leichenflecken.

Als sie später beim Essen waren, sagte er aber: »Die schmecken super!«

»Im Ernst?« fragte Miriam.

»Viel besser als der Matsch.« Er meinte die Pilze.

»Iß ihn trotzdem. Von den Ameisen allein wirst du nicht groß und stark.«

»Ich mach ja schon. Aber erzähl jetzt weiter! Von den Leuten auf der Insel!«

»Das ist eine Abendgeschichte, Elias. Fürs Schlafengehen.«

»Nein!« sprach er im gleichen trotzigen Ton, mit dem er ein Jahr zuvor Miriams Aufklärungsversuche bezüglich des Weihnachtsmanns abgewehrt hatte. Er war fest in seinem Glauben geblieben, aber mit Tränen in den Augen zur Mutter gerannt, um sich über die Einwände der Schwester zu beschweren. Eine Schwester, die sich in der Folge als *wahrhaft* aufgeklärt erwiesen

111

und ihren Fehler eingesehen hatte. Einen Glauben bricht man nicht. Man läßt ihn sich verwandeln. Außer man ist Missionar. Das war Miriam aber nicht. Also hatte sie ihren Bruder um Verzeihung gebeten und geäußert, aus einer Laune heraus ihn habe ärgern wollen. Eine Erklärung, ob derer er voll des Glücks gewesen war. – Wieviel besser ist es doch, den Umstand des Geärgertwerdens anzuerkennen, als das Nichtexistieren einer so magischen wie großzügigen weihnachtlichen Erscheinung hinnehmen zu müssen.

Und genau ein solches »Nein!« markierte nun Elias' Ersuchen, die Geschichte von den verlorenen Zuggästen auch an einem Morgen erzählt zu bekommen.

Miriam seufzte eine Zusage über den Tisch, während sie zwei tote, knusprige Ameisen zwischen ihren Zähnen zerrieb.

8

Miriam überlegte, daß sie für ihre Geschichte eine Hauptfigur benötigte, einen Helden oder eine Heldin, wobei es ja auch zwei sein durften. Aber nicht auf einmal. Anders gesagt: Man kann eine Erzählung nicht mit einem Liebespaar beginnen. Die müssen sich schließlich erst finden.

Doch ohnehin sollte es keine Liebesgeschichte werden, sondern eine Abenteuergeschichte. Umso mehr, als der Empfänger dieses Berichts ein an der geschlechtlichen Schwärmerei desinteressierter Fünfjähriger war.

Sie entschied sich für einen männlichen Helden.

Dieser war nun augenblicklich geboren. Inmitten der Gruppe von etwa dreihundert ICElern erstrahlte ein einzelner Mann. Der aber nicht wirklich strahlte. Nur Miriam selbst erkannte die besondere Note, die ihn prädestinierte, für die Handlung herausgestellt zu werden.

Es versteht sich, daß es in einer derart großen Ansammlung von Menschen nicht an Männern fehlte, die deutliche Züge des Heroischen trugen, zumindest im Sinne einer Sportlichkeit, einer Attraktivität, einer aus der Reklame bekannten Zuversicht. Gleichwohl war Miriam noch viel zu sehr geprägt von den Geschichten ihrer Kinderbücher, deren Autoren so gerne den vom Ideal abweichenden Typus ins Rampenlicht stellten. Erstaunlich, daß ein Bär von sehr geringem Verstand bedeutend anziehender sein konnte als ein Formel-1-Weltmeister.

Der Mann, den Miriam nun beschrieb, war allerdings weder ein Zwerg noch eine monströse Erscheinung, sondern ein Mann von mittlerer Größe, mit einem winzigen Bärtchen, welches als ein auf dem Kopf stehendes Dreieck die Kinnpartie schmückte. Sein Verstand war nicht gering, vielmehr beträchtlich, jedoch kompliziert. Der Mann besaß auffällig lange Beine unter dem vergleichsweise kurzen Rumpf, so lange, daß es fast ein wenig behindert aussah. Was er jedoch nicht war. Immerhin aber mit einer Brille behaftet. Er trug – wenngleich die Wärme und die Situation dies wahrlich nicht erforderten – noch immer seinen gestreiften Pullunder und seine Krawatte. Und er trug den Namen Engelbert Grote.

»Engelbart Kröte!« rief Elias vergnügt.

»Grote«, betonte Miriam. »Er heißt halt so. Er ist ein Professor für Teilchenphysik.«

»Für was bitte?« fragte Elias.

Tja, das war ihr gerade eben eingefallen. Sie hatte

den Begriff im Radio gehört und es interessant gefunden, wie tief einzelne Menschen ins Innere des Lebens
vordrangen, sich immer weiter hineinzwängten ins *Ein-
gemachte* (so bezeichnete Miriam die Materie).

Vor allem hatte sie begeistert, als ihr Vater ihr von
den »Quarks« erzählt hatte, den kleinsten Bausteinen
dieser aus Bausteinen zusammengesetzten Welt, und
daß zu jedem Quark ein Antiquark gehöre. Was bestens
zu Miriams Annahme paßte, jedes Gefühl beherberge
ein Gegengefühl. In jeder Trauer liege auch ein Zustand
der Freude, kein Haß sei frei von Liebe. Alles im Leben
schien als Paar zu bestehen, auch wenn der *eine* Teil des
Paars den *anderen* möglicherweise gar nicht bemerkte.
Beziehungsweise ein außenstehender Betrachter nur
einen von den beiden wahrnehmen konnte. – Hätte
man Miriam nach einem Gottesbeweis gefragt, so hätte
sie in etwa geantwortet: »Es mag unmöglich sein, Gott
zu beweisen, vielleicht aber den Teufel. Wenn der Teufel bewiesen ist, dann auch Gott.«

»Professor Grote«, erklärte Miriam, »ist ein Quarkforscher. Quarks sind ganz kleine Teilchen. Im Grunde
besteht alles aus ihnen.«

»Atome also«, nannte Elias den ihm vertrauten Begriff, der ja auch sehr viel glaubwürdiger klang als ein
Name, mit dem üblicherweise das weiße Zeug neben
den gekochten Kartoffeln gemeint war.

»Na, die Atome«, erklärte Miriam, »müssen ja auch
aus was bestehen, oder? Wobei ich mich erinnere, daß
die Quarks … also, ich glaube, man nimmt an, es gibt
sie, weil es sie geben muß. Ich meine, man kann sie

nicht beobachten, nur ahnen oder ausrechnen. Das ist vielleicht so, wenn du von jemandem immer bloß die Stimme hörst, ihn aber nie zu Gesicht bekommst. Du hörst ihn durch die Wand, hörst ihn lachen oder weinen oder hörst, daß er den Fernseher aufgedreht hat oder seine Spülmaschine läuft, aber wenn du ihn besuchen willst, ist er nicht da. Und niemals begegnest du ihm im Treppenhaus.«

»Äh ... wie kann ich das wissen?« fragte Elias. »Wenn ich gar nicht weiß, wie er ausschaut.«

»Kluges Köpfchen«, bestätigte Miriam. »Das wäre dann ganz schön tricky. Wir können ihn also doch sehen. Wissen nur nicht, daß er es ist.« Sogleich aber fügte sie an: »Könnte freilich auch sein, die Person aus dem Zimmer ist unsichtbar. Möglicherweise kann man sie spüren, anfassen, wenn man Glück hat und den Arm in die richtige Richtung bewegt, vielleicht aber nicht einmal das. Oder jedoch die Person ist gar nicht unsichtbar, sondern immer dort, wo man selbst gerade nicht ist.«

Ihr brummte der Schädel. Sie hätte jetzt gerne im Internet nachgesehen, auf so einer Wie-Kinder-Quarks-verstehen-Seite. Andererseits war ja im Moment nur mal wichtig, festzuhalten, daß der Quarkforscher Professor Grote sich mit solch schwer faßbaren Dingen beschäftigte und somit auch eine magische und alchemistische Note besaß.

»Ist er alt?« fragte Elias.

»Nicht steinalt.«

»So wie Papi?«

»Nein, schon etwas älter als Papa, fünfzig vielleicht. Und er ist nicht so lustig wie Papa, er ist ein trauriger Mann.«

»Wieso denn?«

»Ich glaube, er hat seine Kinder verloren.«

»Du meinst, die waren im Zug.«

»Nein, schon vorher«, sagte Miriam und fragte sich: »Warum habe ich das gesagt? Das ist doch fürchterlich.« Es war ihr so herausgerutscht. Aber einmal ausgesprochen, existierte es auch.

Dieser Mann, der in irgendeinem Labor oder irgendeinem Teilchenbeschleuniger arbeitete, hatte seine Frau und seine beiden Kinder – und Miriam wollte jetzt nicht darüber nachdenken, ob das ebenfalls ein kleinerer Bub und ein größeres Mädchen gewesen waren – bei einem Hausbrand verloren. Er war nicht schuld daran gewesen. Wie auch? Hatte er sich doch, als es geschah, ganz woanders aufgehalten. Er hätte es nicht zu verhindern vermocht, er hätte nur dabeisein können. Er hätte mitsterben können. Anstatt nämlich im Ausland einen Vortrag zu halten. Während er auf einem Kongreß seine neuesten Theorien präsentiert hatte, war im Keller seines Hauses ein Feuer ausgebrochen und hatte seine Frau und seine beiden Kinder im Schlaf überrascht. Sie waren erstickt, bevor ihnen die Flammen das letzte Geleit gegeben und von ihren Leibern verkohlte Stücke zurückgelassen hatten. Was nur schlimm für den war, der zurückblieb im Leben und sich immer und immer wieder nach dem Warum fragte. Das taten nämlich auch Leute, die die Grundbausteine des Lebens erforschten und trotz all ihrem Aufgeklärtsein sich vom Schicksal verfolgt fühlten.

»Er wollte sich umbringen, zuerst«, sagte Miriam.

»Sich tot machen?«

»Ja. Aber er hat es dann gelassen.«

»Und warum?« fragte Elias.

»Um sich zu bestrafen. Weil er nicht bei seiner Familie gewesen ist, als es geschah.«

»Da hat er doch nichts dafürkönnen, oder?«

»Ach, Elias, Erwachsene geben nicht nur gerne anderen die Schuld für ein Unglück, sondern auch sich selbst. Manche fühlen sich sogar verantwortlich, wenn das Wetter schlecht ist oder es zu Weihnachten nicht schneit. Professor Grote wollte sich bestrafen, mit dem Leben bestrafen.«

Elias verzog seine Lippen zu einer zerdrückten Tulpe und runzelte die Stirne. Für einen Fünfjährigen war das kein einfaches Thema. Gleichzeitig war ihm auch diesmal bewußt, daß schließlich *er* darauf bestanden hatte, nicht die Geschichte der Kinder aus dem Zug, sondern die der Erwachsenen aus dem Zug erzählt zu bekommen.

Miriam wiederum unterließ es, die ganze Wahrheit zu offenbaren. Denn der eigentliche Grund für Grotes Verzicht, Selbstmord zu begehen, war seine Furcht gewesen, etwas Derartiges wie ein Jenseits, in dem er seine Kinder und seine Frau wiedertreffen konnte, würde gar nicht existieren. Kein solcher Platz, wenigstens keiner, an dem sie alle vier zusammenkamen. Hätte er hingegen sicher von einem demgemäßen Ort ausgehen können, er hätte die Sache mit der Bestrafung augenblicklich fallenlassen und wäre seiner Familie in den Tod gefolgt. Indem er aber zurückblieb und sich einredete, er tue dies, um sich zu geißeln, verfügte er über die Zeit, um neben seinem tiefen Zweifel auch die Hoffnung aufrechtzuerhalten, am Ende seines Lebens den drei geliebten Menschen wiederzubegegnen. Er genoß die Vorstellung und scheute die Beweisführung.

Doch davon Elias zu berichten, scheute sich wiederum Miriam. Was übrigens einen interessanten Aspekt darstellte, indem sie nämlich – als die Erzählerin, die sie war – ein Detail der Geschichte oder der Figuren in dieser Geschichte verschwieg. Die Figur schonte. Und damit den Zuhörer schonte.

Was nun aber Elias weit mehr interessierte als die Psyche besagten Quarkforschers, war natürlich die Beschaffenheit des außerirdischen Eilands. Und darum fragte er: »Sag, Miriam, wann wandern die endlich los? In die Insel hinein?«

»Na, nicht alle dreihundert auf einmal«, betonte die Erzählerin, »sie wollen ja vorsichtig sein. Also wird ein Spähtrupp zusammengestellt. Zehn Männer und zwei Frauen.«

»Wieso zwei Frauen?«

»Weil es immer auch Frauen gibt, die vorn dabeisein müssen.«

»Und der Professor Kröte ist auch mitgegangen, gell?!«

»Nein, Grote nicht. Er war immerhin schon fünfzig und er war kein Mann, der gerne marschierte. Er hat sich abseits gehalten.«

»Abseits?«

»Ein Stück weg von den anderen. Das war ja ein großer Strand. Manche von den Männern und Frauen haben sich ausgezogen.«

»Nackt?!« Elias staunte.

»Weißt du, am Tag wurde es echt heiß. Richtig nackt waren sie nicht, sondern in ihrer Unterwäsche. Vor allem die Jüngeren, die noch nicht dick waren. Aber auch die Dicken haben ihre Hemden aufgemacht und die Blusen, und vor allem die Schuhe und Socken ausgezogen und sich in den Schatten gesetzt. Viele sind auch schwimmen gegangen. Nicht aber der Professor. Er ist auf einem Stein gesessen, mit seinem Pullunder und seiner Krawatte und hat gar nicht geschwitzt. Seit seine Kinder gestorben waren, hatte er nicht mehr geschwitzt. Ist einfach dagehockt und hat an seine Quarks gedacht.«

»Und die, die ins Innere der Insel gegangen sind, zum Vulkan, was war mit denen?«

Miriam aber erwiderte: »Vulkan? Wer hat denn was von einem Vulkan gesagt?«

»Solche Inseln«, erklärte Elias, »haben immer Vulkane.«

»Also vom Strand aus hat man keinen gesehen. Und die Freiwilligen, die den Dschungel erforscht haben, waren noch nicht zurück.«

»Warum?«

»Ja, das weiß man nicht. Die anderen haben gewartet, haben währenddessen versucht, Fische zu fangen, Kokosnüsse von den Palmen zu schlagen, Wurzeln auszugraben. Einige haben begonnen, Hütten zu bauen und eine Latrine anzulegen.«

»Eine was?«

»Eine Latrine. Eine Toilette für alle. Eine Grube zum Hineinmachen. Darauf wird nämlich in vielen Abenteuergeschichten gerne vergessen. Daß die Leute kakken müssen und wie eklig das ist, wenn die Würstchen am Strand herumliegen.«

»Die kann man doch vergraben.«

»Wenn dreihundert Leute aufs Klo gehen ... dann hast du irgendwann einen Strand, wo du keinen Schritt gehen kannst, ohne ... erst recht, wenn einige Durchfall bekommen, und da kannst du Gift drauf nehmen, daß das passiert. Und selbst wenn du deine große Seite ins Meer machst, müßtest du viel zu weit rausgehen, außerdem schwimmt das ... nein, die Latrine war notwendig. Ein paar Männer, die sonst auf einer Baustelle arbeiten, haben sich flache Steine besorgt und ein tiefes, langes Loch geschaufelt. Es hat ausgesehen wie das Grab für einen dünnen Riesen.«

»Ja, gut, aber Pipi hat man schon ins Meer gemacht, oder?«

»Klar.«

Erneut erinnerte Elias an den Spähtrupp.

»Die kamen nicht zurück.«

»Was?«

»Den ganzen Tag nicht. Da ist der Rest nervös geworden.«

»Auch der Professor?«

»Nein, der nicht. Er ist im Schatten gesessen und hat

nachgedacht. Aber durstig war er trotzdem, alle waren durstig. Einige haben angefangen, die Kokosnüsse zu horten. Es gab Streit deswegen, und ein paar Leute haben sich die Nase blutig geschlagen. Dabei gab es wirklich genügend Palmen und genügend Früchte. Schwierig war das Klettern, und schwierig war es, die Dinger aufzukriegen. Der Professor war kein guter Kletterer, aber einer von den Arbeitern, die die Latrine gebaut haben, hat ihm welche besorgt.«

»Wieso?« fragte Elias. Dabei hustete er heftig. Nicht zum ersten Mal.

Miriam registrierte es mit Besorgnis, das Husten, beantwortete aber seine Frage: »Der Arbeiter kam vorbei und hat dem Professor zwei Kokosnüsse hingestellt. Schon geöffnet. Sogar mit einem Halm darin, einem Röhrchen zum Heraustrinken. Als wäre man im Restaurant. Einfach so, ohne daß da ein Grund dafür war. Schon komisch. Komisch, aber von Vorteil, weil ja der Professor niemals auf so einen Palmenbaum hochgekraxelt wäre.«

»Die Nüsse fallen doch einfach herunter, wie die Äpfel?«

»Ja, manchmal. Aber erstens sind sie dann alt, und zweitens hätte er, um eine solche zu erwischen, eine blutige Nase riskieren müssen.«

Mit einer kleinen Stimme erklärte Elias: »Ich habe auch Durst.«

Miriam bemerkte, wie gläsern seine Augen waren. Sein ganzes Gesicht mutete nun wie ein Spiegel an, ein ovales Teil mit dünnem Griff, auf dessen Fläche sich die glutroten Backen und ein kleiner weißlicher Mund abzeichneten. Auch legte Elias jetzt sein Kinn auf den übereinandergekreuzten Händen ab. Erneut hustete er, auf die bellende Art.

»Komm, leg dich wieder ins Bett«, wies ihn Miriam an. »Ich bringe dir gleich was zum Trinken.«

Miriam ging hinaus, um Schnee zu holen. Dann kehrte sie zurück, stellte den Topf auf den Kamin und wechselte hinüber zu Elias, der unter die Decke gekrochen war. Er zitterte. Den harten Plastikkörper des Zebras hatte er zwischen Hals und Schulter geklemmt. Seine Stirn glühte. Sein Blick war durchscheinend und seine Stimme ein Mäuschen, als er sagte: »Mit den Männern ... und den zwei Frauen ... ist was passiert, gell?«

Und, nach einer kleinen Pause: »Es gibt einen Vulkan dort, Miriam, ganz sicher.«

»Da hast du wahrscheinlich recht«, sagte die Schwester, holte das Schneewasser, ließ es ein wenig auskühlen und gab Elias zu trinken. »Ich denke über die Sache mit dem Vulkan nach. Mach jetzt aber die Augen zu und ruh dich aus. Später erzähle ich dir weiter, gut?«

»Ja«, sagte Elias. Seine Lider glitten zusammen. Man hörte ein leises *Bumm!*.

Miriam verspürte eine Angst. Die Krankheit, die da in ihrem Bruder groß wurde, schreckte sie. Krankheit war eine Domäne der Erwachsenen. Nicht das Krankwerden an sich, natürlich nicht. Denn die Kleinen waren perfekte Kranke, die Großen jedoch perfekte Krankenpfleger. Man kann sagen: Sie hüteten die Krankheit wie den Kranken. – Gleich vielen anderen Kindern kannte Miriam keinen idyllischeren Zustand, als mit so einer Fiebergeschichte im Bett zu liegen, zu schwach, zu wackelig, zu sehr im märchenhaften Nebel eigener Benommenheit gefangen, um in die Schule zu gehen und nachmittags einen der üblichen Kurse zu besuchen. Dort im Bett, zu bettuntypischer Zeit, empfing man eine Aufmerksamkeit, die gar nicht so sehr von Sorge begleitet war, eher vom Vergnügen einer Auszeit. Man wurde ja nicht amputiert oder sonstwie aufgeschnitten, sondern war bloß krank im Sinne einer notwendigen Stärkung des Immunsystems. Auch die Erwachsenen, wenigstens die Frauen, schienen froh zu sein, den üblichen Rhythmus unterbrechen zu dürfen, um am Bett des kleinen Patienten zu sitzen, aus einem Buch vorzulesen, Tee zu servieren, Karten zu spielen.

Das Problem hier und jetzt war, daß es weder Tee noch Karten noch Bücher gab und Miriam sich ohnmächtig fühlte angesichts der Temperatur, die da spürbar im Leib ihres Bruders hochwallte. Und nirgends ein Zäpfchen, das diesem Prozeß würde Einhalt gebieten können. Als der einzig glückliche Umstand mußte das gleichzeitige Fehlen eines Thermometers gelten, welches das Offensichtliche zahlenmäßig hätte bestätigen können. Zahlen waren das Schlimmste. Ihre Natur eine boshafte.

Sicher, ein Wunder war es nicht, daß Elias sich in diesem Zustand befand, wenn man bedachte, was sein kleiner Körper hatte aushalten müssen. Andererseits, ein Fieber war ein Fieber und eigentlich nützlich. Schlimm wurde es nur, wenn es den Organismus in einer Weise belastete, die dieser nicht aushielt. Alles war dem Untergang geweiht, sobald es zu schnell wurde, sobald es seine Kapazitäten überschritt. Das galt für eine Rennmaschine wie für einen Kinderkörper. Genau dies fürchtete Miriam: ein Überschreitung. Denn schon gegen Mittag war Elias so heiß, daß man die Hitze bereits beim Näherkommen spürte. Sein Körper war jetzt im Wettstreit mit dem Kaminofen. Er redete im Schlaf. Delirös, versteht sich, wobei herauszuhören war, wie sehr ihn weiterhin das Schicksal des Spähtrupps beschäftigte, der gerade eine namenlose Insel erkundete. Der Begriff »Vulkan« fiel immer wieder. So schwächlich seine Stimme war, so aufgeregt und verzweifelt tönte sie.

Endlich erinnerte sich Miriam daran, daß ihre Großmutter im Falle von Fieberanfällen sogenannte Wickel verwendete. Die Mutter hatte davon weniger gehalten. Hatte derartiges als »esoterisch« beziehungsweise »esoterisch wie bei Oma« befunden. Sie war eher der Pillen- und Pulvermensch gewesen.

Doch die Pillen in dieser Geschichte waren allesamt in Cola und Apfelsaft aufgelöst worden und hatten längst ihre Wirkung verspielt. Darum die Alternative. So viel wußte Miriam, daß man dabei nasse Tücher um die Waden band. Und woran es vor Ort nun wirklich nicht mangelte, war das Wasser. Beziehungsweise der Schnee, der wieder zu Wasser wurde. Doch wie kalt mußten die Wickel sein? Angesichts von Elias' Glut wohl am besten eiskalt. Allerdings … hatte es nicht einmal im Fernsehen geheißen, es sei ein Fehler, die Umschläge zu kalt zu machen? Wobei auch Miriam trotz ihrer vergleichsweise kurzen Beziehung zum Fernsehen aufgefallen war, wie sehr da jedes Jahr etwas anderes behauptet wurde. Darin schien geradezu der Sinn der Television zu bestehen, im Sinneswandel.

Wie auch immer, Miriam verwendete das verrostete Tapeziermesser, um aus einer der beiden Decken zwei geschirrtuchgroße Streifen herauszuschneiden, legte selbige eine Weile in den Schnee, ließ sie dann aber nahe dem Ofen etwas anwärmen und wickelte sie schließlich um Elias' dünne Unterschenkel. Sie fühlte sich dabei an eine Klassenübung im Einbalsamieren erinnert, anläßlich der *ägyptischen Themenwoche.*

»Herr im Himmel«, sagte sie, fortgesetzt das verniedlichende »lieber Gott« vermeidend, »sieh zu, daß es kein schlechtes Zeichen ist, wenn ich Elias einbinde. Es sind ja praktisch nur die Waden.«

Ihr kleines Gebet wurde dahingehend erhört, daß es Elias zunächst einmal etwas besserging. Seine Wahnreden wurden ruhiger, er schnaufte jetzt die Worte mit großer Verzögerung. Sein Fieber geschah gewissermaßen in Zeitlupe. Doch Miriam fürchtete die kommende Nacht und daß es mit lauwarmen oder halbkalten Tüchern allein nicht getan sein würde. Wieder dachte sie an ihre Oma, die gerne zu sagen pflegte: »Im Wald ist alles, was du brauchst.«

Die Frage war, ob das allein für den Frühlings- und Sommerwald galt, wenn die Natur sich auftat, ihre Blüten streckte, ihre Früchte gebar und der Duft der Kräuter und Gräser sich ausbreitete. Eines freilich gab es zu jeder Jahreszeit: Rinde und Blätter. Blätter dann, wenn sie Nadeln waren. Und Nadeln waren genügend vor der Türe.

Miriam trat nach draußen. Es hatte erneut zu schneien begonnen, leicht nur, ein Nachschlag. Doch mit einer Plötzlichkeit ähnlich jener, mit der ein Kellner über seine Beine stolpert und alles verschüttet, setzte ein heftiger Schneeschauer ein, der die baumfreie Fläche vor der Hütte flirrend erfüllte. Indem nun Miriam den Platz rasch überwand, trat sie wie aus einer prasselnden Dusche heraus und stand sodann im Schutz der Bäume. Unmittelbar darauf nahm die Heftigkeit des Schneefalls wieder ab, als sei dieses Theater speziell für sie aufgeführt worden. Wozu? Um sie demütig zu machen? Na, sie war schon demütig genug. Griff nun nach einem der Äste und pflückte eine Handvoll Nadeln, mit denen sie unbehelligt in die Hütte zurückkehrte.

Bezüglich der Wirkung von Tannennadeln besaß sie nicht die geringste Ahnung, konnte sich aber daran erinnern, auf der Verpackung von Hustensirups sowie auf den Gläsern von Waldhonig die Abbildungen von Nadelzweigen samt Zapfen gesehen zu haben. Hustensirup und Honig erschienen ihr nicht gerade als Hochburgen todbringender Giftigkeit. Freilich konnte sie kaum beurteilen, wie sehr hier die Frage der Dosis und Zubereitung eine Rolle spielte. Dennoch entschied sie sich dafür, zusätzlich zu den Wickeln einen warmen Aufguß aus Tannennadeln zu verabreichen. Dabei war es nötig, den vollkommen willenlosen Elias aufzurichten und den Becher an seine Lippen zu halten. Mit halb geschlossenen Augen und halb offenem Mund nahm er die Brühe in sich auf, mühevoll schluckend. Hernach klappten die Lider wieder gänzlich zusammen, während der Mund in seiner teilweisen Öffnung erstarrt schien. Alles schien erstarrt. Wie tot. Miriam legte ihren Kopf an Elias' Brust. Deutlich vernahm sie die Schläge seines Herzens. Sie dachte: »Wenn ich da lange noch so bleibe, schmilzt mir mein Ohr.«

Diese gewisse Ironie tat ihr gut. Miriam löste sich von der Brust ihres Bruders und beförderte ihn zurück in seine Liegestellung, wo sie ihm zwei frische Umschläge um die Beine rollte. Sie empfand Zuversicht, obwohl das Fieber gleich hoch schien. Aber Miriam glaubte unbedingt an die Wirkung der Tannennadeln. Auch wenn selbige vielleicht keine Stoffe enthielten, die nachweisbar Fieber senkten, so mußte doch in ihnen die verdichtete Kraft des ganzen Gewächs stecken. Das war keine Kleinigkeit, wenn man bedachte, daß solche Bäume auch im Winter grünten und die derzeitige Kälte ihnen eher ein Genuß war.

Die Nacht kam. Miriam legte regelmäßig Feuer nach, lüftete aber auch hin und wieder. Sie zählte die Scheite. Neun noch. Das war ein Problem. Zwar hatte sie am Nachmittag Brennholz gesammelt, Äste in verschiedenen Stärken, diese mußten aber noch trocknen und konnten wohl kaum die Brennkraft der Scheite ersetzen. Sie würde sich also am nächsten Tag etwas einfallen lassen müssen. Vorerst aber war entscheidend, daß

Elias soviel wie möglich trank, Tannennadeltee oder warmes Schneewasser.

»Und wenn er ins Bett pinkelt?« überlegte Miriam. Es ging ja nicht an, nur ständig Flüssigkeit in seinen Körper einzufüllen, selbige mußte auch wieder hinaus. Miriam versuchte, Elias zu wecken. Er entließ ein Stöhnen.

»Hoch mit dir!« verlangte sie, richtete ihn auf, hob seine Beine aus dem Bett, faßte seine linke Hand und zog den dazugehörigen Arm über die eigene Schulter, während sie mit ihrer Rechten unter sein Gesäß griff und es empordrückte. So gerieten sie zusammen in die Aufrechte.

Elias murmelte etwas, lachte sogar, in der verrückten Art. Ein Auge war leicht geöffnet, das andere fortgesetzt verschlossen, richtiggehend verklebt, die Beine hingen mehr in der Luft, als daß sie standen. Auf eine unschuldige Weise erinnerte Elias an Onkel Robert, einen älteren Bruder von Mama, der sich auf Familienfesten gerne betrank und dann auf eine charmante Weise unflätig wurde. Nicht, daß Elias jetzt oder auch zu anderer Gelegenheit fähig gewesen wäre, unflätig zu werden – er war noch ein schwaches Jahr von seiner ersten verbalen Analphase entfernt –, aber das Lachen, das zwischen seinen trockenen Lippen hervordrang, besaß Robertsche Qualität. In der Art von *Ich scheiß auf die Welt!*

Wie auch immer Elias' traumwandlerisches Vergnügtsein begründet sein mochte, er setzte es ungebrochen fort, während nun Miriam ihn durch den Raum schleppte und, an der unverriegelten Türe angekommen, diese mit der Fußspitze nach innen aufstieß. Entgegen der Erwartung einer vollkommenen Dunkelheit, lag die Stelle vor dem Haus gleich einer umgekippten Leuchtreklame zu ihren Füßen. Weißer Nachtschnee, glitzernd. Ein Geschenk des Mondes, der jetzt unbehindert von Wolken das Sonnenlicht unter eigenem Namen weitergeben konnte.

Faktum war freilich, daß Elias genau in diese schön beschienene Fläche hinein seine Notdurft verrichten sollte, denn über eine Toilette verfügte die Hütte nicht, auch nicht auf der Rückseite. Da nun aber Elias nicht imstande war, ohne fremde Hilfe auf seinen Beinen zu bleiben oder gar seine Bewegungen zu koordinieren, tat Miriam etwas, was ihr bisher, wie man so sagt, nicht im Traum eingefallen wäre. Sie schob ihrem Bruder, während sie ihn mit einer Hand weiter abstützte, die Strumpfhose auf Kniehöhe herunter, ebenso die Unterhose, und hielt in der Folge, damit er sich nicht naß machte, seinen Penis waagrecht in die Höhe. So klein dieser war, schwoll er augenblicklich zu einem Ballönchen an, bevor der Wasserstrahl in hohem Bogen eine Brücke formte, an deren Ende sich knisternd eine kleine Grube bildete, aus der Dampf hochstieg. Offensichtlich hatte Elias trotz seiner Benommenheit so lange dem quälenden Druck auf seine Blase widerstanden, bis der richtige Moment gekommen war. Es strömte und strömte. Das irre Gelächter von zuvor (welches möglicherweise allein dem Schmerz geschuldet gewesen war, was wiederum auch für die Exzesse des Onkel Robert gelten mochte) wurde nun von einem Geräusch ersetzt, das an ein zufriedenes Schmatzen erinnerte.

»Wie lang denn noch?« fragte Miriam, nicht nur, weil ihr das Ganze peinlich war, sondern auch wegen der Anstrengung, die es bedeutete, gleichzeitig das Glied wie auch den ganzen dazugehörigen Jungen zu halten. Stimmt schon, sie war aufgeklärt genug, um zu wissen, in Zukunft noch öfter mit dem Geschlecht eines Mannes konfrontiert zu werden, aber erstens war noch einige Zeit bis dahin, und zweitens handelte es sich hier um ihren kleinen Bruder. Der zudem kein Baby mehr war. Bei Babys konnte man so gut wie alles anfassen, ohne sich schlecht zu fühlen. Hingegen ...

Endlich war es vorbei, und Miriam schob ihm Unterhose und Strumpfhose nach oben. Genau in diesem Moment geriet Elias in eine nicht mehr zu kontrollierende Pendelbewegung, die ihn dazu brachte, nach vorne zu kippen. Miriam war außerstande, Elias zu halten. Sie fluchte hinter ihm her, während er mit dem Kopf voran im Schnee versank. Gleich einem bewußtlosen Taucher.

Miriam weinte. Es waren Tränen der Wut. Aber keine Zeit, sie aus den Augen zu wischen. Sie packte Elias, zog ihn hoch. Er half jetzt mit. Der Schnee schien ihn einigermaßen erfrischt zu haben. Er rief: »Ulkanausbruch!« In einem fort. Das V unterschlagend, aber sonst recht klar.

Wenig später lag er, diesmal bekleidet mit Miriams Hemd, wieder zwischen den Decken. Glühend. Aber nicht ganz so heftig wie zuvor, meinte Miriam festzustellen. Und in der Tat wurde das Fieber von nun an schwächer, obgleich es noch nicht mal Mitternacht war. – Wegen des Harnlassens? Wegen des kühlenden Schnees? Der Winterluft? Oder dank der Tannennadeln, die just ihre Wirkung taten? Nun, Hauptsache, es wurde besser. Elias gab noch einige absurd klingende Bemerkungen über die Bewegungen des Erdmantels von sich, erwähnte zudem Drachen, dann schlief er ein, ohne erneut wirres Zeug zu reden. Richtig kühl wurde er natürlich nicht. Er hatte bloß aufgehört, den Eindruck eines Kessels zu machen, der demnächst explodierte.

Miriam verbrachte die Nacht damit, Holz nachzuschieben, in stündlichem Abstand für die Dauer von zehn, fünfzehn Minuten Wickel anzulegen, dem schlafenden Elias Tannentee einzuflößen und dazwischen ihrerseits in eine Nachtruhe zu verfallen, aus der sie immer wieder hochschreckte, sogleich kontrollierend, ob ihr Bruder noch atmete und der Ofen noch brannte. Erst gegen vier in der Früh überkam sie die Erschöpfung derart, um für Stunden in einen tiefen Schlaf zu geraten, in welchem die Träume wie Gäste vorbeisahen, Gäste, die nur kurz blieben und lediglich Andeutungen machten, ähnlich diesen Angebern, die so tun, als wüßten sie etwas, doch einzig und allein von Gerüchten leben.

Allerdings geschah es auch, daß ihr der Mann mit dem schwarzen Gesicht über den Weg lief, der, welcher ihr den rätselhaften Rat gegeben hatte: »Denk an die Tränen im Bach.« Er schritt an ihr vorbei: leicht, schwebend – ein Mann aus Chiffon. Und zwar durchgehend aus Chiffon. Es schien somit keine Maske zu sein, die er trug, weshalb ja auch nicht etwa das Weiß der Augen oder das Weiß der Zähne zu sehen gewesen wären. Nein, das seidene Schwarz erfüllte den Mann ganz und gar. Dennoch meinte Miriam deutlich zu spüren, wie er sie fixierte. Wobei sie kaum hätte sagen können, was sein Blick ausdrückte. Der Blick war wie der ganze Mann: durchscheinend, aber vollkommen dunkel. Tiefe Nacht oder tiefes Meer. Jedenfalls deutete Miriam diese neuerliche Begegnung als Beweis dafür, wie sehr ihr Traum ein System besaß, einen Grund.

»Wach auf!« Elias rüttelte an Miriam.

Sie drehte sich zu ihm hin und erkannte in seinen Augen noch immer eine Schicht von gewölbtem Glas, *Fieber*-Glas, aber gleichfalls ein Lächeln. Immerhin konnte man jetzt über seine Wange streifen, ohne sich zu verbrennen. Warm war er trotzdem. Kalt hingegen der Ofen.

»Erzähl weiter, Miriam, bitte! Was ist aus der Expedition geworden?«

Miriam streckte sich, rieb sich ihre Augen und gähnte in den beginnenden Satz hinein: »Haaalso … die von der Expedition, die kamen nicht zurück. Auch in der Nacht nicht. Darum haben sich die Leute, die am Strand waren, am nächsten Tag zusammengesetzt und beschlossen, einen Hilfstrupp zu schicken.«

»Wenn die gescheit sind, werden sie sich Waffen basteln«, kommentierte Elias und beendete den Satz mit einem donnernden Husten.

»Ach ja!? Welche denn? Speere? Steinschleudern? –
Bedenk doch mal: Sie haben es mit einer Intelligenz zu
tun, die in der Lage war, sie aus einem Zug zu holen und
auf einen anderen Planeten zu versetzen.«

»Eine Intelli...«

»Jemand, der über Kenntnisse verfügt, über die wir
nicht verfügen.«

Doch Elias erwiderte, dies würde noch lange nicht
bedeuten, auf der Insel lebten keine Monster, gegen die
sich zu wappnen vernünftig wäre.

»Willst du denn, daß Monster auf der Insel sind?
Welche Sorte wünschst du dir? Drachen? Kobolde?
Blutsauger? Gorillas, so groß wie Berge?«

»Das ist *deine* Geschichte«, erklärte Elias streng. »*Du*
mußt sie erzählen.«

Miriam verzichtete auf den Hinweis, wie sehr Elias
seit geraumer Zeit die Existenz eines Vulkans einforder-
te. Also durchaus mitredete, von Beginn an. Egal, mit
einem kleinen Seufzen meinte sie: »Okay, die Leute haben sich Waffen gebastelt. Für alle Fälle. Du hast ja recht,
Menschen fühlen sich sicherer mit einem Stecken in der
Hand, der vorne spitz ist. – Du weißt doch, ich habe dir
von dem Arbeiter erzählt, der die Latrine gebaut und Professor Grote die geöffneten Kokosnüsse geschenkt hat.«

»Ja.«

»Der gehörte nun zur Rettungsmannschaft. Und er
hat Grote gefragt, ob er nicht mitkommen möchte.
Grote war erstaunt und hat gemeint, er glaubt eigentlich nicht, daß er eine große Hilfe sein kann. Aber der
Arbeiter hat trotzdem darauf bestanden.«

»Wieso?«

Miriam zuckte mit der Schulter. »Ich weiß nicht genau. Vielleicht hatte der Arbeiter einfach nur so ein Gefühl im Bauch. Das kennt man doch. Man sieht jemand und denkt sich: *Der* ist der richtige. Man weiß noch nicht, wofür der überhaupt der richtige ist, aber man ist sich sicher. Und genau so ist es dem Arbeiter mit Grote gegangen.«

»Sag, Miriam, der muß doch einen Namen gehabt haben, der Arbeiter«, wandte Elias ein.

»Klaro, jeder hier hat einen Namen. Aber ich kenne sie nicht alle.«

»Wie kannst du denn eine Geschichte erzählen und nicht wissen, wie die Leute heißen?«

»Glaubst du denn, nur weil Gott die Welt erschaffen hat, weiß er von jedem Wurm und jedem Menschen, wie der heißt?«

Doch Elias zeigte sich entschlossen, nicht einfach eine Berufsbezeichung als Ersatz gelten zu lassen. »Er muß einen Namen haben.«

Miriam überlegte. Und weil sie ja gerade an Ungeheuer und Dämonen gedacht hatte, sagte sie, und zwar mit einem Grinsen im Gesicht: »Frankenstein. Er heißt Frankenstein.«

»Blödsinn!« lachte Elias und nahm nun selbständig einen Schluck aus der Tasse mit kaltem Tannennadeltee. »So heißt der doch nicht. Nicht wie ein Monster. Haha, das erfindest du!«

Miriam hätte jetzt gerne geantwortet: »Na, freilich erfinde ich das. Was denn sonst? Alles ist erfunden,

oder?« Aber sie wußte natürlich, wie er es meinte, und
daß er den Schöpfer der Kreatur mit dem der Kreatur
gleichsetzte, also Dr. Frankenstein mit Frankensteins
Monster. Sie erklärte: »Hör zu, Elias, das ist ein ganz
normaler Name. So heißen einige Leute, die keine Ungeheuer sind. Und eben auch der Arbeiter heißt so.
Du wolltest ja unbedingt seinen Namen wissen. Sein
Name ist Hans Frankenstein. Es könnte schlimmer sein,
oder?«

»Na gut. Kröte und Frankenstein.«

Miriam ignorierte die Verunstaltung von Grotes Namen und berichtete, auch die neue Truppe habe aus
zehn Männern und zwei Frauen bestanden. »Das wollte
man beibehalten. Erwachsene fühlen sich besser, wenn
sich etwas wiederholt. Das gibt ihnen Sicherheit, so
wie die Waffen.«

Miriam erzählte, wie nun Grote und Frankenstein und
die anderen den Strand verließen und in den Dschungel
eintraten. Was nicht so einfach war, weil es hier an den
üblichen Wanderwegen fehlte und man sich aus Sicher-
heitsgründen entschlossen hatte, nicht denselben Pfad
wie die Vorgängergruppe zu wählen, sondern parallel
dazu. Zumindest in etwa.

Elias unterbrach. Er wollte wissen, ob es auf dieser
Insel – jetzt mal abgesehen von möglichen Monstern
und einer verborgenen Intelligenz – wilde Tiere gab.

»Ja ... das heißt eigentlich ... nein!« Miriam verzog
ihr Gesicht zu einem verschmitzten Ausdruck und erklärte: »Tja, das war das Komische. Es war der Professor Grote, der es zuerst bemerkt hat. Natürlich waren

da Geräusche, Geräusche vom Wind, der die Blätter bewegt hat, und auch immer noch das Meeresrauschen, obwohl man schon recht weit weg war von der Küste, doch kein Vogelgezwitscher, kein Affengebrüll nirgends, nicht einmal ein Käfer oder eine Ameise zu sehen, keine Stechmücken, absolut keine Tiere.«

»Toll!«

»Gar nicht toll. Eine Welt ohne Tiere, das war unheimlich. Weil sowas eigentlich gar nicht möglich ist. Wo solche Pflanzen sind, müssen auch Tiere sein, Schmetterlinge, Vögel, Echsen, kleine Nager, wenn schon keine Äffchen und Affen.«

»Aber im Meer waren doch Fische, hast du gesagt«, erinnerte Elias.

Upps!

Ja, das war wohl genau das, was man einen logischen Fehler nannte. Die Sache mit den »verschwundenen Tieren« war Miriam einfach so eingefallen. Im Grunde eine gute Idee, welche die ohnehin unwirkliche und fremdartige Situation unterstrich, den Umstand, wie sehr an diesem Ort etwas nicht in Ordnung war. Aber dann hätte sie eben im Vorfeld darauf verzichten müssen, von der Jagd auf Fische zu erzählen und daß man Muscheln in der vertrauten Form gefunden und verspeist hatte. Es wäre nun recht unglaubwürdig gewesen, zu behaupten, auf diesem Planeten bestehe wie zu Ururzeiten zwar im Meer eine Tierwelt, aber nicht auf dem pflanzenreichen, gar nicht ururzeitlich wirkenden Land. Nein, diese Situation hätte man ein Paradoxon nennen müssen. Ein Wort, das Elias nicht kannte und auch nicht akzeptiert hätte, hätte er es gekannt. Also sagte Miriam: »Vielleicht war es so, daß die Dschungeltiere sich versteckt haben.«

»Und wozu?«

»Ich glaube, da war jemand, der konnte alles bestimmen. Nicht wie in einem Computerspiel, wo man was reinnimmt und was rausnimmt, aber er konnte die Dinge und Tiere dirigieren.«

»Dirigieren? Wie im Konzert?«

»Ja«, meinte Miriam nachdenklich, »so ähnlich.«

Miriam erzählte, wie die Gruppe aus zwölf ICElern sich durch den von Tieren verlassenen (oder scheinbar verlassenen) Urwald kämpfte, Sträucher und Lianen und riesige Blätter zur Seite schiebend. Beinahe sehnte man sich danach, aus der Ferne das Fauchen eines Tigers zu vernehmen. Das wäre wenigstens normal gewesen. Das völlige Fehlen der animalen Geräusche hingegen erzeugte ein tiefes Unbehagen. – Man hätte zurückgehen müssen. Augenblicklich! Und Grote sagte ja auch, es wäre besser, umzudrehen, bevor hier eine Gruppe nach der anderen in die Falle tappte.

Zurück!

»Nein!« schrie Elias.

Richtig, einem Abenteuer auszuweichen torpedierte den ganzen Zweck. In die Falle mußte man gehen. Der Sinn des Lebens bestand mitnichten darin, Fallen auszuweichen, sondern aus ihnen wieder herauszufinden.

»Also gut«, sagte Miriam. »Obwohl Grote alle gewarnt hat, sind sie weitermarschiert. Frankenstein hat zu Grote gesagt: *Keine Angst, ich paß schon auf Sie auf.* Da hat der Professor geantwortet: *Aha! Sie nehmen mich also mit, damit Sie auf mich aufpassen können.* Frankenstein hat genickt, dann aber gemeint: *Und umgekehrt. Sie passen auf mich auf.*

Die Gruppe hat sich weiter durch das Gestrüpp gezwängt. Einen ansteigenden Weg hoch. Und als sie dann aus dem dichten Wald herausgetreten und auf eine weite felsige Fläche gelangt sind, haben sie sofort eine V-Formation angenommen. Mit einer Frau an der Spitze. Die hatte einen Speer in der Hand und war ganz schön muskulös. Die perfekte Amazone.«

»Was ist das, eine Ama…?« fragte Elias.

»Amazone. Eine Frau, die noch brutaler ist als die Männer. Eine Frau, vor der man sich fürchten muß. Professor Grote hingegen ist ganz hinten geblieben. Nicht aus Angst. Aber er hat sich fehl am Platz gefühlt. Als wäre man im Krieg und er kein Krieger. Er hat ein bißchen seine Krawatte gelöst. Gar nicht, weil ihm so heiß war. Aber … na, man war schließlich nicht im Büro oder im Labor …«

Miriam unterbrach sich, dachte nach. Konnte man das so sagen? Stimmt, ein Büro war das hier sicher nicht. Aber … ein Labor vielleicht sehr wohl, beziehungsweise eine Laborsituation, ein Test, ein Experiment.

»Weiter!« drängte Elias.

»Dann … dann haben sie zum ersten Mal den See gesehen«, berichtete Miriam. Und präzisierte: »Einen ovalen, glatten, dunkelgrünen See.«

»Oval?«

»Wenn du einen Kreis oben und unten ein bißchen

zusammendrückst, dann hast du ein Oval, ein Ei eigentlich. Jedenfalls war das die Form von dem See. Und dahinter ... also hinter dem See lag ein Gebäude.«

»Ein Schloß.«

»Nein, ein Hochhaus. Glas und Stahl.«

»Schade«, meinte Elias.

»Aber ein schönes Hochhaus. So blau und schlank. Blau vom Himmel und schlank vom Architekten. Der Grundriß hatte die gleiche Form wie der See, nur, daß sich das Gebäude merkwürdigerweise im Wasser nicht gespiegelt hat.«

»Ach! Wie bei Vampiren, gell?« zeigte sich Elias informiert. »Die spiegeln sich auch nicht.«

»Wow!« sagte Miriam. »Du hast recht. Wie bei einem Vampir. Ich glaube, der Professor Kröte ...«

»Ha!«

»Der Professor *Grote* hat das auch bemerkt. Er hat es ausgedrückt wie du: Das Haus ist ein Vampir. Die anderen haben gelacht. Aber mulmig war ihnen schon. Ein Haus, das sich nicht spiegelt ... Mamma mia! Außerdem haben sie jetzt eine Stelle am Ufer entdeckt, dort, wo zuvor die anderen gewesen waren. Da lagen leere Kokosnüsse herum, und man konnte die Reste eines Lagerfeuers sehen. Und es gab Fußspuren, die direkt zum See führten.«

Es war ziemlich eindeutig, daß die Leute aus dem ersten Spähtrupp hinüber zum Hochhaus geschwommen sein mußten. Von den Seiten her war es nicht zu erreichen, denn rechts und links ragte ein hoher Stacheldraht auf, der um das gesamte Grundstück führ-

te. Nein, man mußte durch den See, um hinüberzuge-
langen.

»Also sind jetzt alle ins Wasser«, erzählte Miriam.
»Auch Grote, der aber kein guter Schwimmer war.«

»Haben die sich denn nicht ausgezogen?«

»Na, ein paar hatten sowieso bloß noch ihre Unterwäsche an. Außerdem war da immer diese warme Luft.
Im Dschungel unten war es feucht gewesen, aber hier
oben war es trocken und heiß, als würde man im Wind
eines supergroßen Föhns stehen.«

Miriam erhob sich und stemmte ihre Arme gegen die
Hüften: »So, und jetzt machen wir eine Pause mit der
Geschichte und sehen zu, wie wir Holz für unseren
Ofen bekommen und was fürs Frühstück.«

»Nein, erzähl weiter!«

»Geschichten brauchen Pausen«, sagte Miriam. Aber
sie meinte natürlich: »Geschichtenerzähler brauchen
Pausen.«

9

Die Pause wiederum füllte sie nun damit, sich das Feuerproblem zu überlegen. Es waren nur noch fünf Scheite vorhanden und die Äste und Zweige, die sie am Vortag gesammelt hatte, verbraucht. Stimmt, das ganze Haus war aus Holz. Doch die dünnen Latten der Wandverkleidung eigneten sich kaum zu etwas anderem denn als Anzündholz. Zum richtigen Heizen wären hingegen die massiven Dielen des Holzbodens ideal gewesen, doch mehrere Versuche, sie zu lösen, scheiterten. Abgesehen davon, daß es hier an einer Säge fehlte, um passende Stücke zu verfertigen. – Woran es aber vor allem mangelte, war ein real existierender Frankenstein.

Miriam spürte, wie die Wärme, die über die Nacht sich gehalten hatte, langsam nachließ. Sie mußte sich beeilen. Es ging ja nicht nur um die Temperatur im Raum, sondern vor allem um die Möglichkeit, Wasser und Tannennadeltee herzustellen.

»Ich gehe hinaus«, sagte sie, »und hole neues Holz.
Deck dich gut zu, ich komme bald.«

»Versprochen?«

»Mama würde mich umbringen, wenn ich dich im
Stich lasse.«

»O ja, ganz sicher«, tönte Elias. Er kicherte. Kichernd
verschwand er in seiner Höhle aus Decken. Es ging ihm
deutlich besser.

Es war ein schöner, klarer Tag. Auf der offenen Fläche vor dem Haus reichte Miriam der Schnee bis zu
den Knien, im dichten Tannenwald lag er zwar weniger hoch, aber wenn sich Miriam zwischen den Ästen
vorbeidrängte, trafen die Schneehauben sie am ganzen
Körper, auch im Gesicht. Sie probierte den Schnee.
Merkwürdig, sie fand, daß er nach Blut schmeckte. Und
stellte sich vor, wie Frau Holle sich beim Ausschütteln
der Bettwäsche am himmlischen Fensterrahmen in die
Hand geschnitten hatte und nun mit dem Niederschlag
auch ihr Blut auf die Erde fiel. Zumindest schien der
Schnee um eine menschliche Geschmacksnote berei-
chert.

Dann aber bemerkte Miriam, indem sie mit der Zunge
über den Mund strich, daß ihre Unterlippe aufgerissen
war, wahrscheinlich hatte einer der zurückfedernden
Äste sie verletzt. Sie ging jetzt nahe an einen solchen
Schneehügel heran, der auf einem der Bäume lastete,
und drückte ihren Mund gegen die kalte, feuchte Sub-
stanz. Dort beließ sie ihn eine ganze Weile, so wie am
ersten Tag, als sie die verletzte Hand in den Schnee
getaucht hatte. Sie zog den Kopf zurück und betrach-

tete den roten Flecken. Sie stellte sich gerne vor, solche zufällig entstandenen Formen und Abdrucke würden ein gegenständliches Bild, einen Hinweis in sich tragen. Daß diese Kleckse und Flecken Nachrichten enthielten. Nachrichten von Personen, mit denen man nicht sprechen konnte. Sie dachte an ihre Mutter. Sie sehnte sich nach ihr. Sie sehnte sich ganz stark. Nur einmal wieder ihre Lippen spüren, ihre Haut, das lange, von silbergrauen Strähnen in Spalten unterteilte Haar, ihren Atem, ihren Busen. Noch einmal eine Geschichte erzählt bekommen.

Doch so intensiv Miriam die Verfärbung des Schnees auch betrachtete, sie konnte nichts Konkretes erkennen. Das Blut schwieg. Miriam gab ein klagendes »Mama!« von sich, und gleich darauf, von einem plötzlichen Zorn erfüllt, rief sie in den leeren Wald hinein: »Meine Güte, Mama, hättest du dich nicht woanders umbringen können?«

Doch selbst der Hall blieb trostlos leise. Der Schnee dämpfte alles.

Miriam setzte ihren Weg fort, erreichte wie geplant den benachbarten Mischwald, wo sie aus dem Schnee Äste zog, die sie mit der Schnalle an ihrem Rucksack fixierte. Wenn sie einmal ein dickeres Stück entdeckte, war dieses zu lang oder zu schwer oder steckte fest. Sie hätte jetzt gerne ein Handy gehabt, um die Rettung oder Feuerwehr anzurufen. Oder wenigstens ihren im Holzhacken versierten Großvater. Andererseits verfügte sie über ausreichend Erfahrung mit der modernen Technik, um zu wissen, wie sehr selbige dazu neigte, im Extremfall zu versagen. Nicht nur im Film. War ein Handy einmal wirklich wichtig, dann war der Akku leer, oder man befand sich in einem Funkloch. Wie verzweifelt wäre Miriam erst gewesen, hier und jetzt über ein mobiles Telefon zu verfügen, welches nicht funktionierte.

Dann aber ... mitten im Schnee, zwischen den hohen Bäumen, erkannte sie einen kleinen Gegenstand, schwärzlich. Sie dachte an ein längliches Stück Kohle und trat näher. Doch es war kein Kohlestück, sondern ein Vogel. Ein Vogel, der bewegungslos im Schnee lag. Tiefschwarzes glänzendes Gefieder, das durchaus an den Mann aus dem Traum erinnerte. Dazu ein orangegelber Schnabel und zwei Linien vom gleichen Dottergelb, die das geschlossene Auge markierten. Gar keine Frage, es handelte sich um eine Amsel.

Miriam beugte sich zu dem Tier hinunter und berührte es vorsichtig. Der Körper war erstaunlich warm, gleichzeitig so spürbar starr, daß eine bloße Bewußtlosigkeit nicht in Frage kam. Dieser gefiederte Freund würde sich nicht gesund pflegen lassen. Wo immer seine Seele sich hinbewegt haben mochte, sein verbliebener Körper war nun in einer anderen Bedeutung des Wortes »Freiwild«.

Miriam rang mit sich. Sie überlegte, es hier mit einem Stück Fleisch, wenngleich einem verhältnismäßig kleinen, zu tun zu haben. Kein Tier, das sie erst töten mußte und solcherart in einen Gewissenskonflikt geraten wäre. Im Grunde waren die Umstände sehr viel humaner als im Falle jener Fleischstücke, die regelmäßig auf ihrem Teller landeten und auch Miriam bisher wenig Gedanken daran verschwendet hatte, welche Prozesse sich zwischen der lebendigen Kreatur und seiner appetitlichen Zurechtmachung auf dem Eßtisch ergaben.

Miriam beschloß, daß dieser Vogel die Möglichkeit bot, ein kleines Mahl zu bereiten, ihn zu rupfen, zu säubern und im kochenden Wasser in einen eßbaren Zustand zu verwandeln. Sie fuhr mit ihrer Hand schaufelartig unter den gefiederten Körper und hob den Leichnam hoch.

»Herrje«, dachte sie, »der wiegt ja gar nichts. Jeder Schneeball ist schwerer.«

Sie verstaute das Tierchen in einer Seitentasche ihres Rucksacks. Sodann brach sie mehrere dünne, abgestorbene Äste von einer Fichte und kehrte zurück zur Hütte. Nachdem sie eingetreten war, ließ sie die Türe weit offen, auf daß Licht und Luft ins Innere strömen konnten.

Als sie den Vogel auf den Tisch legte, kroch Elias aus seiner Decke und fragte: »Hast du den abgeschossen?«

»Womit denn, kleiner Mann?«

Kleiner Mann sagte manchmal der Vater zu Elias. Der kleine Mann schien ernsthaft zu überlegen und meinte dann: »Vielleicht mit einem Stein.«

»Unsinn! Er lag tot im Schnee.«

»Und jetzt?«

»Jetzt machen wir Feuer und kochen ihn. Wenn man ein Huhn kochen kann, kann man auch eine Amsel kochen.«

»Und wenn er die Vogelgrippe hatte?«

»Das glaube ich nicht. Er war einfach alt und hat den ersten Schnee nicht überlebt.«

»Willst du ihn mit seinen Federn kochen?«

»Nein, natürlich nicht.«

Miriam wechselte zum Ofen und vollzog in der nun schon vertrauten Weise die Vorbereitungen, Feuer zu machen. Nur, daß sie diesmal – im klaren Licht, das durch die Tür fiel – es vermied, sich die Seiten aus dem Sexmagazin anzusehen. Mit abgewandtem Blick stopfte sie die zerknüllten nackten Leiber in das schamottierte Innere, füllte das Anbrennholz durch die obere Öffnung und setzte alles in Brand. Es hätte sie sehr gewundert, hätte es diesmal Schwierigkeiten gegeben. Gab es auch nicht. Das Problem war leider, daß nur noch wenige trockene Scheite zur Verfügung standen. Zwei davon opferte sie, schloß die Ofentüre, brachte den Luftschieber zurück in die Mitte und stellte den mit Schnee gefüllten emaillenen Topf auf die Kaminplatte. Der Ofen gab ein Brüllen von sich. Miriam minimierte die Zugluft. Der Kamin beruhigte sich, schnurrte.

Sie griff nach dem Vogel und ging nach draußen, um den starren Körper mehrmals im Schnee zu wälzen. Dann nahm sie das Tapeziermesser, trennte den vorderen Teil der Flügel ab und begann, die Federn aus dem Körper zu ziehen.

Die Sonne war hochgestiegen und fiel nun direkt auf die Rupferin. Ihr wurde so warm, daß sie ihre Jacke öffnete. Die Arbeit bereitete ihr Mühe, aber keinen Ekel, obgleich die vom hübschen Federkleid befreite Körperhaut gar nicht hübsch aussah. Miriam fühlte sich jetzt wie ein Eskimomädchen, eben nicht nur ihrer Jacke wegen, sondern weil sie ohne Scheu ein zwar nicht erjagtes, aber direkt der Natur entrissenes Geschöpf mit aller Sorgfalt und Würde aufbereitete und ihm ihre ganze Aufmerksamkeit widmete. Während sie rupfte, sang sie. *What can I do to make you love me?* Ein Lied von den *Corrs.* Es war ihr grad so eingefallen.

Nachdem der Amselkörper vollständig nackt vor ihr im Schnee lag, erinnerte sie sich daran, daß man die Gänse und Hühner, die an Festtagen kredenzt wurden, ohne ihr Gedärm servierte. Die Innereien waren für die Hunde und die Feinschmecker. Allerdings war es *eine* Sache, einen Flügel zu durchtrennen, aber eine ganz *andere*, das Hinterteil eines Vogels mit einem raschen Schnitt zu öffnen und mit dem kleinen Finger hineinzutauchen, um … Nein, sie wollte es bleibenlassen und das Tier, so wie es war, mit seinen Eingeweiden, mit dem Kopf, mit Beinen und Krallen kochen. Sie nahm den Körper und ging zurück in die Hütte, wo sie einen Teil des brodelnden Wassers in eine mit Tannennadeln versehene Tasse goß und den Rest wieder auf den Kamin stellte, um die gerupfte Amsel in das heiße Wasser zu befördern. Das kleine bleiche Ding sprang im Wasser umher, zuckend, gleich einem Ei, beruhigte sich aber nach einer Weile.

»Ja«, dachte sich Miriam, »es ist auch nicht anders, als ein Ei weich kochen. Oder Ameisen braten.«

Sie ließ den Tee ein wenig ziehen und ging damit zu Elias, der seinen Kopf aus der Deckenhöhle hob. Sie griff ihm an die Stirn und stellte fest: »Schon besser.«

»Was war mit dem Hochhaus?« drängte Elias.

»Nach dem Essen.«

»Nein jetzt. Bitte!«

»Na gut. Trink was, und ich erzähl dir weiter, bis unser Vogel fertiggekocht ist.«

Elias nippte an der Tasse. Miriam ging zur Türe und schloß sie, wechselte dann zum Ofen und legte etwas von dem gesammelten dünnen Fichtenholz sowie einen weiteren Scheit nach. Mit einem Löffel wendete sie den kochenden Vogel und sagte: »Grote ging die Puste aus, als er da im See geschwommen ist. Bereits nach der Hälfte konnte er nicht mehr.«

»Frankenstein hat ihn gerettet, nicht wahr?«

»Ja, richtig, Frankenstein ist zu Grote hingekrault und hat gesagt, er soll sich an seiner Schulter festhalten. Grote hat ihm gehorcht, und so sind die beiden sicher ans andere Ufer gelangt. Und wie ich dir vorher erklärt habe: Man hat wirklich nur kurz im warmen Wind stehen müssen und war mitsamt seiner Kleidung gleich wieder trocken.«

Miriam ließ den Vogel alleine weiterkochen, setzte sich zu Elias ans Bett und beschrieb ihm, wie die luftgetrockneten Erwachsenen nun auf einer vollkommen leeren, ungeschmückten Betonfläche standen, die dem Oval des Hochhauses vorgelagert war. Man näherte sich dem Gebäude und trat durch eine Drehtüre in das hohe, helle Innere, eine über mehrere Stockwerke sich erstreckende Vorhalle.

»Alles spiegelblank«, sagte Miriam. »Aber nirgends eine Seele. Absolut menschenleer. Echt spooky. Die

Erwachsenen haben sich besprochen und dann entschieden: in Gruppen aufteilen und nachschauen, was
da los ist.«

»Blödsinn. Sie sollten zusammenbleiben«, riet Elias.

»Absolut richtig. Das hat auch Grote gemeint. Er
hat gesagt, es sei immer der Anfang vom Ende, wenn
die Leute sich aufspalten, anstatt zusammenzubleiben.
Aber die anderen wollten nicht hören. Man hat drei
Gruppen gebildet, vier Leute in jeder. Eine Mannschaft,
um mit einem der Aufzüge hochzufahren, eine, die im
Untergeschoß nachsehen sollte, und eine, die sich darum gekümmert hat, wo die Cafeteria ist.«

»Grote und Frankenstein waren im Kellerteam,
stimmt's?«

»Nein, sie gehörten zu denen, die im Lift hoch-
gefahren sind. Zusammen mit so einem muskulösen
Typen und der Frau in der Sportunterwäsche. Du weißt
schon, die Amazone. Sie hat noch immer den Speer in
der Hand gehabt.«

»Stark wie Superman«, sagte Elias und lachte.

»Frankenstein hat auf den Knopf mit der höchsten
Zahl gedrückt.«

»Wieso?«

»Man kann mit dem Anfang beginnen oder mit dem
Ende. Das letzte Stockwerk eines Gebäudes ist praktisch beides. Das Ende vom Gebäude und der Anfang
vom Himmel.«

»Nein, das *Dach* ist der Anfang vom Himmel«, korrigierte Elias. Es schien ihm jetzt wirklich gutzugehen.

Miriam rollte mit den Augen. Dennoch ließ sie die

Besserwisserei unkommentiert. Sie wußte gut, daß wenn die Situation es bedingte, ihr Elias blind folgen würde. In der Realität genauso wie in der Geschichte. Sie setzte fort: »Es hat sich um einen von diesen Aufzügen gehandelt, wo lauter Spiegel sind und aus den Lautsprechern Musik kommt wie in einem Kaufhaus. Und über der Tür waren die Nummern, weißt du, wo ein Stockwerk nach dem anderen aufleuchtet. Es gab vierundfünfzig Etagen. Bei der dreiunddreißigsten hat der Lift gehalten, dann kam ein Geräusch – Klingeding! – und die Türen sind zur Seite geflutscht.«

»Das war aber nicht das letzte Stockwerk«, bemerkte Elias.

»Ganz richtig! Dreiunddreißig ist nicht vierundfünfzig. Aber was soll man machen? Die Tür ging auf und nicht wieder zu. Egal, wie sehr Frankenstein herumgedrückt hat. Er hat gesagt: *Das ist eine Scheißfalle!*«

»So darfst du nicht reden«, erinnerte Elias. Zu Hause bei ihnen galt ein absolutes Sch-Wort-Verbot.

»Bin ja nicht *ich,* die so redet, sondern Frankenstein. Er und Grote wollten keinesfalls den Lift verlassen. Aber das blöde Ding hat sich einfach nicht gerührt. Die Türe blieb offen, und die vier haben auf einen langen, leeren Flur hinausgeschaut. Die Amazone hat gefragt, ob man denn plane, hier drinnen alt zu werden. Sie hat gesagt: *Also wenn dort draußen eine Falle ist, dann muß man wohl sagen, die Falle hat bereits angefangen eine Falle zu sein, als wir in den Aufzug gestiegen sind.* – Na ja, da hat die Amazone aber wirklich recht gehabt.«

Miriam machte eine Pause und bedachte ihren Bruder

mit einem durchdringenden Blick. Dann fragte sie: »Interessiert dich eigentlich gar nicht, wie die Amazone heißt?«

»Na, Amazone halt.«

»Ach ja! Aber beim Arbeiter, da hast du ein Theater gemacht!«

Er zuckte mit der Schulter.

Sie zuckte zurück und erzählte nun, wie die Gruppe aus vier ICElern hinaus auf den Gang trat. Nach beiden Seiten führten Türen in weitere Räume. Büroräume, deren Fenster entweder hinaus auf den See oder auf das Hinterland wiesen. Wobei ...

»Von den Zimmern der Rückseite«, erklärte Miriam, »hat man auf einen Vulkan gesehen.«

»Ich wußte es doch!« jubelte Elias.

»Und da war noch etwas, was ich erwähnen muß. Drinnen im Lift ist es nicht so aufgefallen, aber draußen am Gang und in den Zimmern hat man es gleich bemerkt.«

»Was?«

»Wie niedrig alles war. Nicht so schlimm, als daß die Erwachsenen den Kopf hätten einziehen müssen. Aber doch so, daß sie sich gewundert und nicht ganz wohl gefühlt haben. Auch die Tische und Stühle waren niedriger. Wie bei Zwergen.«

»Oder Kindern.«

»Richtig, Elias. Wie bei Zwergen oder Kindern. Oder wer auch immer die Wesen waren, die normalerweise hier gearbeitet haben. Man hat Computer gesehen und Telefone, aber alles war ausgeschalten. Alles

sehr ordentlich aufgeräumt. Jede Tasse gereinigt. – Und
dann … man hat einen Schrei gehört, einen spitzen,
durchdringenden Schrei.«

Elias stieß ein »Uhhh!« aus. Er gab vor, vergnügt zu
sein, aber seine Hände verkrallten sich in der Decke.

Miriam erläuterte, wie sich die Gruppe vorsichtig in
Richtung Schrei bewegte, auf das Ende des Gangs zu,
wo eine Türe den Abschluß bildete. Vorne die Amazone, ganz hinten der Arbeiter, wodurch sich gewissermaßen eine gesellschaftliche Ordnung ergab. Und
als man dann vor besagter Tür zu stehen kam, voller
Anspannung, da …

Miriam war an einem toten Punkt ihrer Geschichte angelangt. Sie konnte einfach nicht sagen, was die
Helden hinter dieser Türe erwartete. Sie bemerkte eine
Blockade in sich. Auch weil sie ahnte, wie wichtig die
nächste Szene war, wie sehr sie der ganzen Geschichte
eine bestimmte Wendung geben würde. Miriam sagte:
»Ich erzähle später weiter. Ich muß mir das erst überlegen.«

»Nein!« protestierte Elias. »Das ist so spannend. Da
kannst du nicht das Licht abdrehen.«

Er hatte natürlich nicht wirklich das Licht gemeint,
fühlte sich aber an jene Gute-Nacht-Geschichten erinnert, die im falschesten aller Momente mittels Ausschalten der Nachttischlampe unterbrochen wurden.

Doch Miriam erkundigte sich in strengem Ton: »Was
willst du denn? Daß ich dir sage, hinter der Türe wäre
ein schwarzes Loch, in das jetzt alle hineingezogen
werden. Und sonst nichts. Und daß auch alle ande-

ren auf dieser Insel nach und nach in solchen Löchern verschwinden, in schwarzen Zimmern und schwarzen Kästen und in den Abflüssen der Waschbecken, ein Hilfstrupp nach dem anderen?«

»Darum mußt du mich aber nicht anschreien«, klagte Elias.

In der Tat war Miriam recht laut geworden. Und bremste sogleich ihre Stimme, als sie jetzt die Frage wiederholte: »Willst du das, daß alle verschwinden?«

»Nein«, sagte er ebenso leise.

»Dann mußt du warten, bis mir etwas Besseres einfällt.«

»Gut, ich warte«, antwortete Elias demütig.

»Aber vorher essen wir. Ich glaub nämlich, daß es am Hunger liegt, wenn ich nicht weiß, wie die Geschichte weitergeht. Hat man einen leeren Magen, wird auch das Hirn langsam leer.«

»Ist das bewiesen?« fragte Elias.

»Ich selbst bin der Beweis«, antwortete seine Schwester und ging hinüber zum Ofen, um sich den Vogel im Topf anzusehen.

Wenig später wurde serviert. Zuvor hatte Miriam den Amselleib aus dem Wasser geholt, mit dem scharfen Tapeziermesser den Kopf und die Beine abgetrennt und sodann den Rumpf längsseits halbiert. Das Geschlinge hatte sie zur Seite getan und auch den Schnabel vom Schädel getrennt, den Rest des Kopfes aber ganz gelassen. Die Innereien zerhackte sie und tat sie mit den anderen Teilen auf die Ofenplatte, um sie in der Art der Ameisen noch ein wenig anzurösten. Dazu verstreute sie viel Salz und etwas Pfeffer. Was fehlte, war ein Schuß Öl. Aber es war ja vieles, was hier fehlte, und dennoch gelang das Unternehmen.

»Bin ich ein Teufel?« fragte sie sich, weil sie dies alles mit völlig kaltem Blute unternahm. – Dann aber dachte sie, daß ein Teufel wohl Freude an solcher Arbeit haben müßte. Was bei ihr nicht der Fall war. Sie tat bloß, was getan werden mußte, und tat dies eben, ohne in Ohnmacht zu fallen. Zudem war sie bemüht, in der Folge die Stücke auf dem Teller ihres Bruders so hübsch wie möglich anzurichten. Teile von der Größe von Bohnen und auch die Vogelbeine stark zerkleinert. Den Amselkopf jedoch, den zu verspeisen ihre alleinige Sache sein sollte, ließ sie ganz. Einen Kopf zu durchschneiden, das wäre ihr dann doch zuviel des Guten gewesen. Gleichwohl war es bei einem Vogel dieser Größe und angesichts des Hungers, der in dieser Hütte herrschte, unmöglich, den Kopf in den Eimer zu werfen, als wäre er Müll. Ab einem bestimmten Moment gab es keinen Müll mehr, besaß alles einen Wert.

»Mahlzeit«, sagte Miriam.

»Wir müssen doch beten«, erinnerte Elias.

Miriam nickte. »Du hast recht.«

Beide falteten sie ihre Hände zu einem gestuften Bug und beugten sich leicht nach vorn.

»Danke, Gott, für das Essen auf unserem Tisch«, sprach Miriam. »Und mach, daß alles richtig wird. Und mach, daß es Mama gutgeht.«

»Mama geht es sicher gut«, erklärte Elias.

»Bestimmt«, sagte Miriam. Eine Träne trat aus ihrem Auge.

»Warum weinst du?«

»Das ist von der Anstrengung. Und jetzt essen wir. Amen.«

»Amen«, sagte Elias, nahm seine Gabel und stach in eins der winzigen Fleischstücke.

»Langsam essen«, ermahnte Miriam. »Ganz langsam, damit es auch richtig wirken kann. Zähle bei jedem Stück bis vierzig.«

»Auf englisch oder deutsch?« fragte Elias, der zu Hause angehalten wurde, auch ein wenig Englisch zu sprechen.

»Auf deutsch«, sagte Miriam, nicht zuletzt, weil sie wußte, daß Elias in Englisch noch gar nicht so weit zählen konnte.

Während Elias das kleine Stück mit schielendem Blick an sich heranführte, schob sich Miriam den ganzen kleinen, schnabellosen Amselkopf in den Mund.

Sie wartete eine Weile, dann drückte sie vorsichtig ihre Zähne in das Fleisch. Der Schädelknochen brach. So wie ein Kartoffelchip bricht. Miriam tat sich schwer. Nicht beim Beißen, sondern beim Bestimmen eines Geschmacks, der ihr vertraut gewesen wäre. Außer dem von Salz und Pfeffer. Das Fleisch selbst schmeckte fade und gewann erst im Zuge lang anhaltenden Kauens eine gewisse süßliche Note. Während sie aß, langsam, sachte, dann etwas rascher, fiel ihr ein, daß in diesem Kopfbällchen immerhin ein Gehirn steckte. Das erste und wahrscheinlich auch letzte Gehirn, das sie verspeisen würde.

Wozu konnte das führen, ein fremdes Gehirn zu verzehren? War es möglich, daß man den Verstand des Vogels in sich aufnahm, seine Erfahrungen, seine Erlebnisse, den Moment seines Todes? Würde sie hernach öfters vom Fliegen träumen? Regenwürmer appetitlich finden?

Wie auch immer, es war ein stilles Essen. Nicht, daß man so richtig satt wurde, dennoch erzielten die Geschwister durch das lange Im-Mund-Behalten kleiner Fleischstücke eine höchstmögliche Wirkung. Eine Übelkeit – immerhin verletzten sie abermals ein Ernährungstabu – stellte sich auch jetzt nicht ein. Eher das Bedauern, nicht zwei oder drei Amseln auf dem Tisch zu haben.

Zum Schluß teilten sich die Kinder die Innereien, die auf dem Kaminofen durchaus schmackhafter geworden waren und die man noch einmal kräftig würzte.

Nach dem Essen tranken sie Tannennadeltee, und Miriam rekapitulierte die Situation. Man benötigte weitere Nahrung und weiteres Brennholz. Nur noch zwei Scheite standen zur Verfügung. Miriam würde gezwungen sein, mit feuchtem Holz zu heizen. Zwar konnte sie sich erinnern, wie ihr Großvater ihr einst erklärt hatte, ein für den Kamin gedachtes Holz müsse mindestens zwei Jahre trocknen, aber zwei Jahre waren nun mal einfach nicht die Zeit, die ihr zur Verfügung stand. In zwei Jahren würde sie vierzehn sein und sodann vollständig verstrickt in den Gedanken an Jungs. So wenig ihr dieses Jungens-Zeug im Moment etwas bedeutete, hatte sie begriffen, daß die Phase, die von den Erwachsenen als Pubertät bezeichnet wurde, eine unausweichliche darstellte. Gleich einer Kinderkrankheit, nur, daß es eben eine *Jugend*krankheit war, etwas Psychisches, nichtsdestoweniger hoch ansteckend. Jeder bekam es. Angeblich gab es bei dieser Krankheit auch schöne Momente, fiebrige Zärtlichkeiten, tiefe Einverständnisse und berührende Geheimnisse, zumindest, wenn man Glück hatte und das ebenfalls erkrankte Gegenüber kein Arschloch war.

Zwei Jahre! Würde sie in zwei Jahren überhaupt noch auf der Welt sein? In zwei Wochen? Zwei Tagen? Nun, sie hatte es vor und konnte darum nicht warten, bis ein netter Herr mit dem Lieferwagen vorbeikam und optimal getrocknete Scheite von Eiche, Buche oder Birke ablud. Es würde ihr nichts anderes übrigbleiben, als Holz zu nehmen, das sich weniger eignete, dessen hoher Wasseranteil verkochte, viel Rauch sich bildete und der Heizwert bescheiden blieb. Die Alternative war, in einem Gefrierschrank zu wohnen. Nein, sie brauchte Holz und sie brauchte Nahrung. Sie überlegte, daß sie versuchten könnte, unter die Schneedecke zu graben und dort nach Eßbarem zu stöbern. Und vielleicht fand sie ja noch ein weiteres totes Tier. Sie mußte lächeln bei dem Begriff, der ihr gerade einfiel: Aasfresser. Und da war noch etwas, das sie amüsierte, die Vorstellung, neben ihrem eigenen Hirn jetzt auch über das der Amsel zu verfügen: einen Hirnanhang. Vielleicht würde ihr dieser tierische Zusatz helfen, sich demnächst eines sechsten Sinnes zu bedienen. Eines Singvogelsinns.

Mal sehen!

»He, Elias«, rief sie, »ich gehe noch mal in den Wald.«

Elias saß bereits wieder im Bett, vor sich das Gebirge aus Decken, über das er gerade den in seiner Wassersäule schwebenden Tankwart zusammen mit dem dreibeinigen Zebra lenkte und dabei Geräusche machte, die ein Trappeln und Klettern und Keuchen imitierten. Durchmischt von originalen Hustern, die seinen kleinen Körper erschütterten. Offenkundig war Elias nun in seine eigene Spielwelt versunken, aus der heraus er seiner Schwester ein beifälliges »Ja, ja!« zuwarf.

Sie nickte, zog sich vollständig an und trat nach draußen.

10

Kälte war gekommen, schneidende Kälte, die den weichen Schnee erstarren ließ, so, wie wenn ein Wesen stirbt und sich zu einem Brett versteift. Ja, es war toter Schnee, auf dem Miriam sich da bewegte, um Nahrung und Brennholz zu entdecken. Sie schritt über einen tiefgekühlten Körper, der im Sonnenlicht glitzerte. Pflückte Tannennadeln, die sie gleich winzigen Zähnen aus dem offenen Mund der Natur brach. Zudem war sie erneut auf der Suche nach den Austernpilzen. Sie dachte an diesen Satz: Wer suchet, der findet. Aber das war Erwachsenenphilosophie: Hauptsache fleißig.

Die Pilze jedoch ließen sich nicht mehr finden. Der Wald schien verwandelt, sehr viel abweisender, als er zuvor gewesen war, in der Tat *kalt*, trotz aller Schönheit, die sich aus dem Nebeneinander von heftig grellem Licht und dunkelblauen bis schwarzen Schatten ergeben hatte. Der Wald erinnerte Miriam an die Ehefrau von Onkel Robert – das war der, der sich bei Familienfesten gerne danebenbenahm. Diese Frau war eine echte Schönheit, dabei nicht einmal arrogant. Arroganz hatte sie nicht nötig. Sie war so eisig, daß man an ihr abrutschte, was Miriam deutlich spürte, wenn sie diese Frau umarmte, aber nirgends Halt fand. An den Hüften sowenig wie an den Armen. Eine Gletscherfrau.

Und ebenso ging es ihr nun mit dem Wald. Wobei sie ganz sicher nicht auf die Idee kam, ihn umarmen zu wollen. Sie wollte ihm allein ein wenig Nahrung entziehen, die sie für sich und ihren Bruder benötigte. Trotz der verspeisten Amsel spürte sie das Loch in ihrem Magen und wie sehr dieses Loch imstande war, weitere Löcher nach sich zu ziehen. Vor allem aber ihr Bruder brauchte etwas, um ordentlich zu Kräften zu kommen. So fröhlich er nun wirkte, waren da noch immer das Fieber und die Schwäche. Und der starke Husten verursachte ihm einen stechenden Schmerz in der Brust.

Oma hätte es so ausgedrückt: Elias ist ein Strich in der Landschaft, noch dazu ein hustender. – Die Gefahr war nun, daß aus dem Strich ein Beistrich wurde. Eine Diät war es somit ganz sicher nicht, was diesem Dreizehn-Kilo-Exemplar von Mensch guttun würde.

Aber nichts war zu sehen, keine Pilze, keine für den Himmel reservierten Erdbeeren, auch keine vorbeihuschenden Eichhörnchen, die wenigstens die theoretische Frage nach Jagd und Tötung begründet hätten, nicht einmal winterfeste Ameisen. Dann aber …

Oben auf einer Kuppe, vor dem breiten Stamm eines grauen Baums stehend, erkannte Miriam den Rehbock, welcher deutlich zu ihr herübersah. Es konnte nur derselbe sein, der ihr schon einmal begegnet war, so seelenruhig, wie er sich da präsentierte.

Miriam überlegte nicht lange, sondern näherte sich dem Tier, weniger vorsichtig denn behutsam, wobei bei dem schwierigen Untergrund sich die Hut so zwangsläufig ergab wie das Scheitern. In der Tat brach sie an einer Stelle tief ein und verursachte einigen Lärm sowie eine heftige Bewegung, die spätestens jetzt das Tier hätte verscheuchen müssen. Doch der Rehbock blieb ungerührt. Erst als Miriam sich auf der gleichen Höhe mit ihm befand, wich er etwas zurück, aber nur zwei, drei Schritte. Ihre Blicke trafen sich. Miriam überlegte, ob er alt oder jung war. Aber sie konnte es nicht sagen. Jedenfalls wirkte er aus der Nähe gar nicht zierlich, sondern wie ein kleiner, kompakter Hirsch, was ja auch seinem familiären Zweig entsprach. Das ungewohnt Kräftige ergab sich vielleicht daraus, daß man immer nur die Bilder der Jungtiere und Kitze im Kopf hatte, das Beschützenswürdige. Dieser Bock hingegen brauchte keinen Schutz. Miriam brauchte ihn.

So, als könnte er sie verstehen, öffnete Miriam ihre leeren Hände zu einer bittenden Geste. Dabei sah sie ihm in die dunklen Augen. Noch nie bei einem Tier, auch nicht ihrem Collie, und schon gar nicht im Falle der Kaninchen und Hamster, die eher kissenartig ihre Kindheit flankiert hatten, hatte sie derart den Eindruck gehabt, es mit einem intelligenten Wesen zu tun zu haben. Nicht nur intelligent, auch überlegen. Überlegen nicht allein dadurch, sich in einem Winterwald

besser auszukennen und über ein paar famose Instinkte
zu verfügen. Nein, sie spürte jenen geistigen Vorsprung,
der daraus entsteht, daß jemand etwas sieht, was man
selbst nicht sehen kann: Dinge, die einer wie Professor
Grote nur errechnen, messen, experimentell beweisen
und graphisch darzustellen verstand, aber eben nicht
behaupten durfte, sie mit eigenen Augen gesehen zu
haben.

Der Rehbock drehte seinen Kopf und blickte hinüber
auf den nächsten bewaldeten Hügel. Miriam folgte
dem Blick in der leisen Hoffnung auf eine erneute Ansammlung winterfester Pilze oder toter Vögel. Doch da
war nichts, was sie auf die Distanz hin hätte erkennen
können. Bäume und Bäume und Bäume. Dazu geknick-
tes Holz, das stellenweise aus dem Schnee ragte. Sie
schaute jetzt hilfesuchend zu dem Rehbock, gleichzeitig dachte sie: »Blöd! Was denk ich mir denn? Daß ich
im Märchen bin und der liebe Herr Wiederkäuer jetzt
gleich zum Sprechen anfangen wird?«

Richtig, er redete nicht, sondern fixierte fortgesetzt
das gegenüberliegende Waldstück. Und endlich erkannte Miriam, was sie erkennen sollte. Die Rauchsäule, so schwach und dünn, daß ihr Ursprung in einiger
Entfernung gelegen sein mußte, aber eben doch eindeutig erkennbar und nicht etwa im Verdacht einer optischen Täuschung stehend.

Miriam wog die Möglichkeiten ab. Die Schwierig-
keit war, daß sie die Richtung nur ungefähr einschätzen
konnte und nicht in der Lage war zu sagen, wie lange es
dauern würde, die Quelle der Rauchsäule zu erreichen.

Wenn sie sich auf dem Weg dorthin verirrte, folgte daraus auch die Gefahr, nicht mehr zurück zur Hütte zu finden. Damit würde sie Elias seinem Schicksal überlassen, seiner Krankheit, seiner Angst, nicht zuletzt der Kälte, die ein erlöschender Ofen nach sich zog. Etwas, was sie keinesfalls riskieren wollte. Nein, sie beschloß, zurückzukehren und den Weg zusammen mit Elias anzutreten. Sie wollte ruhig und überlegt handeln und nicht wie eine verrückt gewordene Schiffbrüchige losrennen. Darum zog sie nun das mitgebrachte Tapeziermesser aus ihrer Tasche sowie die schmale Rolle, die sie in der Nacht zuvor in einer Ecke der Hütte unter einem kleinen Haufen wertlosen Bauschutts entdeckte hatte: einen Rest von Geschenkband, der sich, nachdem einmal der Staub von Zement entfernt war, als leuchtend grün herausstellte.

Miriam schnitt ein langes Stück herunter, fügte zudem eine Kerbe in die graue Rinde der Erle, legte die Schnur wie eine Kette um den Stamm und fabrizierte einen Knoten, den sie in die Furche drückte, um eine zusätzliche Fixierung zu gewährleisten.

Gott, konnte sie gründlich sein!

Bereits zuvor hatte sie mittels von Schleifen an den Ästen den Weg markiert, auf dem sie hierhergekommen war und auf dem sie auch wieder zurückkehren wollte. Stimmt, solcherart hätte sie eigentlich ebenso den Marsch Richtung Rauchsäule fortsetzen können, aber das schimmernde Polyesterband, das auch bestens auf den Tannen zu erkennen war, würde nur noch für wenige Bäume reichen. Darum prägte sie sich die Stelle ein, die ganze Umgebung, die Richtung, in welcher der aufsteigende Rauch lag. Dann nickte sie dem Rehbock zu. Es war eine kleine Verbeugung. Ein kleiner Wind von Verbeugung, ein Wind, der nun auf den Kopf des Rehs zuströmte und es weich umfing. Ein himmlisches Kind.

Der Rehbock vollzog eine Kehrtwendung und trabte in der gleichen ruhigen Weise davon wie beim letzten Mal. Sein weißer Hintern schien den Schnee zu spiegeln.

»Ein Engel?« fragte sich Miriam. – Das Problem mit Engeln war, daß man sie sich immer mit Flügeln vorstellte. Das sah zwar gut aus, elegant, poetisch, heilig, war aber wenig glaubwürdig, zumindest wenn man so aufgeklärt war wie Miriam. Ein Engel als Rehbock hingegen ... Das war fast logisch zu nennen. Wäre sie selbst ein Engel gewesen, dann hätte sie ja ebenfalls die Gestalt eines vertrauenswürdigen Tiers angenommen, anstatt als phantastisches Wesen aufzutreten, etwa als Batgirl. Als Faschingsfigur. Nein, wer ein göttlicher Bote war, entschied sich doch eher für die Erscheinung einer echten Fledermaus als für ein groteskes Kostüm, oder?

Miriam begab sich auf den Rückweg. Sie wollte Elias so rasch als möglich reisefertig machen, um noch am gleichen Tag zu versuchen, an den Ort zu gelangen, von dem der Rauch aufgestiegen war.

Als sie kam, schlief ihr Bruder. Zudem war der Ofen erloschen. Sie griff unter die Decke und befühlte seinen erhitzten Körper. Sie strich ihm durchs Haar, glitt mit dem Handrücken über seine Wange und rieb seine Ohrläppchen. Dann faßte sie ihm an die Schulter, rüttelte ihn und holte ihn aus den Schlaftiefen zurück in die Realität einer dunklen, zusehends wieder die Kälte des Weltraums annehmenden Baracke.

»Komm, Elias, steh auf!«

»Wie ... wieso?« Seine Augen blieben geschlossen, nur der Mund war leicht geöffnet. Ein Mund gleich dem kleinen Rasiermesserschnitt in einer Banane.

»Wir müssen los. Ich habe was gefunden.«

»Was ... gefunden?« Zum eingeschnittenen Mund kamen jetzt eingeschnittene Augen.

»Vielleicht ein Haus«, erklärte Miriam.

»Vielleicht?« Mund und Augen waren nun endgültig aufgeklappt. Zwischen den Lippen tauchte ein Husten hoch.

»Also ...« Miriam zögerte. »Ich hab da in der Ferne Rauch gesehen. Vielleicht von einem Kamin, vielleicht von einer Fabrik.«

»Und wenn es ein Feuer war?«

Miriam lächelte und ergänzte: »Oder von einem Vulkan oder einem Drachen. Oder von den Pfadfindern. – Steh auf, Elias! Ich zieh dich an, und wir gehen los.«

Er richtete sich langsam auf. Sein Knabenrumpf hing wie ein schmales Glöckchen im Unterhemd. Meine Güte, wie dünn er war, dachte Miriam. Nun, das war er auch vorher gewesen, nun aber begleitet von echtem Hunger. Einem Hunger, der sich meldete. Elias zeigte mit dem Finger Richtung Magen und fragte: »Hörst du meinen Bauch? Er weint.«

»Nicht übertreiben. Er beklagt sich nur, weil es so

wenig Amsel gab.« Sie griff in ihre Tasche und holte
einen Stein hervor, einen hellen, durchsichtigen Bergkristall von der Größe und regelmäßigen Form eines
Lutschbonbons. Er war ihr von jener eiskalten Ehefrau
des Onkel Robert geschenkt worden, ein Stein, so hatte Miriam damals befunden, der sehr viel besser zur
Schenkerin als zu ihr selbst, der Beschenkten, paßte.
Dennoch hatte sie ihn nicht nur angenommen, sondern trug ihn seither stets bei sich. Sollte der Stein eine
bestimmte Kraft besitzen, so war es gut, über ihn zu
verfügen. Und wenn nicht ... Besaßen Steine Neben-
wirkungen? Jedenfalls war ihr gerade eingefallen, sie
könnte sich hier und jetzt seiner bedienen, und hielt
ihn darum zwischen sich und Elias in die Höhe.

»Super! Ein Bonbon!« jubelte Elias.

»Nein. Ein Zauberstein. Ein Kristall. Er macht satt
und gibt Kraft.«

»Muß ich ihn zerbeißen?« fragte Elias mit einem
ernstgemeinten Staunen. »Oder schlucken?«

»Nein. Behalt ihn einfach im Mund und lutsch daran.
Der Stein besitzt eine Strahlung.«

»Was für eine Strahlung denn?«

»So wie die Sonne Strahlen hat. Die Sonne macht
warm, und der Stein macht satt. Ein wenig zumindest.«

»In echt?«

»Wirst sehen«, sagte sie, und sodann im Arztton:
»Mund auf!«

Er tat wie verlangt, und sie legte den geschliffenen
Kristall auf seine Zunge. Dann schob sie seinen Un-
terkiefer hoch und schloß seinen Mund wie bei einem

167

Nußknacker. Während er nun vorsichtig den Stein zu schmecken begann, die glatte Oberfläche mit der Zunge befühlte und bereit war, eine sättigende Ausbreitung ominöser Strahlen anzuerkennen, begann Miriam, ihn anzukleiden: die Socken, die Hose, das Hemd, den Pullover, den Anorak, die Schuhe, die Haube. Auf diese Weise machte Miriam aus einem kleinen dünnen Menschen einen kleinen runden Menschen. Einen kleinen runden Steinlutscher.

Sodann füllte sie Tannennadelwasser in die Trinkflasche und packte alles zusammen, was nötig sein könnte: die Pokémonhefte, das funktionierende Feuerzeug, den kleinen Kochtopf, natürlich die Sturmlampe sowie das Lampenöl, zuletzt die Decken, die sie übereinandergelegt zu einer großen Rolle drehte, die Rolle wiederum mit dem Regenmantel aus dem Schrank verstärkte und das Ganze mit Hilfe der zu einer Schnur verknoteten Wadenwickel am Rucksack befestigte. Sodann fütterte sie Tankwart, indem sie mehrmals seine Knöpfe bediente, ließ ihn ein wenig herumzwitschern und quartierte ihn sodann an der gewohnten Stelle ihrer oilily-Jacke ein. Das Zebra befand sich bereits in einer Tasche von Elias' Anorak.

»Alle fertig?« fragte Miriam geradezu fröhlich.

»Ja«, sagte Elias. Und noch einmal »Ja«, wahrscheinlich stellvertretend für jenes dreibeinige gestreifte Pferd.

»Tschüß, Hütte!« rief Miriam und öffnete die Türe.

»Danke, liebe Hütte!« schloß sich Elias an.

11

Die Sonne war hinter dicken Wolken verschwunden. Erneut wirkte der Tag wie ausgewechselt. Nichts blendete mehr, eher schien das Licht verschluckt. Ein Wind war zu spüren, der Miriam aber sehr viel wärmer vorkam als der eisige Stillstand der Luft von zuvor. Abermals lag der Geruch von neuem Schnee in der Luft. Es roch angebrannt, als sei der Schnee schon zu lange im Backrohr. Miriam überlegte, ob es nicht besser wäre, erst am nächsten Tag loszumarschieren. Nicht ausgerechnet jetzt, wo das Wetter umschlug. Andererseits … Nein, sie wollte es versuchen, solange ihr Bruder überhaupt noch die Kraft besaß, eine derartige Anstrengung zu bewältigen. Er wirkte jetzt ungemein schwach, wie er da im Schnee stand und seine Arme in der Art des Aquapets an ihm herunterbaumelten. Und in der Tat sagte er auch, er würde lieber wieder zurück ins Bett gehen. Seine Beine würden schmerzen, seine Knochen. »Meine Knochen sind wie zersägt.«

»Die sind nur eingerostet«, versicherte Miriam. »Beim Gehen wird das gleich besser werden. Also los!«

Sie nahm ihren Bruder an der Hand. Freilich mußte sie den Griff bald wieder lösen, um zwischen den eng stehenden Tannen hindurchzugelangen und für sich und Elias eine Schneise zu schlagen.

Von hinten her fragte Elias: »Sag, Miriam, was war mit Grote ... mit Grote und Frankenstein? Sind die schon durch die Tür gegangen?«

Elias mußte seine Stimme deutlich anheben, um das Lärmen des Windes zu übertönen. Der aufkommende Sturm schlug gegen die Äste und Stämme und Wipfel in einer Art, die Miriam an den Abspann der Familie-Feuerstein-Filme erinnerte, wenn Fred, der korpulente Chef der Sippe, an die Türe des eigenes Wohnhauses hämmert und lautstark nach seiner »Wilma!!« schreit.

Und so kam es, daß Miriam gar nicht hörte, wie Elias sich nach dem Schicksal des Professors und des Arbeiters erkundigte. Sie drang fortgesetzt durch das Geäst, fortgesetzt zweifelnd, ob es nicht doch besser wäre, umzukehren. Zugleich fühlte sie sich von einem unsichtbaren Band gezogen, einem Band, gespannt zwischen die sichtbaren Schleifen, die Miriam zuvor an die Äste gebunden hatte.

Ein vielfaches lautstarkes Flüstern erfüllte die Luft. Wie vor einem Konzert, wenn alle tuscheln. Erste Flocken mischten sich in die umherfegenden Luftwirbel.

Als die beiden Kinder vom Tannenwald ins Hellere des von kahlen Laubbäumen aufgelockerten Mischwaldes wechselten, schien nun auch der Wind aufgelockerter, zahmer, weniger an die Tür schlagend wie zuvor. Der Schneefall hingegen hatte deutlich zugenommen, sodaß Miriam und Elias ihrerseits bald von Schneehäubchen bedeckt waren, die sich auf ihren Kopfbedeckungen und Schultern gebildet hatten.

Als Elias nun neben Miriam hintrat, fragte er zum wiederholten Male, was denn bitteschön hinter der Tür des mysteriösen Hochhauses gewesen sei.

»Später«, sagte Miriam. Sie war irritiert. Etwas stimmte nicht. Es lag viel zu lange zurück, daß man auf eins von den sichtbaren Bändern gestoßen war. Und spätestens hier, quasi am Eingang zum Mischwald, hätte sie eine solche grüne Schleife entdecken müssen. Doch da war keine. Oder keine zu sehen, wenn man die Phalanx der Schneewand bedachte. Freilich mußte Miriam feststellen, daß ihr die Anordnung der Bäume und vor allem der nach einer Weile viel zu steil ansteigende Boden fremd waren. Somit war eher zu vermuten, daß man an dieser Stelle vergeblich nach einer Markierung suchte und man sich also verirrt hatte. Nicht weit verirrt, das nicht, nur um ein kleines Stück. Ein verschobenes Stück. Aber verschoben in welche Richtung? Rechts oder links?«

»Rechts oder links«, fragte Miriam laut.

»Wieso denn?« fragte ihr Bruder zurück.

»Gib mir einfach eine Antwort.«

»Links. Weil, da tut mir der Arm weh.«

»Hast du dich angeschlagen?«

»Ich glaub nicht. Das kommt innen vom Knochen.«

»Komm, wir gehen nach rechts«, sagte Miriam, nahm Elias an der Hand, diesmal ohne ihn gleich wieder loszulassen, und gemeinsam traten sie durch das weiße Geflecht, in dem die Bäume standen gleich Musiknoten, die mit Zaubertinte geschrieben worden waren und jetzt nach und nach verschwanden. Ein Stück von Schubert, welches in Auflösung begriffen sich in eines von Schönberg verwandelte.

Sie gingen und gingen. Wie blind. Manchmal blieben sie stehen, sahen sich um, aber da war nichts zu erkennen.

»Ich will zurück«, jammerte Elias.

»Sei keine Heulsuse«, fuhr ihn Miriam an.

»Bin ich nicht.« In seiner Beschwerde lag ein Glucksen. In seinen Augen ein rötlicher Schimmer. »Mein Arm tut weh, mein Kopf auch, meine Zehen frieren.«

»Und Hunger hast du genauso, stimmt's?« erkundigte sie sich mit scharfer Stimme.

»Nein«, sagte er leise und senkte den Kopf. »Dein Stein ist gut, er hilft.«

Verdammt, wie konnte sie ihn, der da mit Fieber und Husten und kleinen, dünnen Beinen sich durch den Schnee kämpfte, eine Heulsuse schimpfen? Nur weil sie selbst den richtigen Weg verpaßt hatte und nun ohne Orientierung durch den Wald lief?

Sie beugte sich zu ihm, faßte ihn an der Schulter, ging nahe an sein Gesicht und küßte ihn auf die Wange. Dabei berührten ihre Lippen eine Erhöhung, die wohl vom Bergkristall herrührte, der gerade an dieser Stelle in Elias' Mund lagerte. Sie küßte also Elias' Wange *und* den Stein. Dann wich sie ein wenig zur Seite und sagte: »Hör zu, ich denke, es bringt nichts, zurückzugehen. Laß uns weitermarschieren. Wir gehen einfach so lange, bis wir aus diesem Wald hinauskommen. Wir sind nicht in Sibirien, irgendwann fängt die Welt wieder an.«

»Sibirien? Wo der Tiger lebt?«

»Ja.«

»Wieso fängt dort die Welt nicht mehr an?«

»Na, zuerst geht es ewig dahin, so leer, daß man nicht mal merkt, wenn ein Meteorit runterplumpst, und am Ende von der Ewigkeit beginnt das Meer.«

»Oh ... gehört das Meer denn nicht zur Welt?«

Miriam dachte nach. Sie fragte sich: »War ich genauso? Sind alle Kinder so, wenn sie klein sind und zu denken anfangen? So ... schrecklich bitzelig?« Laut sagte sie: »Das Meer gehört zur Welt, ist aber gleichzeitig ihr Ende.«

Da hätte man natürlich weitere Fragen anhängen können, aber Miriam drehte den Kopf zur Seite und drückte ihr Kinn flach auf die angehobene Schulter, eine Geste, die sie von ihrer Mutter kannte und die Elias einbremste. Er krümmte seine Lippen zu einem Schmollen, sagte dann aber: »Hoffentlich stoßen wir hier auf kein Meer, Miriam.«

»Ja, hoffentlich«, antwortete sie und nahm Elias' Hand. »Vorwärts, kleiner Mann.«

Und so stapften sie weiter, auf die frische Schneeschicht tretend und solcherart zur alten vordringend. Vom Weichen zum Harten. Miriam war äußerst bemüht, den geradesten Weg zu wählen. Sie fürchtete, indem man den Bäumen und Sträuchern auswich, in eine »Schieflage« zu geraten und sodann unwissentlich einen Bogen zu beschreiben. Aus dem Fernsehen war ihr bekannt, daß alle Verlorenen und Verschollenen dazu neigten, sich im Kreis zu bewegen. Freilich war ihre Konzentration auf das Einhalten einer geraden Linie nicht nur behindert von der Sicht, sondern ebenso von der Erschöpfung. Es war nötig, immer häufiger Pausen einzulegen, in denen das Geschwisterpaar stumm und steif im Schneefall stand. Elias wagte nicht, nach Grote zu fragen. Nicht jetzt. Er fühlte die Anspannung seiner Schwester, ihren krampfhaften Blick, mit dem sie versuchte, in diesem Geflirre aus Tintentot etwas ausfindig zu machen, das weiterhelfen konnte. Was er freilich nicht wußte, war, daß Miriam nicht nur nach einem Haus, einer Siedlung, einem Unterschlupf Ausschau hielt, sondern auch nach einem Rehbock.

Zum Weiß fügte sich sodann die Dämmerung. Schicht um Schicht. Miriam schob sich ihren rechten Ärmel etwas in die Höhe und blickte auf ihre Uhr, ein in Mädchenrosa gehaltenes Ding, das als wasserdicht galt, aber trotzdem stehengeblieben war. Vielleicht mochte die Uhr die Kälte nicht. Auf dem schnörkeligen Zifferblatt war es dreiviertel drei. Um zwei Uhr fünfundvierzig war somit die Zeit gestorben.

»Weiter«, sagte Miriam, denn dunkel würde es auch ohne Uhrzeit werden.

Bald war es so, daß der Schnee schwarz von der

Nacht war. Der Mond mochte demnächst zu leuchten anfangen, aber er würde es hinter dicken Wolken tun. Miriam kniete sich in den Schnee und holte die Sturmlampe hervor, die sie vorsorglich mit Öl nachgefüllt hatte und nun in Brand zu setzen versuchte, wobei sie ihre Jacke als Windschutz benutzte. Elias stand daneben wie ein Schneemann. Ein zitternder freilich. Er sagte: »Miriam, meine Zähne klappern.«

Sie antwortete: »Paß nur auf, daß du den Stein nicht verschluckst.«

»Ne«, antwortete er.

In diesem Moment gelang es. Der gelbliche Schein der Lampe spaltete die Dunkelheit. So hatte man also Licht, um sich weiter durch den Wald zu kämpfen.

»Rasch!« gab Miriam das Kommando und begann zu singen: *Boys don't cry.*

Sie marschierten los.

Sekunden später ein Krachen ... brechendes Holz ... Strrrck! – Slumm! Ein Geräusch, als hätte die Erde etwas oder jemand verschluckt. Und in der Tat ...

Miriam hielt die Lampe dorthin, wo Elias hätte stehen müssen. Aber da war er nicht. Auch nicht ein Stück weiter. Der kleine Mann schien vom Erdboden verschluckt. Immerhin, man konnte ihn hören. Als spreche er durch dickes Papier, durch eine japanische Wand. In seiner Stimme war Panik, er redete davon »unten zu sein« und daß er nichts erkennen könne. Er rief nach seiner Schwester.

»Ich helf dir!« rief Miriam zurück und schwenkte die Lampe hin und her.

Da! Eine Öffnung im Boden. Wieder so ein Schnitt in der Banane. Aber groß.

Sie hielt das Licht darüber, lugte in den Spalt. Jetzt sah sie Elias, sein nach oben gerichtetes Gesicht, den verzweifelten Blick. Er war in ein Erdloch gefallen, kein sehr tiefes, freilich tief genug für ihn. Es handelte sich um eine Grube, die etwa zwei Meter in der Länge maß, nur halb so breit war und nach drei Seiten senkrecht abfiel, während sie an einer Breitseite mittels einer begehbaren Schräge nach oben führte. Beziehungsweise nach unten. Genau auf diesem Weg kletterte Miriam jetzt zu ihrem Bruder hinunter. Er saß im Schlamm, wie man so sagt: ein Häufchen Elend.

»Hast du dir weh getan?«

»Ich weiß nicht«, preßte er schluchzend hervor.

»Schau, ob du aufstehen kannst.«

Sie ließ es ihn selbst versuchen. Er stöhnte beim Aufrichten, schaffte es aber.

Er klagte: »Mein Popo tut mir weh.«

»Klar, auf dem bist du ja auch heruntergerutscht.« Sie erkannte die Schleifspur auf der Erdwand. »Aber deine Knochen sind heil, gell!«

»Schon, aber ...« Er wurde panisch. »Der Stein, der Kristall ...«

»Hast du ihn verschluckt?«

»Ja!« Er begann bitterlich zu weinen. In sein Weinen mischte sich die Frage, ob er nun sterben müsse.

»Wegen dem Stein?«

»Ja.«

»Keine Bange, um jetzt noch zu ersticken, ist es zu

spät. Das hätte schon längst passieren müssen. Und im Bauch tut dir der Stein nichts. Beim nächsten Kacka kommt er wieder raus. Dann picken wir ihn raus und waschen ihn und ...«

Konnte man einen Stein in den Mund nehmen, der schon mal den eigenen Verdauungsgang durchlaufen hatte? – Na, besser den eigenen, dachte Miriam, als einen fremden.

Auch stellte sie nun fest, wieviel wärmer es hier unten war. Sie überlegte, welche Chance ein solcher Ort bot, diese von morschen Brettern abgedeckte Erdvertiefung, so morsch, daß selbst das Leichtgewicht Elias durchgebrochen war. Allerdings war ein Teil der Latten unbeschadet und bildete nach oben hin weiterhin einen Schutz. Die Flocken, die dennoch eindrangen, lösten sich rasch auf. Klar, man stand im Schlamm, und es tropfte herunter, aber es war weit bequemer, als oben zu sein.

»Wir bleiben über Nacht hier«, bestimmte Miriam.

»Ja«, hustete Elias das Wort hinaus.

Miriam setzte die Lampe ab und löste die Decken vom Rucksack. Dann gab sie ihrem Bruder zu trinken.

Elias nahm einige Schlucke, hielt nun seiner Schwester die Flasche hin und sagte: »Du auch.«

Richtig, Miriam beging den klassischen Fehler aller ernsthaften Heiligen, nämlich auf sich selbst zu vergessen. Und damit letztendlich in die Gefahr zu geraten, zusammenzubrechen und weder sich noch jemand anders zu retten.

Weshalb sie die Flasche nahm und trank. Hernach

meinte sie: »Aus dir und mir werden noch Tannennadeln wachsen.«

Elias lachte gequält und ergänzte: »Dann kann uns die Mutti als Weihnachtsbäume verkaufen.«

Stimmt, es waren noch zwei Wochen bis Weihnachten. Miriam dachte: »Weihnachten ohne Mama.« Und dachte, nicht zum ersten Mal: »Es wäre besser, tot zu sein.«

Was ja nichts anderes bedeutet hätte als zusammen mit Mama. Nun, vielleicht erklärte dies den eigentlichen Sinn des Todes: mit jemand verbunden sein, nach kurzer oder langer Zeit wieder vereint, oder eben sofort. Wie bei den alten Ehepaaren, die gemeinsam in den Tod gingen, oder bei den Hunden, die nach dem Tod ihrer Herrchens oder Frauchens einfach mit dem Fressen aufhörten.

Aber diese Gleichzeitigkeit hatte sie, Miriam, ja verbockt. Darum war Überleben angesagt. Pilze essen und Ameisen essen und Amseln rupfen und Öfen bedienen. Und nun also eine unterirdische Herberge einrichten. Aus den zwei Hälften einer gebrochenen Latte schuf sie einen kleinen Untergrund, auf den sie sich zusammen mit ihrem Bruder stellen konnte. So brauchten ihre Beine nicht direkt im Schlamm stehen. In der Folge wickelte Miriam eine der Decken um Elias, umfing ihn mit ihrem linken Arm, drückte sich an den verpackten Jungenkörper und beförderte die zweite Decke sowohl über sich als auch Elias. Zuletzt zog sie den Regenmantel über ihrer beider Köpfe. Das war natürlich unter den Verhältnissen nicht ganz einfach, aber Miriam handelte entschlossen. Mit ihrem Bruder eine kleine Einheit bildend, wechselten sie in die Sitzposition. – Stimmt, Miriam hatte gelesen, daß man sich in einer derartigen Situation, einer eisigen Winternacht, weder hinlegen noch schlafen sollte, um nicht zu erfrieren. Doch sie war überzeugt, daß in diesem Erdloch Bedingungen herrschten, die ein solches Erfrieren im Schlaf verhindern würden. Oben wäre es etwas anderes gewesen. Doch hier unten war man von Mutter Erde umfangen, konnte die Ausläufer eines warmen Leibs spüren.

Elias hatte wieder zu glühen begonnen. Seine Augen waren wieder Glas. Seine Stimme wieder ein Rad ohne Speichen. Seine Kraftlosigkeit so deutlich zu spüren wie die Hitze, die aus seinem Körper drang. Sein logisches Vermögen hatte freilich so wenig gelitten wie sein Verlangen, die Fortsetzung der Geschichte zu hören. Er sagte: »Gell, Miriam, jetzt haben wir richtig gut Zeit, damit du weitererzählen kannst?«

»Stimmt, Elias, jetzt haben wir Zeit«, bestätigte Miriam, auch wenn sie zuvor den »Tod der Zeit« um exakt zwei Uhr fünfundvierzig festgestellt hatte. »Ich muß nur noch ein bißchen nachdenken.«

»Soll ich dir helfen?« fragte Elias, während er sein Zebra aus der Tasche kramte, es mit der rechten Hand umschloß, darüber seine Linke legte und diese Konstruktion aus behandschuhten Kinderfäusten und Plastikspielzeug zwischen Kinn und Brust drückte.

»Nein«, sagte Miriam, »ich muß schon selbst herausfinden, wie es weitergeht.«

Doch die Geschichte, Miriams Erzählung, war eingefroren in jener Szene, als die vier Personen vor die hinterste Türe getreten waren und die Amazone die Hand auf die Klinke gelegt hatte. Ein Standbild, das sich im Moment nicht und nicht bewegen ließ, so intensiv Miriam es gedanklich auch in Gang zu setzen versuchte. Also tat sie einen Kunstgriff, indem sie sich einer Abschweifung bediente. Einer Abschweifung allerdings, die Wesentliches zur Sprache brachte. Sie sagte: »Weißt du, Elias, was komisch ist?«

»Was denn?«

»Mir kommt vor, daß keiner von den Erwachsenen, die da auf der Insel gelandet sind, sich um die eigenen Kinder gesorgt hat.«

Das hatte etwas für sich. Und immerhin fielen darunter auch Kinder, die gleichfalls im Zug gewesen waren, nicht nur die eine Schulklasse, sondern eben auch die Sprößlinge von Fahrgästen, über deren Schicksal ihren Eltern überhaupt nichts bekannt war. Sondern bloß der Umstand, *nicht* auf diese außerirdische Insel geraten zu sein.

Miriam fühlte sich gezwungen, ein wenig den Realismus nachzuholen. Denn einzig und allein von Grotes beiden Kindern hatte sie berichtet. Kinder, deren Alter und Geschlecht Miriam nicht kannte und auch nicht kennen wollte. Kinder, die gestorben waren. Wie aber war das mit Frankenstein? War er *nur* ein Arbeiter?

»Frankenstein«, erklärte Miriam, »hatte einen Sohn. Einen Jungen, der behindert war.«

»Wieso denn behindert?«

»Also das weiß ich jetzt wirklich nicht. Behindert halt. Geistig zurückgeblieben.«

Miriam überlegte, daß es eigentlich zuviel des Guten war, das Kind von jemand, der Frankenstein hieß, auch noch mit einem Defekt auszustatten. *Frankensteins Monster.* Darum sagte sie: »Wenn ich nachdenke … also, ich glaube, da habe ich mich geirrt. Der Junge war gar nicht behindert.«

»Jetzt schummelst du«, kritisierte Elias.

»Nein, aber weißt du, einige Sachen in so einer Geschichte stecken in einem Nebel. Man kann sie nicht genau sehen. Manchmal wirkt etwas Gerades schief oder umgekehrt. Was Blaues grün. Du verstehst mich, oder? Es gibt eine Wahrheit, aber sie muß aus dem Nebel rauskommen. Oder etwas liegt in der Ferne, und man muß erst drauflosgehen, um wirklich sagen zu können, was es ist.«

»Wie? Der Sohn von Frankenstein war im Nebel und hat dort behindert ausgeschaut?«

»Richtig, aber nur im Nebel. Plötzlich war der Nebel weg, und man konnte sehen, daß er ein ganz normaler Junge ist. Ein Junge praktisch ohne Vater. Frankenstein hat ihn nur selten besucht.«

»Wieso?«

»Na, er und seine Frau haben getrennt gelebt, und das Kind war bei der Mutter. Und der Arbeiter Frankenstein hat immer woanders gearbeitet. Auch wenn er schlecht verdient hat, war er trotzdem ein Mann mit wenig Zeit.«

»Und jetzt war er sowieso auf der Insel.«

»Richtig«, sagte Miriam. »Doch er hat sich nach seinem Sohn gesehnt. Bisher hat er viel auf ihn vergessen gehabt, aber jetzt hat er an ihn gedacht und beschlossen, daß wenn er je wieder in die alte Welt zurückgelangen sollte, er sich um sein Kind kümmern wird.«

Stellte sich freilich die Frage, ob Frankensteins von ihm getrennt lebende Frau derartiges Bemühen überhaupt schätzen beziehungsweise zulassen würde. Nicht alle Frauen taten das. Miriam wußte dies, wußte aber nicht, was sie davon halten sollte. War es dasselbe, wie wenn eine Frau ihre Kinder in den Tod mitnahm? War das vergleichbar?

Sie schob diesen Punkt zur Seite, und Elias fragte Gott sei Dank nicht nach. Sondern erkundigte sich nach dem Alter des Jungen.

»Zehn etwa«, antwortete Miriam.

»Hat Frankenstein ein Bild von seinem Sohn dabeigehabt? Unser Papi hat immer eines von mir und dir eingesteckt. Das weiß ich.«

»Ja, Frankenstein hatte ein Foto.«

»Und Professor Kröte, der auch?«

Erneut grübelte Miriam. War das möglich, daß jemand die Fotografien seiner toten Kinder bei sich trug, um auf diese Weise an den eigenen Verlust erinnert zu werden? Oder gar die Bilder herzeigte wie die von lebenden Menschen? – Eher unwahrscheinlich. Trotzdem bejahte Miriam die Frage.

»Und? Wie haben sie ausgesehen?« fragte Elias.

Miriam wollte aber keinesfalls über die Kinder des Teilchenphysikers sprechen. Überhaupt wäre ihr lieber gewesen, diese ganze Idee – den Hausbrand, die Toten, den unbeschadeten Vater – wieder zurückzunehmen, so wie sie es zuvor zurückgenommen hatte, Frankensteins Sohn sei behindert. Aber das Merkwürdige war, wie sehr manche Einfälle eben keine Einfälle zu sein schienen, sondern unverrückbare Tatsachen, Dinge, die von Beginn an klar und deutlich im Raum standen, frei von irgendwelchen verschleiernden Nebeln oder verfremdenden Entfernungen. Dinge, bei denen sich eine Diskussion, ob es denn auch anders sein könnte, erübrigte.

Diese Kinder hatten einst gelebt und jetzt waren sie tot, und das war ein Faktum. Allerdings oblag es der Erzählerin, zu entscheiden, worüber sie reden wollte und worüber nicht. Und um nun aber Elias' Frage nach dem Aussehen der beiden Grotekinder unbeantwortet zu lassen, blieb ihr nichts anderes übrig, als endlich die eigentliche Geschichte weiterzuerzählen. Sie sagte: »Die Amazone hat die Tür geöffnet.«

»Wirklich!? Und was dann?«

»Da war ein großer, heller Büroraum. Aber ohne Möbel. Dafür standen überall Käfige herum, und in jedem Käfig ...«

»Löwen?«

»Nein, Kinder.«

»Ach! Wie bei Hänsel und Gretel.«

»Tja, also eine Hexe war nirgends zu sehen. Nur die Käfige und darin die Kinder. Und jeder Käfig war verschlossen mit einer Kette und die Kette mit einem Schloß. Wie im Mittelalter.«

Miriam beschrieb, wie die Behältnisse rechts und links aufgereiht standen, darin Mädchen und Jungs, alle etwa im Alter derer, die eine Grundschule besuchen. Keines der Kinder sagte etwas, aber alle schauten erwartungsvoll nach den vier Erwachsenen. Die kleinen Gefangenen wirkten nicht etwa verhungert oder verletzt, aber in ihren Augen spiegelte sich ein erlebter Schrecken. Und ein Flehen. Ein Flehen, das stumm viel stärker wirkte, als hätten die Kinder geschrien. Ein Zyniker hätte wohl kommentiert: lauter Dackelaugen.

Der Raum, in dem sich das alles zutrug, bildete nach vorne hin den äußersten Punkt jenes Ovals, das sich aus dem Grundriß ergab. Durch die gläserne Front bestand eine Aussicht hinüber auf die Küste, auf die Reihen aus hohen Palmen und das mächtige Meer. Davor noch, innerhalb des Raums, war ein Tisch zu sehen und auf diesem eine Zange, ein gewaltiges Ding von der Sorte *Panzerknacker*.

»Wie auf dem Präsentierteller«, kommentierte Miriam. Und genau das meinte auch die Amazone. Sie äußerte den Verdacht, es würde möglicherweise das ganze Haus in die Luft fliegen, wenn man nach dem so auffällig postierten Werkzeug griff, um die Kinder zu befreien. Alles hier wirke gleich einer Inszenierung.

»Was ist das, eine Ins...?« fragte Elias.

»Das ist wie bei einem Theaterstück, das einer geschrieben hat und also ganz klar ist, was demnächst geschieht, auch wenn natürlich die Schauspieler so tun müssen, als sei das alles ganz neu für sie.«

»Aber Kröte und die anderen wußten doch gar nicht, was passieren wird.«

»Ja, trotzdem haben sie geahnt, daß es ein Theaterstück ist und daß hier jemand mit ihnen spielt, daß es einen Regisseur gibt, der die Sachen … na, sowas heißt dann eben *inszeniert.*«

»Und was wurde da in…ze…?« fragte Elias.

»Das erzähl ich dir gleich«, versprach Miriam, »aber vorher mach ich die Lampe aus, damit wir Energie sparen. Okay?«

»Solang du erzählst, Miriam, ist es okay.«

Miriam drehte die Flamme herunter, drückte den Glaskörper hoch und pustete gegen den Docht. Haafffffh! – So dunkel! Dunkler ging es gar nicht mehr. Von oben blies der Wind, der sich im Moment aber nicht auf *Kind* reimte, sondern auf *geschwind.*

Miriam preßte sich fest an ihren fiebernden Bruder und setzte ihre Erzählung fort: »Während sie da gestanden sind, der Grote und der Frankenstein und die Amazone und der junge Mann mit den Muskeln, und sich überlegt haben, ob sie die Zange nehmen sollen oder nicht, da hat plötzlich alles zu zittern angefangen. Als wär's ein Erdbeben. War's wahrscheinlich auch. Das Haus hat hin und her geruckelt wie ein Wackelpudding. Aber mehr nicht. Absolut erdbebensicher. Eine halbe Minute vielleicht, dann hat das Geschepper wieder aufgehört. Aber damit war es nicht vorbei.«

»Kam noch ein Erdbeben?«

»Nein, es kam was anderes. Frankenstein hat es als erster bemerkt. Er hat gerufen: *Dort! Seht ihr!* – Na, und dann haben sie es gesehen. Vom Meer her kam eine riesige Welle. Eine wirklich gigantische. Jeder von ihnen hat so was wie *Himmel Herrgott!* oder *Verfluchte Scheiße!* gesagt. Aber immerhin war die Welle noch ziemlich weit weg, und darum hat die Amazone gemeint, man müsse ganz schnell abhauen.«

Elias drückte sich gegen Miriam. »Wohin denn abhauen?«

»Du, ich weiß nicht, vielleicht wollte sie hinauf aufs Dach, weil sie gehofft hat, daß das Wasser nicht so hoch geht und das Gebäude den Druck von der Welle aushält. Oder ganz im Gegenteil, und sie wollte schleunigst aus dem Haus raus, weil sie sicher war, die Wände würden nie und nimmer standhalten, weil eine so große Welle sich von keiner Wackelpuddingtechnik der Welt beeindrucken läßt. – Also, wie auch immer, sie wollte fort, augenblicklich. Aber Grote hat gesagt: *Was ist mit den Kindern?* Da hat die Amazone geantwortet: *Mein Gott, Grote, stecken Sie sich die Kinder doch sonstwohin.*«

»Wohin denn?« fragte Elias.

»Das sagt man so«, antwortete Miriam, »wenn man findet, daß etwas unwichtig oder blöd ist oder man gerne darauf verzichten kann. Die Amazone hat auch gemeint, daß die Kinder doch nur ein Trick sind. Darauf hat Grote geantwortet: *Na, wenn die Kinder ein Trick sind, dann aber die Welle doch auch, oder, liebes Fräulein?* – ›Fräulein‹ hat er nur gesagt, weil das die modernen Frauen heutzutage ärgert, wenn man sie so anredet. Jedenfalls ist die Amazone aus dem Raum gerannt und der schöne Mann mit den Muskeln gleich hinterher. Und auch der Frankenstein hat gefunden, es wär besser, schnell zu verschwinden. Doch der Grote hat den Kopf geschüttelt, ist hinüber zum Tisch und hat einfach die Zange genommen.«

»Hat es bumms gemacht?« drang die Frage aus dem Dunkel.

»Nein«, sagte Miriam, »nichts ist passiert. Die Zange war bloß eine Zange. Also hat Grote begonnen, damit die ... na ja, er hat es versucht. Frankenstein hat aber gleich erkannt, daß der Professor nicht stark genug ist, um die Schlösser oder Ketten aufzuzwicken. – Um ehrlich zu sein, der Grote hat sich schwergetan, die Zange überhaupt richtig hochzuhalten. Frankenstein war eigentlich schon bei der Tür und im Flur, er ist jetzt aber wieder zurückgekommen und hat laut geseufzt. Der Professor hat gesagt: *Hören Sie auf zu seufzen und helfen Sie mir.* Frankenstein hat geantwortet: *Darum bin ich ja da, verdammt noch mal!*«

»In der Geschichte wird viel geflucht«, fand Elias. Nicht, daß es ihn störte. Das Gefluche war Ausdruck von Leidenschaft, zudem Ausdruck einer gewissen Realistik inmitten des Phantastischen. Mag ja sein, daß die Akteure in dieser Geschichte sich als Schauspieler, als Figuren in einer Inszenierung wähnten, aber ihre Angst, ihre Nervosität war echt.

Miriam beschrieb, wie nun Frankenstein – der zwar kein hübscher Bodybuilder war, aber die Arme und die Kraft eines Steinmetzen besaß – eine Kette nach der anderen durchtrennte, während Grote die Käfigtüren öffnete. Immer wieder sahen sie hinüber zum Meer, wo die Welle aller Wellen stetig anwuchs und sich fortgesetzt näherte. Sie wirkte unnatürlich hoch. Zudem merkwürdig gläsern. Auch breit, aber von geringer Tiefe, dünn.

»Vielleicht, weil es dort ja zwei Monde gibt«, meinte Elias, der schon mal gehört hatte, der Erdmond übe einen gewissen Einfluß auf die Ozeane aus. Und verwirre zudem Tier und Mensch.

»Keine Ahnung«, gestand Miriam, »jedenfalls haben Grote und Frankenstein alle Kinder befreit. Grote hat gesagt: *Los! Wir fahren ganz hoch. Aufs Dach.*«

Während sie da durch den Gang liefen, Grote und Frankenstein und eine halbe Schulklasse, erinnerte Frankenstein daran, daß erstens nicht alle in den Aufzug passen würden und man zweitens ja nur darum in diesem Stockwerk gelandet sei, weil sich zuvor der Lift geweigert habe, über das dreiunddreißigste Stockwerk hinauszufahren.

»Genau!« bekräftigte Elias.

Miriam nickte unsichtbar und fuhr fort: »Und darum hat Grote jetzt gerufen: *Wo sind die Stufen? Hier muß es doch eine Nottreppe geben, oder?* Er hat die Kinder fragend angesehen, aber sie haben fragend zurückgeschaut, als ob sie seine Sprache gar nicht verstehen. Dann jedoch ...«

Miriam erzählte, wie nun Grote unter den vielen Türen, die zu vielen Büros führten, eine entdeckte, auf der ein Symbol abgebildet war, eines, das ihm zwar unbekannt schien, doch ein Symbol war immerhin ein Zeichen, ein Wegweiser.

»Vielleicht das Klo«, meinte Elias sehr ernst und mit klappernden Zähnen. Er redete wie eine Nähmaschine.

»Hätte sein können«, sagte Miriam, »war es aber nicht. Sondern tatsächlich das Treppenhaus, ziemlich schmal, klaro, aber wenigstens ein Weg nach oben. Und den sind sie auch gegangen, beziehungsweise gelaufen, weil schließlich die Zeit knapp war. Auch wenn man die Welle hier drinnen nicht gesehen hat, man konnte sie spüren. Und auch hören. Da war ein Donnern aus der Ferne. – Also, darum haben sie Gas gegeben, um zum zweiundfünfzigsten Stockwerk hochzukommen.«

»Zweiundfünfzigsten?«

»Ja, das oberste natürlich, wo es dann weiter zum Dach geht.«

»Aber du hast doch vorher gesagt, es sind vierundfünfzig Stockwerke. Soviel Nummern waren auf der Tafel im Aufzug.«

»Wirklich?«

»Ja.«

Sie wußte es nicht mehr genau. Wenn Elias recht hatte, dann war das kein Problem, dann brauchte sie nur als die Erzählerin, die sie war, ihren Fehler zugeben, und alles war erledigt. Wenn sie nun aber ihre Figuren anstatt zum zweiundfünfzigsten zum vierundfünfzigsten hochschickte, und dies auf Grund eines Einwands ihres Bruders, der möglicherweise gar nicht stimmte, dann würden Grote und Frankenstein und die Kinder zwei Stockwerke zu hoch geraten, in ein vierundfünfzigstes Stockwerk, das überhaupt nicht existierte. Auf diese Weise würden die Figuren praktisch in der Luft stehen. Und obgleich das angesichts der Welle vielleicht günstig wäre, nämlich noch höher zu gelangen als geplant, so war es eben widernatürlich, sich die beiden zusätzlichen Stockwerke nur einzubilden.

War nicht genau dies das Gefühl auch wirklicher Menschen? Wegen eines Irrtums, der die Realität außer Kraft setzte, in der Luft zu hängen?

Miriam war verunsichert.

»He, Miriam«, mahnte ihr Bruder, »beeil dich, sonst schaffen sie es nicht mehr.«

»Okay«, sagte Miriam, »die ganze Gruppe ist hochgelaufen zum vierundfünfzigsten Stockwerk.«

»Gut! Und dann?«

»Dann sind sie über ein paar letzte Stufen aufs Dach hinaus. Ein richtiges Hochhausdach, flach und mit so einem Funkmast und den Öffnungen von Entlüftungsschächten und einer niedrigen Umrandung, nirgends aber die Amazone und ihr Freund.«

»Ich glaub, die sind ganz aus dem Gebäude raus, stimmt's?«

»Ja wahrscheinlich. Und Grote hat auch schon bereut, hinaufgegangen zu sein, weil er hat eigentlich unter Höhenangst gelitten. Nicht aber Frankenstein, der schon öfters mal auf einem Gerüst gestanden ist. Die Kinder haben sich in der Mitte von dem Dach ganz eng zusammengetan und mit aufgerissenen Augen hinüber zu der Welle gesehen, die jetzt schon sehr nah war.«

»Schon!?« spottete Elias. »Also, ich finde, das ist eine ziemlich langsame Welle.«

»Hör zu«, erwiderte Miriam entschieden, »bei dem Stockwerk habe ich nachgegeben, aber die Welle bleibt, wie sie ist. Comprende?«

»Comprende«, nickte Elias, der das Wort von seinem Vater kannte.

Miriam setzte fort: »Die Welle ist gekommen, und Grote hat sich zu den Kindern hingestellt. Er hat – soweit das halt möglich war – seine Arme um sie gebreitet und gesagt, alles wird gut.«

Alles wird gut?

Für einen Wissenschaftler eine ziemlich gewagte Aussage angesichts einer Bedrohung, die sicherlich immun war gegen menschlichen Optimismus. Auch war ja nicht klar, ob die Kinder überhaupt in der Lage waren, Grotes Worte zu verstehen. Na, vielleicht nicht seine Worte, gewiß aber, *wie* er sie aussprach. So schwächlich Grote auch sein mochte, und schließlich gar nicht selbst die Käfige aufgebrochen hatte, so war er dennoch der Retter dieser Kinder. Er hatte den entscheidenden Schritt getan. Er mit seiner Courage im Moment größter Verwirrung. Die mögliche Explosionsfähigkeit einer Metallzange ignorierend.

Dazu kam jetzt die Art und Weise, wie er sich vor das Dutzend hinstellte und den Eindruck machte, er wollte mit seinem Leib eine effektive Schutzwand bilden. Mag sein, nicht richtig effektiv, aber ernstgemeint. Und die Kinder dankten es ihm, indem sie ihn anschauten, als sei er ein guter Engel, hinter dem sie sich noch dichter zusammendrängten.

»Und dann«, sagte Miriam und vollzog eine dramatische kleine Pause, in die hinein Elias ein rasches Husten entließ, »kam die Welle mit aller Wucht.«

»War sie so hoch wie das Haus?« fragte Elias gebannt

und mit jener Ambivalenz, mit der man gleichzeitig etwas möchte und nicht möchte.

»Um einiges höher als das Haus«, antwortete Miriam, »es war keine Monster- oder Riesenwelle, wie das immer heißt, sondern eher eine Welle *für* Monster und Riesen. Zumindest hat es so ausgesehen. Und als sie dann wirklich ganz nah war und den Wind vor sich hergeschoben hat, daß es einem jeden die Haare nach hinten geweht hat, ja, da haben sie alle die Augen geschlossen, auch Frankenstein, der jetzt neben Grote gestanden ist und ihn am Arm gehalten hat wie eine alte Frau, die man über die Straße führt. Sie haben die Welle gespürt, die Kraft, den Druck, aber ...«

»Aber?« Elias' Augen leuchteten auch ohne Licht.

»Nun, die Welle ist ... durch sie hindurchgegangen. Nicht wie durch Butter, sondern so, als wären sie alle – Grote und Frankenstein und die Kinder – nichts als Luft. Sekundenlang. Ein kräftiger Sturm, aber kein Wasser, sondern ein Meer von Teilchen, wie bei einer Sternenexplosion.«

»Das versteh ich nicht.«

Miriam hatte einmal gehört, es komme vor, daß Teilchen, die von einer Supernova stammten und die schon ewig lange unterwegs waren, durch die Erde drangen, ungehindert die Menschen und Tiere und das Gestein passierend, ohne daß dies bemerkt wurde. Aber was nicht bemerkt wird, geschieht trotzdem. – Und so ähnlich war das jetzt auch, nur daß das Unsichtbare sichtbar geworden war. Sichtbar und spürbar.

»Es war also keine richtige Welle?« fragte Elias.

»Eine Welle von Teilchen eben, die durch Grote und Frankenstein und die Kinder durchgeflutscht sind. Es hat nur ein bißchen gekitzelt. Ein paar von den Kindern haben darum lachen müssen. Wenn man die Augen aufgemacht hat, und das hat Grote getan, hat man zwar nicht die einzelnen Teilchen gesehen, aber die Umgebung war leicht verzogen, als schaue man durch geschliffenes Glas. Die Welt war wie eine alte Briefmarke, die man durch eine Lupe betrachtet.«

Vorbei! Kein Fenster zerbrochen, kein Baum umgeknickt, die Welt heil. Professor Grote drehte sich zu den Kindern um. Er konnte deutlich sehen, wie zufrieden sie mit ihm waren. Mit ihm und Frankenstein.

»Eins von den Kindern«, erklärte Miriam, »und ich muß dir jetzt sagen, daß es keine richtigen Kinder waren, wie *wir* richtige Kinder sind, eins also ist vorgetreten, ein kleiner Junge, und der hat gesagt, und zwar in einem Deutsch, wie Aliens halt deutsch sprechen, ein bißchen verzerrt: *Danke. Ihr beiden seid die Richtigen für uns.*«

Eigentlich hatte Miriam erwartet, daß Elias sogleich eine nächste Frage einbringen würde, vonwegen: *richtig wofür?*, und vonwegen: *Wieso können die Deutsch?*, aber als sie selbst jetzt schwieg und in die Dunkelheit hineinhorchte, da vernahm sie das Atemgeräusch ihres Bruders als das eines Eingeschlafenen. Kein Schnarchen, aber ein Schnaufen. Offensichtlich hatte die Erschöpfung Elias in dem Moment überwältigt, als klargeworden war, daß die Kinder und Grote und Frankenstein von der Welle ihrerseits *nicht* überwältigt worden waren. Was da jetzt sonst noch kommen würde, konnte warten bis nach dem Schlaf.

Eine Erschöpfung, die natürlich auch Miriam empfand. Aber wie fast alle Geschichtenerzähler, vor allem jene im Gute-Nacht-Bereich, wollte sie noch etwas Zeit für sich selbst erübrigen. Zeit, um über einen bestimmten, höchst irritierenden Punkt in ihrer Geschichte nachzudenken. Denn von dem Moment an, da Grote und die anderen den Raum mit den Käfigen betreten hatten, bis zur Episode auf dem Dach des Hochhauses, hatte Miriam eine weitere anwesende Person registriert, etwas abseits stehend, scheinbar ihrerseits das Geschehen beobachtend.

Merkwürdig. Es war der Mann aus schwarzem Chiffon gewesen, der doch eigentlich in Miriams Träume gehörte, dort, wo er Miriam aufgefordert hatte, die »Tränen im Bach« zu bedenken. – Gut, das kam schon mal vor, daß die Schöpferin einer Geschichte sich ihrer eigenen Traumfiguren bediente, doch was Miriam so verstörte, war der Umstand, daß sie, die Erzählerin, als einzige die schwarze Gestalt wahrgenommen hatte. Ihre Figuren hingegen nicht. Niemand, Grote nicht und Frankenstein nicht, hatten den Mann aus Chiffon bemerkt. Miriam sagte sich: »Wenn der Erzähler etwas sieht, müßten das doch eigentlich auch seine Figuren sehen. Zumindest, wenn die Gestalt nicht unsichtbar ist. Verdammt!«

Das war jetzt ihr neues Lieblingswort, *verdammt*. Und an dieser Stelle durchaus angebracht. Denn in der Tat war die schwarze Person keinesfalls unsichtbar oder in einem dunklen Schatten verborgen gewesen. Ansonsten wäre es Miriam gar nicht gelungen, den »Mann mit dem Smokinggesicht« zu erkennen, sondern sie hätte seine Existenz einzig und allein vermuten können. Wegen eines Geruchs oder Geräuschs oder intuitiv darum wissend. Doch so war es nicht gewesen. Die Gestalt hatte sich in dem lichtdurchfluteten Raum unverkennbar abgezeichnet, und zwar von jeder Position aus. Niemand aber hatte eine Reaktion gezeigt. Keine Äußerung war gefallen, kein Gedanke gedacht worden, der die Präsenz des Unbekannten bestätigt hätte. Und darum auch hatte Miriam es unterlassen, seine Gegenwart gegenüber Elias zu erwähnen. Sie mußte sich zuerst überlegen, was das überhaupt zu bedeuten habe.

Doch ihre Gedanken kreisten mit hängenden Köpfen.

Schlaf, Kindlein …

So kalt es in den Beinen war, ihre Körpermitte fühlte sich warm an, ein kleiner Kamin zwischen Magen und Herz, in dem sich eine anhaltende Glut gebildet hatte. Und in die Wärme dieser Körpermitte sank Miriam nun hinab und verlor ihr Bewußtsein. Aber es wurde ein unruhiger Schlaf. Immer wieder holten die Geräusche des Waldes wie auch der Unwille der eigenen Gelenke und Muskeln, sich mit einer solchen sitzenden Schlafposition zufriedenzugeben, sie zurück ins Wachsein. Ohne jedoch richtig zu sich zu kommen. Es war ein Hin und Her zwischen Schlaf und dem kurzen Aufschrecken aus Träumen. Träume, in denen sich alles vermischte. Doch eines blieb immer gleich, nämlich, daß im Traum Sommer war und eine beträchtliche Hitze herrschte. Einmal, als Miriam halb erwachte, meinte sie einen Körper an dem ihren zu spüren, nicht den von Elias, der seitlich lag, sondern einen massiveren, schwereren, der von vorne gegen den ihren lehnte. Sie fühlte Fell auf ihrer Wange und den warmen Atem, der aus feuchten Nüstern strömte. Eine lebende Decke. Sie fiel zurück in den Schlaf, zurück in einen Traum aus Amseln, die kleine Holzscheite auf ihrem Rücken durch die Gegend flogen. Der Mann aus schwarzem Chiffon aber tauchte in keiner Sekunde auf.

12

Ein Balken von Licht fiel in das Erdloch. Ein heller Pflock in Miriams Gesicht. Sie hatte ihre Augen geöffnet und sah neben sich zu Elias. Er schlief noch. Seine Stirn war kalt, seine Wangen eisig und seine Nase ein Denkmal für einen Clown. Er hustete. Wer hustete, war am Leben. Miriam hob den Regenmantel etwas an und schob ihn hinter ihrer beider Köpfe. Dann blickte sie nach oben. Es hatte zu schneien aufgehört. Der Himmel schien bedeckt, aber dünn bedeckt. Sie dachte an die vergangene Nacht und daß sie einmal das Gefühl gehabt hatte, den Leib eines Tiers zu spüren. Warmes Fell, einen pochenden Körper, den feinen Sprühregen eines feuchten Atems.

Wer anders als der Rehbock konnte es gewesen sein?

Einerseits. Andererseits mutmaßte Miriam, sich das bloß eingebildet zu haben. Schließlich war kaum vorstellbar, wie dieses auf vier schlanken Beinen stehende Tier überhaupt in die enge Grube hätte gelangen können. Und vor allem wieder aus ihr heraus. Zudem erschien es ihr zuviel des Märchenhaften, wenn ein solcher Paarhufer nicht nur schutzengelhafte Hinweise gab, sondern sich auch körperlich für ein Menschenkind einsetzte.

»Völlig richtig, Miriam«, hörte sie ihren Vater sprechen. Doch sogleich mußte sie an die Bilder und Berichte von Tieren denken, welche ein fremdes Junges, eines, das einer ganz anderen Rasse angehörte, an Kindes Statt angenommen hatten. Und wer da alles ein Rehkitz adoptierte! Und wer alles von einer Ricke adoptiert wurde! – Gut, das schien eine Sache des Mutterinstinkts. Etwas Triebhaftes. Doch was war mit den wilden Delphinen, die Schiffbrüchige retteten? Überhaupt das soziale Wesen der Tiere! Sie erinnerte sich gelesen zu haben, jemand hätte eine Ratte beobachtet, die von einer anderen Ratte an einem Strohhalm geführt worden sei. Und daß sich schließlich herausgestellt habe, die geführte Ratte sei blind gewesen.

»Rehe sind nicht Ratten«, vernahm sie jetzt wieder ihren Vater.

»Ja, aber beide gelten als Schädlinge«, hörte sich Miriam erwidern. »Und manche Hunde sterben für ihr Herrchen.«

»Und manches Herrchen für seinen Hund. Was freilich eine Übertreibung ist. Eine dumme Übertreibung.«

»Würdest du für Mama sterben?«

»Mein Gott, Miriam, ich habe mich von Mama getrennt.«

»Würdest du für *uns* sterben?«

»Jeder Vater täte sein Leben hergeben, um seine Kinder zu retten.«

»Sein Leben schon«, wäre Miriams Antwort gewesen, »aber nicht seine Zeit.«

Darauf hätte ihr Vater geantwortet: »Du hast auch einen Stundenplan, an den du dich halten mußt, Frau Gescheit, nicht wahr?«

Sie würde den Kopf schütteln ob solcher Dreistigkeit. Und er würde wissen, wie sehr sie damit recht hatte. Er, der Vater, war ja nicht nur bei Gericht ständig beschäftigt, sondern eben auch mit seinen Leidenschaften: der Jagd, dem Segelboot, seinem Interesse für moderne Kunst und alte Uhren, nicht zuletzt beschäftigt mit seiner neuen jungen Freundin, die wirklich nicht viel jünger hätte sein dürfen, um ihn, den Herrn Richter, dumm dastehen zu lassen. – Er mochte seine Kinder, keine Frage, liebte sie, aber in seinem Stundenplan war für die »Kinderstunde« nun mal wenig Platz. In diesem Plan dominierten die üblichen wichtigen Fächer. Die Hauptgegenstände.

Er drückte es gerne so aus: »Ach, mein Liebling, der Tag müßte achtundvierzig Stunden haben.«

Seine Tochter darauf: »Dann würdest du alles einfach doppelt so lange machen.«

Wie auch immer, es war ein gutes Gefühl gewesen, eingebildet oder nicht, als Miriam des Nächtens den warmen Leib des Tiers gespürt und sich der ganze erdige Raum in ein Nest verwandelt hatte. Die Einbildung, soviel wußte Miriam, konnte chemische Prozesse im

Körper verändern. Sie war ein machtvolles Instrument, das dem Menschen wohl nicht ohne Grund mitgegeben worden war.

Miriam drückte Elias einen Kuß auf seine Wange und sagte: »Morgen, Schlafmütze.«

Er hustete mit geschlossenen Augen. Sie schüttelte ihn leicht.

»Was ...?«

»Aufstehen, wir müssen los.«

»Ich kann nicht«, sagte er. »Ich bin ganz aus Eis.«

»Du bist nicht aus Eis«, antwortete Miriam. »Sondern aus Schnee. Kein Eismann, sondern ein Schneemann. – So, und jetzt hoch mit dir.«

Sie zog die Decke zur Seite, griff Elias unter die Achsel und zog ihn in die Höhe.

»Mir tut der Bauch weh«, klagte er. »Vielleicht war die Amsel schlecht.«

»Dann müßte ich aber ebenfalls Bauweh haben«, erklärte Miriam, wohlweislich verschweigend, daß auch ihr Magen sie ein wenig zwickte. Was aber viele Gründe haben konnte. Man brauchte nicht unbedingt die Amsel verantwortlich machen.

Miriam reichte ihrem Bruder die Thermosflasche. Der Tannennadeltee war noch halbwegs warm. Er tat mehrere Schlucke und kommentierte: »Guut!«

Auch Miriam trank. In der Folge packte sie die beiden Decken wieder zu einer Rolle und verankerte sie zusammen mit dem Regenmantel am Rucksack. Jetzt stiegen die beiden Kinder nach oben, wobei Miriam ihren Bruder von hinten anschob.

»Ich schaff das schon«, beschwerte er sich.

»Klar«, sagte sie und drückte weiter gegen seinen Hintern. In diesem Moment entfuhr Elias ein Furz.

»Gott, du stinkst«, lachte Miriam.

»Du bist gemein«, beschwerte sich Elias. Er stand nun im Freien und drückte die Hand flach gegen seinen Bauch.

»Wir gehen jetzt beide auf die Toilette, okay«, schlug Miriam vor. Sie reichte ihm eine der beiden Seiten, die von den Sexmagazinen übriggeblieben waren. Sie sagte: »Versprich mir, daß du dir das nicht anschaust, sondern nur deinen Popo damit auswischst. Versprich es!«

»Versprochen«, sagte er und nahm das zusammengefaltete Blatt.

Die Alternative wäre gewesen, Papier aus einem der Pokémonhefte zu verwenden. Aber das wollte Miriam ihrem Bruder nicht antun. Zudem bestand die Seite allein aus Annoncen. Auf den wenigen graphischen Darstellungen und kleinen Fotos war nicht viel mehr als nackte Brüste zu sehen.

Miriam und Elias taten mehrere Schritte voneinander weg und verzogen sich hinter verschiedene Bäume, um ihre vom Schlaf noch warmen Hinterteile in die kalte Luft zu hängen. Miriam hörte ihren Bruder, wie er einige heftige Geräusche von sich gab.

Miriam hockte da und betrachtete den Wald. Sie dachte an den Rehbock und wie peinlich es ihr wäre, würde er ausgerechnet in diesem Moment auftauchen, da sie ihren Darm leerte. Aber wenn in diesem Tier ein Engel steckte, dann würde er ganz sicher eine solche

Situation vermeiden. Und wenn *kein* Engel in dem Rehbock hauste, dann bestand auch kein Grund, sich zu genieren. Nicht gegenüber einem Wesen, das ganzjährig ohne Toiletteneinrichtung lebte.

Aber der Rehbock tauchte nicht auf. Miriam griff nach dem Papier, das sie für sich ausgewählt hatte. Ein kurzer Blick nur. Sie erkannte eine Frau, hinter der ein Mann kniete und sein Geschlecht in sie einführte. Nun, im Grunde war das nichts Außergewöhnliches, etwas, was ja durchaus an die Begattungsart eben auch der Rehe erinnerte. Warum also wirkten diese Bilder so befremdlich? Es war wohl der Ausdruck der Gesichter, ein Ausdruck von Sieg und Niederlage, von Verachtung und devoter Beugung, gewaltigem Spaß und grotesker Tollerei, alles in allem eine obskure Grimassenschneiderei. Wie im Theater, wenn die Schauspieler ihre Arme und Beine und ihre Gesichter verrenken, wenn sie schreien und toben, dann wieder übertrieben leise sprechen, sodaß keiner sie hört. – War Sex ein Theaterstück?

Ohne noch mal hinzusehen, zerknüllte sie das Papier zu einer lockeren Form und reinigte sich so gut es ging, ließ das Blatt auf den Kothaufen fallen und erhob sich, um die Strümpfe und den Rock aufwärts zu schieben. Mit dem Fuß kickte sie Schneehäufchen über das Erbrachte und wusch sich sodann die Hände im Schnee. Und auch gleich das Gesicht, was ihr ausgesprochen guttat, das kalte Wasser. Dies entsprach dem Rat ihrer Großmutter: »Wenn du kaltes Wasser hast, brauchst du keine Hautcreme.« Nun, auf dem Gesicht ihrer Oma wuchsen zusehends die Falten, daran hatte auch das kalte Wasser nichts ändern können. Andererseits, eine Oma ganz ohne Falten wäre komisch gewesen. Antifaltencremes waren so gesehen der Versuch, die Großmütter aus der Welt zu schaffen.

»Ich bin fertig«, rief Elias.

»Und? Schon besser?«

»Bißchen«, sagte er.

»Und der Hunger?«

»Geht so.« Dabei hätte er doch wirklich klagen dürfen.

Dann aber bemerkte Miriam die kleine Wölbung auf Elias' linker Wange. Gut, vielleicht hatte er sich in der Not ein Stück Rinde in den Mund getan, wahrscheinlicher jedoch war, daß er – gemäß Miriams Prognose – den Bergkristall ins Freie gekackt, ihn aus dem Kot geholt, eingehend gereinigt und sodann wegen seiner sättigenden Kraft wieder in den Mund gesteckt hatte.

Miriam ersparte ihrem Bruder die Frage, ob sie mit dieser Annahme recht habe. Darüber brauchte man nicht reden. Statt dessen nahm sie seine Hand und sagte, als wüßte sie, was sie tue: »Dort! Diese Richtung!«

Nachdem die beiden eine Weile durch den Schneewald marschiert waren, wobei sie trotz ihres geringen Gewichts ständig einsanken, blieben sie stehen, und Miriam brach ein Stück Rinde von einem Baum, da es ja an einem zweiten Kristall mangelte. Sie steckte sich also das kleine Stück Fichtenhaut in den Mund und kaute daran.

»Wie schmeckt das?« fragte Elias.

»Holzig.«

»Sagt Papi das nicht manchmal, wenn er Wein trinkt?«

»Holziger als bei Papas Wein.«

Die Geschwister gingen weiter. Stein lutschend und Rinde kauend.

Weil Miriam nun um einiges gelassener wirkte als zuvor – obgleich sie nicht die geringste Orientierung besaß: nirgends grüne Bänder, keine Rauchsäulen, kein Rehbock weit und breit –, wagte Elias, nach Professor Grote und den Kindern zu fragen.

»Es waren keine richtigen Kinder«, erklärte Miriam, »sondern ... kinderartige Wesen.«

Miriam beschrieb diese in ihrer Gestalt den Menschenkindern so ähnlichen Inselbewohner als *Kindermenschen.* Mitglieder einer hochintelligenten, technisch weit fortgeschrittenen Rasse. Kleine Leute mit großem Hirn. Allerdings ausgestattet mit einem Gemüt, das wiederum ihrem kindlichen Aussehen entsprach: eine gewisse Furchtsamkeit, eine Verspieltheit, nicht zuletzt ein ausgeprägtes Schutzbedürfnis.

Am meisten ängstigte diese Wesen die Nacht. So sehr sie nämlich die täglichen und taghellen Gegebenheiten der Insel, auf der sie lebten, kontrollieren konnten – ob da also grad Insekten herumschwirrten oder nicht, die Sonne lachte, ein Gewitter Erfrischung brachte oder eine scheinbare Monsterwelle hereinbrach –, galt dies nicht für die Zeit zwischen der Dämmerung des Abends und des Morgens. Sie erlebten die Nacht als die pure, willkürliche Natur. Wobei man sagen muß, daß kaum etwas Gravierendes geschah. Keine Vampire oder so. Allein die Angst bedrohte sie. Und die größte Angst war dabei die Angst vor den eigenen Träumen.

Dabei waren es keine richtigen Alpträume, die sie quälten. Es war vielmehr die Deutlichkeit ihrer Träume, die ihnen zu schaffen machte. Die absolute Klarheit der Dinge und Erlebnisse. Wie echt. Geradezu überecht. Messerscharf. Und allein dadurch bedrohlich. Manch einer träumte von nichts anderem als von einer Vase auf dem Tisch und war dennoch von der Präsenz dieser Vase überwältigt. Auf eine ungute Weise überwältigt. Überrollt. Überfahren. Erschlagen.

Schreckte nun einer von ihnen aus seinem Traum hoch, verschwitzt, angstvoll, verwirrt, so war da niemand, der dem Betroffenen ernsthaft helfen konnte. Ein jeder Inselbewohner war viel zu sehr in seiner eigenen Schreckenserwartung eingesponnen. Und darum sehnten sie sich so sehr nach einer Instanz des Trostes. Nach einem Wesen, das den Begriff der Elternschaft zu erfüllen imstande war. Vereinfacht ausgedrückt: Sie wünschten sich jemand, der ihnen eine Gute-Nacht-Geschichte vorlesen konnte. Jemand, der an ihre Betten kam und sie beruhigte, wenn ein »gläserner Traum« sie heimgesucht und ihnen das Erwachen mitten in der Dunkelheit ein Grauen beschert hatte, eine Furcht, die auch das Licht einer Nachttischlampe nicht aufzuheben vermochte. Sie sehnten sich nach einem Vater und einer Mutter.

Miriam überlegte, welchen Namen man diesem Volk geben könnte. Sie nannte sie *Die Spinks.*

»Was soll das denn bedeuten?« fragte Elias.

»Na, so auszusehen: nämlich spinkig.«

»Was ist *spinkig*?«

»Klein wie ein Kind sein und ein Gesicht wie ein Kind haben und ein Herz wie ein Kind. Und Zahnspangen tragen und keine schweren Sachen heben können. Aber trotzdem ein Leben führen wie ein Erwachsener. Büros und den ganzen Tag Arbeit und am Abend fernschauen. Aber ohne Alkohol. Weil sie in der Hinsicht wieder wie die Kinder waren, die Spinks, und keinen Alkohol vertragen haben.«

»Hatten die Spinks eigentlich Götter?« erkundigte sich Elias, der ja immerhin einen katholischen Kindergarten besuchte.

»Aber nein«, erklärte Miriam, »das war wie bei uns heutzutage. Sie hatten nur *einen* Gott, einen für alle und alles. Mit einem Unterschied. Ihr Gott hatte ein Problem.«

»Welches Problem?«

»Ohne Eltern sein. Dabei war er wirklich ein allmächtiger Gott. Nur, daß er nicht gewußt hat, woher er selbst eigentlich herstammt. Eines Tages war er einfach dagestanden, mit ganz viel Macht und ganz viel Wissen und Schöpferkraft, aber eines hat er nicht gewußt: was gewesen war, bevor es ihn gegeben hat.«

»Und *unser* Gott, der weiß das?« erkundigte sich Elias.

Gute Frage, dachte Miriam, sagte aber: »Unser Gott war von Anfang an da. Er hat keine Eltern gebraucht.«

»Aber er hat doch einen Sohn. Wie kann man einen Sohn haben, aber keine ...«

»Wollen wir jetzt über Christus sprechen oder über die Spinks?«

»Über die Spinks« beeilte sich Elias zu erklären, behielt dennoch das Thema bei, indem er sich nach der Vermehrung der elternlosen Insulaner erkundigte. »Oder sind die aus Plastik, die Spinks, und kommen aus einer Fabrik wie Tankwart?«

»Nein, kommen sie nicht«, sagte Miriam, stockte aber. Dummes Thema, die Sexualität. Schließlich war Elias noch in keiner Weise aufgeklärt, außer in dem Punkt, zu wissen, daß der Nachwuchs in der Regel aus mütterlichen Bäuchen stammte.

Miriam sagte: »Da waren nirgends Spinksbabys zu sehen, und Grote und Frankenstein wollten nicht danach fragen. Außerdem ...«

Sie war stehengeblieben. Ihr Blick bildete einen weiten Bogen gleich der illustrierten Flugbahn einer Gewehrkugel.

»Was hast du?« fragte Elias.

»Dort!« Miriam hob den Arm und zeigte etwas nach links.

Elias fragte, ohne in die Richtung des Fingers gesehen zu haben, ob da ein Haus sei.

»Kein Haus, kleiner Mann, aber eine Krippe.«

Eine Futterkrippe, um genau zu sein. Ein überdachter Trog, der auf einer flachen, gut zugänglichen Stelle plaziert lag.

Die Geschwister näherten sich vorsichtig, ihrerseits rehartig aufmerksam. Sie streckten ihre Hälse und lugten in den länglichen Behälter. Zur einen Seite hin war

dieser gefüllt mit kurzen zylindrischen Formen, finger-
dicken Presslingen, die man auch für zerkleinerte und
verblaßte Salamistangen hätte halten können. Aber
es handelte sich um Trockenfutter, Getreide, womit
auch immer vermischt. Zur anderen Seite hin häuften
sich Rüben, Äpfel, geviertelte Stücke von Kohl, Heu
sowie Kastanien. Dies alles lagerte derart ordentlich
nebeneinander aufgereiht, als befinde man sich in der
Gemüseabteilung eines Alnatura-Ladens.

Die Presslinge schmeckten wenig erregend. Viel be-
kömmlicher waren da die Mohrrüben und die Äpfel,
denen sich die halb Verhungerten nun dankbar hin-
gaben. Ihr Schmatzen drang hallend durch den Wald.
Für eine ganze Weile waren die beiden Kinder nichts
anderes als zwei Verdauungssysteme, um die jeweils ein
Körper gepackt war, Fleisch und Haut, damit die Verdauungssysteme nicht frei in der Luft zu schweben und
zu frieren brauchten.

Nachdem die Geschwister eine ganze Weile heftig
gebissen und gekaut und geschluckt hatten, verlang-
samte sich ihre Nahrungsaufnahme ein wenig. Sie
wechselten zum Genuß.

»Wie findest du, daß die Karotten schmecken?« fragte Miriam, als sei man im Restaurant und bewerte die
Kochkünste eines zugesternten Michelinisten.

Doch hier und jetzt kochte die Natur, und Elias antwortete: »Die schmecken nach Orange.«

»Unsinn! Du meinst, sie schmecken nach *Orange*, wie
die Farbe?«

»Nein, wie die Frucht«, insistierte Elias und erklärte,

die Karotte erinnere an eine Apfelsine, die jemand immer mehr zusammengedrückt habe. *Zusammenge*drückt, nicht *aus*gedrückt ... Er hob die Hände wie zum Beten an, schloß sie aber nicht vollständig, sondern fuhr in der Art hin und her, wie man ein Stück Teig zu einer Nudel wuzelt.

»Also, ich denke doch eher«, meinte Miriam, »das kommt dir nur wegen der Farbe so vor.«

»Nein«, wiederholte Elias bestimmt und biß also in die zu einer Schneemannase spaghettisierte Südfrucht.

Nach dem Mahl nahm jeder einen Schluck vom Tannennadeltee. Den verbleibenden Durst stillten sie mit kleinen Schneekrapfen, die in der Wärme ihrer Mundhöhlen zu Wasser schmolzen.

»Jetzt werden wir das Haus ganz sicher finden«, meinte Elias.

»Ich will ehrlich sein, Elias, die Futterkrippe muß nicht bedeuten, daß ein Haus oder Hof in der Nähe ist.«

Aber Elias hatte es anders gemeint. Er erklärte, der Genuß von derart viel Karotten müsse doch zu einer maßgeblichen Erhöhung ihrer beider Sehkraft führen. Ihnen helfen auf der Suche nach einer Spur oder weiteren fernen Rauchsäulen. Oder nicht?

Miriam lachte und sagte: »Du hast recht. ganz sicher.« Zugleich überlegte sie, daß die Sache mit der karottenbedingten Steigerung des Sehvermögens ebenfalls zu diesen Dingen gehörte, die im Fernsehen jedes Jahr aufs neue revidiert wurden.

Sie blickte sich um. Eine Fußspur war nicht zu sehen. Entweder, weil sie selbst noch nicht genug Karotten gegessen hatte oder weil mögliche Hinweise unter einer Schneeschicht verborgen lagen oder längst verweht waren. Der Wind blies fortgesetzt kräftig und erinnerte an eine dieser Hausfrauen, die ständig aufräumen, auch dort, wo noch jemand am Schreibtisch sitzt und arbeitet oder sich noch mitten beim Essen befindet.

Auch war an keinem der Bäume eine Markierung zu erkennen. Dies war offensichtlich kein Platz für Wanderer.

Miriam dachte nach, ob es besser wäre, Proviant einzupacken und weiterzumarschieren oder an dieser Stelle ein Lager aufzuschlagen. In der Hoffnung, demnächst würde ein Förster auftauchen. Freilich, es fehlte ein Zelt, und zudem suggerierte der frisch bestückte Trog, es könnte möglicherweise Tage dauern, bevor jemand kam, um nachzufüllen.

Es war Elias, der nun vorschlug: »Machen wir doch ein Lagerfeuer, Miriam. Mir ist so schrecklich kalt. Meine Zehen tun weh. Und meine Brust auch.« Er jammerte nicht, aber sein Schmerz war hörbar. Jetzt, wo er satt war, meldete sich auch der restliche Körper.

»Gut! Das können wir tun«, sagte Miriam.

Gemeinsam begannen sie, nahe der Krippe den Boden vom Schnee zu befreien, wobei sie die beiden stabilen Äste nutzten, die ihnen bislang als Wanderstäbe gedient hatten.

»Karotten machen nicht nur sehend, sondern auch stark«, kommentierte Miriam.

Elias verrollte die Augen, donnerte aber mit einiger Wucht das spitze Ende seines Stocks in die harte Schneefläche. Ein erstes Braun wurde sichtbar unter der weißen Maske. Nach und nach entstand ein kleines Gesicht der Erde, rund und freundlich. Darauf bereiteten die Kinder eine Unterlage aus Ästen, die sie zuvor eingesammelt hatten, wobei sie die Hölzer kreuzweise über den Boden schichteten, wie bei einer sehr flachen Wendeltreppe. Somit dem Prinzip des Kaminofens folgend, eine Luftzufuhr von unten her zu bewerkstelligen.

»Ich brauche deine Pokémonhefte«, verlangte Miriam und griff nach dem Rucksack.

Auch Elias faßte nach dem Gepäckstück und rief zeitgleich ein wütendes: »Nein!«

Aber die Pornographie war nun mal vollständig verbrannt beziehungsweise beim Auswischen der Hintern als Klopapierersatz geopfert worden. Somit war der Einsatz der Comics unvermeidbar.

Miriam erklärte: »Ich verspreche dir, sobald wir wieder zu Hause sind, kaufe ich dir zwei neue Hefte.«

Er aber begann zu weinen und rief in den Wald hinein: »Mami!« Mehrmals. Doch im Grunde war es ein Wunder, daß er dies nicht öfters tat.

Miriam wartete, bis Elias endlich den Rucksack losließ. Als sie nun eins der beiden Magazine herauszog, sagte ihr Bruder schluchzend: »Miriam, das werde ich mir immer merken, jawohl, auch in hundert Jahren noch.«

»Na hoffentlich wirst du so alt«, meinte Miriam trokken.

»Warum denn nicht!?« Er war sichtlich erschrocken, voller Sorge.

»Keine Panik, du wirst mindestens hundertfünf und dich beim Anblick jedes Lagerfeuers an deine alte böse Schwester erinnern.«

Doch schon fügte Elias das nächste Element in die Fragekette: »Glaubst du denn, daß es in hundert Jahren noch Lagerfeuer gibt?«

»Klaro!« antwortete sie, dachte an die Energiekrise und begann nun, mehrere Seiten aus dem Pokémonheft zu lösen und zu kleinen, lockeren Bällchen zu zerknüllen. Während Elias sich empört wegdrehte, tröpfelte Miriam ein klein wenig von dem Lampenöl aufs Papier. Auf dieses Nest setzte sie etwas Stroh aus dem Futtertrog, mehrere von einer Kiefer heruntergebrochene Rindenstücke, darauf Hölzchen kreuz und quer sowie einige Tannenzweige. Man hätte meinen können, sie forme eine Hochzeitstorte für Baumelfen. Um jetzt nicht von einem Scheiterhaufen zu sprechen.

»Komm, hilf mir!« rief sie nach ihrem Bruder.

»Wieso?« erwiderte er mit bockiger Stimme. Ins Bockige hinein entließ er eine Folge von Hustern, die nicht minder vorwurfsvoll klangen. Dabei griff er sich mit gekreuzten Händen an die Brust.

Doch Miriam blieb dabei: »Halt die Decke vor mich hin, so gegen den Wind, damit mir das blöde Feuerzeug nicht gleich ausgeht.«

Wieso *blöd?* Im Gegenteil, ohne dieses kleine Gerät wären sie verloren gewesen.

Miriam bemerkte sogleich ihren Fehler – die Gedankenlosigkeit, mit der man guten Dingen schlechte Namen gibt – und bat innerlich um Entschuldigung. Was keinesfalls ein Fehler sein konnte.

So finster Elias dreinschaute, kam er dennoch zu Miriam und tat, was seine Schwester verlangt hatte. Er hob eine der Decken hoch und stellte sich mit dem Rücken gegen den Wind, während Miriam sich hinkniete und das Feuerzeug hervorkramte. Gleich der erste Versuch gelang. – »Danke, du kleiner, guter, braver Flammenwerfer!«

Das Papier fing Feuer, Feuer, das sich rasch über alles Darübergeschichtete hermachte, umso mehr, als Miriam von unten hineinpustete.

»Ich kann das nicht mehr halten«, meldete sich Elias.

»Darfst aufhören, es brennt gut«, sagte Miriam und legte dünnes Holz nach, das sie klugerweise von den Nadelbäumen genommen hatte: abgestorbene, trockene Äste direkt vom Stamm. Später aber auch dickeres, noch feuchtes Holz vom Boden, das sie aus dem Schnee gezogen hatte. Voll mit Wasser, das sich nun ins Freie kochte. Ein heftiges Knistern erfüllte den offenen Raum. Funken sprühten. Die Kinder wichen zurück, aber ohne Angst. Sie hatten in diesen Tagen jegliche Furcht vor dem Feuer eingebüßt. In anderen Zusammenhängen mochte es den Tod bedeuten, etwa im Falle von Grotes Familie, ihnen aber rettete es das Leben. Die Glut war ihnen allein ein Freund, dem man mit Respekt begegnete.

Die Kinder holten weitere dicke Äste, die sie neben der Feuerstelle plazierten, damit diese etwas trocknen konnten.

»Ein Vulkan«, kommentierte der Vulkanliebhaber Elias die hochschießenden Flammen und den dunklen Qualm, der über die Wipfel drang und der im besten Fall einen Förster oder Bauern oder Spaziergänger alarmieren würde. Wobei Miriam nun einfiel, daß sie selbst ja genau aus diesem Grund den Marsch durch den Wald gewagt hatte, angelockt von einer Rauchsäule, die in der Ferne in den Himmel gestiegen war.

Sie trat neben Elias hin, der seine Hände – Daumen an Daumen – in Form eines Rorschachtests gegen das Feuer hielt und seiner Schwester jetzt erklärte, er hätte Lust, Kartoffeln zu braten.

»Na, auf die Idee hätte ich auch kommen können«, dachte Miriam und sagte: »Warum nicht?« Mit dem Tapeziermesser spitzte sie zwei Äste zu und reichte einen davon Elias. Jeder spießte sich nun eine Kartoffel auf, die man drehend über die Flammen hielt. – Ein Bild der Idylle.

Aber die Wahrheit war komplizierter. Miriam drückte es so aus: »Hinten friert man sich den Popo ab und vorne schmilzt man.«

Elias ergänzte: »Hinten ist man Mr. Freeze und vorne fliegt man zur Sonne.«

Dennoch war es ein guter Moment. Feuer und Futter.

Später verzehrten die beiden Kinder ihre Kartoffeln, ohne ein Wort über das fehlende Ketchup zu verlieren.

Erneut dachte Miriam darüber nach, ob man zu dieser Stunde – etwa zwei Uhr am Nachmittag, so ihre Schätzung – den Weg fortsetzen sollte. Sie fragte ihren Bruder. Seine Antwort kam so rasch wie eindeutig:

»Hierbleiben.« Und gleich darauf: »Weiter von den Spinks erzählen.«

Miriam nickte. »Aber vorher müssen wir noch Holz sammeln.«

Sie warfen die letzten Äste ins Feuer und setzten sich sodann in Bewegung, um neues Brennmaterial zu suchen. Die Nahrung war ja vorerst kein Problem. Gott brauchte ihnen keine tote Amsel zu schicken.

Während sie eine Decke zwischen sich spannten, in der sie die Stücke von Reisig ablegten, erzählte Miriam, Professor Grote hätte alsbald herausgefunden, wie überlegen die spinkigen Inselbewohner im Bereich der Physik den Menschen waren. Vor allem war es ihnen gelungen, die Existenz eines Elementarteilchens zu beweisen, das auf der Erde als *Higgs-Teilchen* bekannt war.

»Schluckauf-Teilchen«, kommentierte Elias.

»Na, bei den Spinks hat dieses kleine Ding gar nicht Higgs-Teilchen geheißen, sondern *Spinks-Teilchen*. Sie waren echt stolz drauf.«

Wie Miriam erläuterte, hatten die Spinks diesen winzigen Materiebaustein nicht einfach nur errechnet und vorausgesagt, sondern im wahrsten Sinne in den Griff bekommen. Überhaupt war ihnen gelungen, eine Menge kniffliger Fragen zu klären, aber auch bei ihnen galt die alte Binsenweisheit, jedes gelöste Problem ziehe zwei neue nach sich, was dazu führt, nicht nur gescheiter zu werden, sondern vor allem schwindelig. Freilich war für Grote dieser »Schwindel« in höchstem Maße anziehend.

Die ganze Sache mit der Welle und den Kindern in den Käfigen war ein Test gewesen. Auch die anderen ICEler, selbst jene der ersten Expedition, waren in ähnlicher Weise geködert worden. Die Spinks hatten wissen wollen, wie die Menschen reagierten, ob sie bereit waren, Kinder zu retten, die nicht die ihren waren. Oder ob bei ihnen das eigene Leben vorging.

Nachdem diese Tests nun beendet waren – und das Ergebnis mußte vom Standpunkt der Spinks als eher traurig bewertet werden –, war es den Erwachsenen freigestellt, wieder nach Hause zurückzukehren. Die Spinks erklärten, dazu wäre bloß nötig, so weit als möglich ins Meer hinauszuschwimmen. Irgendwann, wenn die Erschöpfung ausreichte, ging man unter und gelangte solcherart zurück in die alte Welt. Zurück in den ICE.

»Was? Man muß ertrinken?« Elias stöhnte.

»Die Frage hat die Amazone auch gestellt«, sagte Miriam. »Aber die Spinks haben ihr erklärt: *Nein, nein, nur untergehen.* Doch die Amazone wollte wissen: *Ist das nicht wieder so ein Trick von euch?* Darauf die Spinks: *Nein, Ehrenwort.*«

»Das kann jeder sagen«, meinte Elias.

»Den Spinks waren Ehrenwörter heilig«, versicherte Miriam. Und setzte fort: »So gut wie alle Leute aus dem ICE wollten heimkehren. Ihnen waren die Spinks unheimlich. Außerdem war ihnen peinlich, wie blöd sie sich bei den Tests angestellt hatten. Man muß es wirklich so sagen: Die haben sich fast alle in die Hose gemacht. Kein Wunder, daß sie ins Meer wollten. Der einzige, der sich entschieden hat, zu bleiben, war der Professor Grote.«

Vielleicht auch darum, weil da niemand war, der in der alten Welt auf Grote wartete. Er hatte nach dem Tod seiner Familie keinen Menschen mehr kennengelernt, der ihm ein Gefühl der Liebe entlockt hätte. Nicht, daß er meinte, die Spinks zu lieben, aber ...

»Super!« rief Elias aus. »Ich find es gut, daß der Kröte treu ist.«

Miriam nickte und sagte: »Gleich am ersten Abend hat er den Spinks eine Gute-Nacht-Geschichte erzählt. Unter dem Hochhaus war eine riesige Sporthalle, alle kamen dort hin, mit Isomatten und Schlafsäcken und Decken. Sie haben sich hingelegt und Grote zugehört. Weil er kein Buch dabeihatte, hat er eben eins aus dem Gedächtnis vorgetragen, und er hatte ja ein ziemlich gutes Gedächtnis und noch die meisten Geschichten im Kopf, die er seinen beiden Kindern früher vorgelesen hat. Er hat den Spinks die Geschichte vom *Erpresser von Bockenheim* erzählt.«

»Ja, die ist klasse!« urteilte Elias.

»Fanden die Spinks auch. Am Ende haben sie applaudiert. Wie verrückt. Aber da war Grote streng und hat ihnen erklärt, daß das hier keine Dichterlesung sei, sondern eine Schlafhilfe. Und dann hat er allen eine gute Nacht und süße Träume gewünscht und schließlich das Licht ausgeschalten, als wäre man in einem stinknormalen Kinderzimmer.«

»Ohne Gute-Nacht-Kuß?«

»Mein Gott, Elias, das waren sicher an die hundert

Spinks. Es hätte ewig gedauert. Außerdem war das nicht Grotes Art.«

»Vielleicht hat er ja bald einen Lieblingsspink.«

»Glaub ich nicht«, sagte Miriam. »Er sieht die Spinks als Teilchen. Jedes hat seine Bedeutung, keines ist besser als ein anderes, keines verdient einen Kuß, den ein anderes nicht auch verdienen würde.«

»Ist das Kommunismus?« fragte Elias, der ja seinem Alter gemäß Begriffe in ihrer ungefähren Bedeutung aufschnappte.

»Hm«, überlegte Miriam. Konnte man es auf diese Weise definieren? Bestand zum Beispiel das Christentum in dem Versprechen, daß Gott *jedermann* küsse, während das Versprechen des Kommunismus darin gipfelte, *niemanden* zu küssen? – Nun, sie überging die Frage und erklärte, Grote hätte vereinbarungsgemäß eine Gegensprechanlage in Betrieb genommen, damit er, überall wo er war, hören konnte, wenn einer von den Spinks aus einem der glasklaren Träume hochschreckte. Um sogleich hinunterzueilen und den vom Traum Bedrückten zu beruhigen.

»Ein Babyphon also«, meinte Elias.

»Wenn du so willst. Jedenfalls ist Professor Grote dann nach oben gegangen in die große Halle. Dort hat Frankenstein gewartet, um sich zu verabschieden.«

»Frankenstein soll bei Kröte bleiben«, verlangte Elias. »Sie gehören zusammen.«

Nun, das stimmte schon. Der starke Frankenstein und der kluge Grote ergänzten sich. Sie ergaben den perfekten Mann. Doch Frankenstein war zuletzt klargeworden, wie sehr es an der Zeit war, sich um sein eigenes Kind zu kümmern.

Elias freilich protestierte: »Sein Sohn ist doch gaga und weiß gar nicht, wer sein Papi ist.«

»Was soll der Unsinn?« fuhr Miriam ihren Bruder an. »Ich hab dir doch gesagt, er ist ganz normal.«

»Und ich hab dir gesagt, daß du schummelst.«

Sie dachte nach. Wie war es gewesen? Richtig, sie hatte ihre ursprüngliche Behauptung, der Sohn des Arbeiters sei behindert, zurückgenommen, weil ihr das Beklopptsein eines Kindes, dessen Vater ausgerechnet Frankenstein hieß, recht maßlos erschienen war.

Sie wog jetzt ihren Kopf hin und her, während sie einen letzten verlebten Ast vom Stamm einer Fichte brach, und sagte: »Ob behindert oder nicht, er will seinen Sohn wiedersehen. – Und jetzt gehen wir los, bevor unser Feuer ausgeht.«

Sie traten den Rückweg an, aber Elias ließ es sich nicht nehmen, die Theorie zu entwickeln, Frankensteins Wunsch, in seine alte Welt heimzukehren, stelle bloß eine erneute Flucht vor der Verantwortung dar. – Klar, er drückte es anders aus. Er sagte einfach: »Frankenstein ist feig.«

»Also wirklich, Elias, er hat Grote immerhin das Leben gerettet!« erinnerte Miriam.

»Na, darum sollen sie auch zusammenbleiben. Weil das ist ein chinesisches Gesetz.«

»Wieso ein chinesisches Gesetz?«

Aber bevor Elias eine Antwort geben konnte, schob

Miriam ihren Arm vor seine Brust und hinderte ihn am Weitergehen.

»Was denn …?«

»Pst!«

Dann erkannte auch Elias zwischen den Baumstämmen hindurch die beiden kleinen Gestalten, die zwischen Futtertrog und Feuer standen.

»Spinks?« flüsterte Elias.

»Sei nicht blöd«, flüsterte Miriam zurück.

»Zwerge?«

Miriam tat einige Schritte, um besser sehen zu können. Elias folgte in ihrem Schatten.

»Ich glaube nicht«, sagte Miriam, jetzt aufs Flüstern verzichtend, »daß es Waldgeister sind. Die sehen aus wie wir.«

Und wirklich, als Miriam und Elias nun aus dem Schutzmantel der Bäume traten, standen sie zwei Kindern gegenüber: ebenfalls einem Mädchen und einem Jungen, die allerdings gleich alt schienen, etwa zehnjährig, winterfest bekleidet, viel winterfester als Miriam und Elias. Ihre Gesichter waren eingerahmt in das gefranste Oval ihrer Kapuzen. Schmale Gesichter, aber keineswegs verhungert. Die Haut sehr hell, mit geröteten Backen. Gesichter, die denselben Schnitt besaßen, die gleichen, an den Rändern etwas zugespitzten Augen, barkenmäßig, ohne daß die beiden darum wie kleine Chinesen aussahen.

»Hallo«, sagte Miriam.

»Hallo«, sagte das andere Mädchen zurück und erläuterte mit einer Stimme, deren freundlich-fester

220

Klang sich geeignet hätte, die Polizei zu reformieren:
»Wir haben Rauch aufsteigen sehen und wollten nachschauen, was los ist.«

»Na, ihr seht ja, ein Lagerfeuer.«

»Wo sind eure Eltern?«

»Wir sind allein«, antwortete Miriam und erklärte,
sich verlaufen zu haben und auf der Suche nach einem
bewohnten Ort zu sein. Und dann beschrieb sie, daß
es ihr am Vortag ähnlich ergangen sei. Da hätte sie in
der Ferne eine Rauchsäule entdeckt, deren ungefährer
Richtung man heute gefolgt sei.

»Gestern? Ha! Das waren sicher wir«, grinste das andere Mädchen. »Da haben wir nämlich auch ein Lagerfeuer gemacht.«

»Meine Güte, sag jetzt nicht, ihr habt euch verirrt.
So wie wir.«

Wahrlich, das wäre die Höhe gewesen. Eine neue
Art, im Kreis zu laufen. Wenn jeder sich vom richtigen
Weg ablenken ließ und *ein* Verirrter dem Feuer des *anderen* Verirrten folgte. Somit ein Holzweg hübsch in den
nächsten griff.

Aber so war es nicht.

Die beiden fremden Kinder, die nun bekannten, wie
sie hießen, Nina und Odo, hatten sich nicht verlaufen,
sondern wußten bestens Bescheid in diesem Wald. Es
war *ihr* Wald. Sie erzählten, in der Nähe in einem großen Haus zu leben.

»Mit euren Eltern?« fragte Miriam.

»Nein, die sind viel unterwegs.«

»Mit eurer Oma?«

»Die ist auch viel unterwegs.«

»Sag jetzt nicht, ihr lebt alleine in dem Haus.«

»Natürlich nicht. Wir haben eine Uroma. Ihr gehört das Haus. Sie hat es selbst gebaut.«

»Gebaut?«

»Entworfen. Sie war einmal Architektin.«

Uroma! Wie wunderbar das klang! Miriam war noch ein Baby gewesen, als ihre Uroma gestorben war, und sie hatte es stets als einen Mangel empfunden, ohne eine solche greise Ahnin zu sein, auch wenn sie damit nicht alleine war. Klar, sie hatte eine Oma und einen Opa, aber beide waren weder richtig alt noch machten sie einen wirklich alten Eindruck, sie wirkten bloß – auch wenn sie in vielem anders waren und anders dachten – wie eine leicht ins Gelbliche verschobene Version von Miriams Eltern.

Odo wollte wissen, wieso sie alleine hier waren.

»Unsere Mami ist weg, weil sie Hilfe holt«, beeilte sich Elias zu erklären. Er hustete.

»Ja, wir hatten einen Unfall mit dem Auto. Mein Bruder hat sich stark verkühlt, und er hat Fieber«, äußerte Miriam und betonte, wie wichtig es sei, ihn rasch ins Warme zu bringen.

»In Ordnung«, antwortete das Mädchen, das Nina hieß, »gehen wir. Eine Viertelstunde, dann sind wir da.«

Wenn Miriam den Eindruck eines Eskimomädchens machte, dann erinnerte Nina an eine kleine russische Aristokratin aus dem neunzehnten Jahrhundert. Allerdings die Art von Aristokratin, die sich später entschied, für die Anarchisten zu kämpfen.

Miriam wußte, was Anarchisten sind, ihr Vater hatte es ihr erklärt. Weniger abwertend denn in einem historischen Zusammenhang. Als rede er von etwas Ausgestorbenem. Für Miriam war es ein *gutes* Wort, nicht zuletzt, weil alle versuchten, ihr auszureden, es zu verwenden. Als handle es sich hierbei um ein Sch-Wort. Aber niemand konnte es ihr wirklich verbieten, eben weil es *kein* Sch-Wort war.

»Du weißt doch gar nicht, was das ist«, hatte ihre Lehrerin gemeint.

Miriam darauf: »Wenn jemand eine Bombe wirft, um das Geld abzuschaffen, ist er ein dummer Anarchist. Ein kluger Anarchist schafft gleich das Geld ab.«

»Von wem hast du das?«

»Von mir selbst.«

Die Kinder packten ihre Sachen und gingen los.

13

Von weitem schon war das Plätschern des Baches zu hören, ein heftiges Gegurgel, wie wenn jemand spricht, der gleichzeitig an einem riesigen Stück Fleisch kaut. Der Wald öffnete sich, und auf der gegenüberliegenden Uferseite des tief eingeschnittenen Gewässers ragten die Gebäudeteile einer mehrstöckigen modernen Villa aus der steilen Böschung. Ein weit auskragender Balkon aus hellem Beton umlief das aus Naturstein bestehende kubische Gebilde, in das lange Fensterwände eingelassen waren.

In der Architektur war Miriam nur wenig bewandert, konnte also nicht wissen, wie sehr dieses Gebäude unter dem Einfluß von Frank Lloyd Wrights berühmtem Fallingwater-Haus entstanden war. Beeindruckend war das »schöne Monstrum« in jedem Fall, auch weil es so plötzlich dastand, mitten im Wald, ohne sichtbare Straße, wie herausgeschlüpft aus der Erde, so, als wäre es ausnahmsweise umgekehrt, als würde einmal eben nicht der Grashalm durch den künstlichen Asphalt brechen, sondern das Artefakt durch den natürlichen Waldboden. Wobei die so wuchtige wie elegante Villa den vorbeifließenden Bach weniger bedrängte, als daß sie ihm an dieser Stelle freundlich zur Seite stand. Dem Bach zuwinkte.

Gut, es war eine große Hand, die da herzlich grüßte.

Ein Stück bachabwärts führte eine einfache, gerade Holzbrücke über das vom Schnee eingerahmte Wasser. Schwarzes Wasser, wie Miriam feststellte. Noch nie hatte sie Wasser gesehen, das so eiskalt aussah. Ihr fröstelte. Doch der Rauch, der aus dem hohen, turmartigen Schornstein drang, versprach Erlösung.

»Seid ihr Zwillinge?« fragte Miriam, während man einen kaum sichtbaren Weg zum Haus hochstieg.

»Wir sagen lieber, daß wir am gleichen Tag geboren wurden«, erklärte Nina.

Miriam nickte. Das gab es ja vielleicht auch, Zwillinge, die nicht wie verwachsene Knospen oder verschmolzene Spiegel daherkamen.

So mächtig das Gebäude, so bescheiden der Eingang: eine einfache dunkle Holztüre in einer Mauernische auf der Rückseite des Gebäudes. Odo führte einen Schlüssel ins Schloß und öffnete. Auch der Flur setzte die Form der Türe fort, blieb schmal und düster. Was sich änderte, als die Kinder nach einer rechtwinkeligen Biegung einen weiten Raum betraten. Schneelicht fiel durch die wandhohen Scheiben. In einem großen offenen, aus Flußsteinen gemauerten Kamin glühten dicke Scheite. Der Klang des Baches war auch hier drinnen unüberhörbar. Zudem mutete der steinerne Boden wie gefrorenes Wasser an. Behagliches gefrorenes Wasser, wie gesagt werden muß. Dank Fußbodenheizung. Jeder gewachste Stein eine Wärmeplatte.

Der Raum war groß genug, um eine Sofalandschaft, mehrere über den Raum verteilte Skulpturen, Tischchen da und dort, diverse Zimmerpflanzen sowie einen mächtigen schwarzen Flügel zu beherbergen.

»Oma ... also, wir sagen immer Oma zu ihr, weil Uroma so umständlich ist«, erklärte Nina, »sie kommt erst am Abend aus der Stadt zurück.«

»Sie läßt euch alleine?!«

»Erstens sind wir keine Babys, und zweitens ... also, eure Mama hat euch doch auch alleine gelassen, oder?«

»Das hatte seine Gründe.«

»Na, unsere Oma ist auch nicht grundlos in der Stadt«, erklärte Nina. – Keine Frage, sie war, obgleich zwei Jahre jünger, Miriam durchaus gewachsen.

Diese meinte nun: »Eigentlich egal. Wichtig ist, daß mein Bruder rasch in die heiße Badewanne kommt. Und er braucht einen Hustensaft.«

»Klar doch. Und danach machen wir Tee und schieben die Pommes ins Backrohr.«

»O ja.« Miriam freute sich auf *richtiges* Essen. Obgleich sie vor gar nicht langer Zeit eine Kartoffel verspeist hatte. Aber Pommes besaßen nun mal jenes vertraute Aroma des Künstlichen: Essen als Erfindung. Pommes schmeckten ja gar nicht nach Kartoffeln, sondern allein nach Pommes. Und der in den Fritten eingeschlossenen fettigen Luft. – Die Erfahrung, eine

Amsel verspeist zu haben, war eine wichtige, aber sie würde nicht dazu führen, daß Miriam in Zukunft handelsübliche Vögel, etwa Hühner und Gänse, auf ihrem Eßtisch verlangte, sondern ganz im Gegenteil, daß sie zum Vegetarier wurde.

Odo und Elias legten Scheite nach. Die Geschlechtertrennung gefiel Miriam. Sie ging mit Nina mit und ließ sich das Badezimmer zeigen. Ein grottenartiger, mit vielen kleinen Fliesen ausgekleideter Raum, in dem die rechteckige Wanne mittig im Raum stand, ihrerseits außen wie innen gefliest. Fürs Auge war es ein wenig anstrengend, dieses ganze Fliesengewimmel. Aber das Auge brauchte schließlich nicht zu baden. Nina stellte den Wasserhahn an, sodann öffnete sie einen Schrank, aus dem sie ein smaragdgrünes Flakon holte und etwas von dem Inhalt in die sich füllende Wanne goß. Augenblicklich bildete sich Schaum, und der Geruch von Eukalyptus breitete sich aus.

»Steig schon mal in die Wanne«, schlug Nina vor. »Ich hol deinen Bruder.«

»Meine Güte nein! Ich setz mich doch nicht mit Elias ins selbe Wasser.«

»Wieso nicht? Weil er stinkt? Also ehrlich, Miriam, du stinkst auch.«

Nun, das war es nicht. Aber als die Zwölfjährige, die sie war, pflegte sie alleine zu baden. Andererseits hatte sich in den letzten Tagen einiges an geschwisterlicher Intimität ergeben. Doch da war man im Wald gewesen, in der Not, in der Gefahr. In diesem kultivierten Haus hingegen ... Miriam hätte nach einem zweiten Badezimmer fragen können, das es hier doch sicher gab, so umfangreich, wie alles war. Freilich verspürte sie das drängende Bedürfnis, ihren von Kälte durchzogenen Körper ins warme Wasser zu befördern.

Nina verschwand, und Miriam zog sich rasch aus. Als sie gänzlich nackt war, fiel ihr Blick auf den schmalen Spiegel, der bis zur Decke reichte und im Geflirre der vielgestaltigen und vielfärbigen kleinen Scherben die Wirkung eines »stillen Ozeans« besaß. Sie betrachtete sich darin, sah ihren Mädchenkörper, das leicht Dickliche, das sie nie verlieren würde, das ihr aber ebenso wenig ins Voluminöse entgleiten würde, sah ihre halb entwickelten Brüste, ihre halbe Fraulichkeit ... nein, das war eher ein Viertel zu nennen, aber ein machtvolles Viertel, das ihr zuwider war, vielleicht, weil es schlußendlich den ganzen Körper in Besitz nehmen würde.

Sie schnaubte mit leiser Verachtung, wechselte hinüber zur Wanne, drehte den Hahn zu und stieg hinein.

»Mannomann!« rief sie aus, als das Wasser sie umfing. Sie zitterte einen Moment, aber es war ein gutes Zittern. Dann drang die Wärme vollständig in sie ein und machte sie ruhig.

Als wenig später Elias erschien, hielt er ein aufblasbares Lichtschwert in der Hand.

»Mach bloß keinen Quatsch«, warnte Miriam.

»Das da habe ich von Odo«, erklärte er, hustete, zog sich aus, stieg ins Wasser und schlug dabei mit seinem Schwert mehrere Schaumberge entzwei.

Jetzt kam auch Nina. In der Hand hielt sie eine Flasche, von deren Inhalt sie einen Fingerhut voll in einen Becher füllte und ihn Elias reichte.

»Was ist das?« fragte er.

»Schlangen- und Spinnensirup«, meinte sie fröhlich.

Er darauf: »Wir hatten auch schon mal Ameisen zum Essen.«

Nina machte ein unverständliches Gesicht und wies ihn an: »Her mit dir, schluck runter.«

Er legte seinen Kopf in den Nacken, öffnete den Mund und ließ sich die Medizin einflößen.

Miriam erschrak: »Gott, Elias, wo ist der Stein?«

Er lächelte und hob eine Hand aus dem Schaum. Zwischen seinen Fingern der Bergkristall. »Haha, noch einmal rauskacken will ich ihn nicht.«

Nina meinte, sie verstehe kein Wort.

»Nachher erzähl ich dir alles«, versprach Miriam.

Vorher aber gaben sich Miriam und ihr Bruder der heilsamen Wärme hin, füllten mehrmals heißes Wasser nach, verbrauchten Seife, bliesen und stachen durch Schaumberge.

Mitten in einer solchen Schlacht meinte Elias: »Jetzt können wir Mutti anrufen. Hier gibt es doch ein Telefon, oder?«

»Ja«, sagte Miriam, wie man aus einer offenen Wunde spricht, einem Riß im Fleisch. – Wie lange noch würde sie ihre Lüge aufrechterhalten können? Wenn die Urgroßmutter der Zwillinge erschien, würde diese sicher einen Arzt rufen, um Elias untersuchen zu lassen. Man würde die Polizei benachrichtigen. Ihren Vater, ihre Großeltern. Sie, Miriam, wäre gezwungen, von dem See zu berichten, in den die Mutter den Wagen gesteuert hatte. Ein See, der alsbald von Tauchern abgesucht werden würde.

Miriam sagte zu sich: »Zuerst die Pommes. Die will ich richtig genießen. Die Wahrheit kommt später.« Ein Spruch, den die gesamte Tiefkühl-Industrie sehr begrüßt hätte.

Doch noch bevor man sich dem Pommesglück hingab, erkundigte sich Elias, ob denn Frankenstein nun doch bereit sei, mit den Spinks zu leben.

Miriam erklärte: »Er hat zumindest gesagt, er bleibt so lange, bis das Problem mit dem Vulkan gelöst ist.«

»Was für ein Problem?«

»Na, die Spinks hatten nicht nur Angst vor der Nacht, sondern auch Angst vor dem Vulkan. Der ja ein erloschener war, aber trotzdem aktiv.«

»Was heißt aktiv?«

»Aktiv heißt tätig. Daß der Vulkan was tut, was macht.«

»Etwas Böses, gell!?«

»Du weißt doch, wie schwer es die Spinks mit ihren Träumen hatten. Weil die so klar und deutlich und irgendwie abgedreht waren. Das hat Grote in dieser ersten Nacht ziemlich gut mitbekommen. Ständig mußte er hinunter in den Schlafsaal, um einen oder gleich ein paar Spinks zu beruhigen. Schließlich ist er einfach bei ihnen geblieben. Am Morgen war er dann todmüde, und als die Spinks in die Arbeit gegangen sind, hat er sich ein paar Stündchen schlafen gelegt.«

»Was arbeiten die Spinks eigentlich?«

»Das weißt du doch, Bürokram.«

»Ja, aber was für Bürokram?«

»Buchhaltung. Sie machen die Buchhaltung für Leute von anderen Planeten.«

»Was? Sie halten Bücher?«

»Komm, nerv mich nicht. Ist doch egal. Sie sitzen halt den ganzen Tag vor ihren Schreibtischen und zählen Zahlen. Daß sie komische Träume haben, hat damit nichts zu tun. Sie hätten auch komisch geträumt, hätten sie Bananen exportiert.«

»Der Vulkan war also schuld.«

»Das war ihre Überzeugung. Obgleich sie nicht die geringste Ahnung hatten, wie es innen drinnen in dem Vulkan ausschaut. Sie waren zwar super in Buchhaltung und auch in Physik, aber trotzdem abergläubisch.«

»Gell, abergläubisch ist, wenn man was Falsches glaubt?«

Konnte man das so sagen?

Miriam antwortete: »Das weiß man erst nachher, ob ein Aberglaube falsch war. Was allerdings für den Glauben genauso gilt. – Also, jedenfalls haben Grote und Frankenstein gesagt: *Gut, dann schaun wir uns den Vulkan halt mal an.* Die anderen aber, die Amazone und der Rest, die durften alle zurück zum Strand.«

»Und gleich ins Wasser, um nach Hause zurückzuschwimmen.«

»Ich glaube, sie haben ein bißchen gezögert und sind noch ein paar Tage auf der Insel geblieben, denn eigentlich war's dort recht schön. Und sie waren sich unsicher, ob das nicht wieder eine Falle ist. Aber schließlich haben sie's gewagt, sind ins Meer gegangen und hinausgekrault, die guten wie die schlechten Schwimmer. Und sobald einer untergegangen ist – tschack! –, war er auch schon wieder an seinem Platz im ICE. Darum sind die schlechten Schwimmer auch früher zurück gewesen, weil sie ja früher untergegangen sind.«

»Logo«, kommentierte Elias und tauchte seinen Kopf ins Badewasser, um dort die Luft anzuhalten.

Als er wieder nach oben kam, sagte er, als hätte er dieses Wort auf dem Grund der Badewanne gefunden, um es jetzt stolz der Welt zu präsentieren: »Hokuspokus!« Sodann drängte er: »Los! Was war im Vulkan drinnen?«

Miriam, diese große Grüblerin vor dem Herrn, überlegte, daß wenn die Aufgabe einer Geschichtenerzählerin darin bestand, die in einem Nebel nur vage erkennbaren Figuren und Gegenstände in die Sichtbarkeit zu befördern, und es weiters zu ihren Pflichten gehörte, die von Anfang an unverrückbaren Tatsachen der Geschichte – etwa Grotes traumatischen Verlust von Frau und Kindern – als solche zu erhalten und gegen den Zensor im eigenen Kopf zu verteidigen, es drittens aber auch notwendig sein mußte, mögliche Freiräume auszunützen, um die Erwartungshaltung eines Lesers oder Zuhörers zu befriedigen. – Und genau das war nun der Fall. Sie wußte ja, daß wenn Elias auf einen Vulkan in der Geschichte bestanden hatte, er sich ebensosehr einen Drachen wünschte.

In dieser Phase seines Lebens, in der er bereits

über einen gewissen ausgebildeten Intellekt verfügte, zugleich aber noch frei war von den chirurgischen Eingriffen der Grundschule (der Entnahme des *Nervus phantasticus*), erschien ihm kein Wesen so interessant wie der Drache. Später dann würde ihm nichts anderes übrigbleiben, als die Begeisterung für Drachen durch die Begeisterung für Dinosaurier zu ersetzen, wobei er noch lange die unausgesprochene Überzeugung teilen würde, wie sehr die einen mit den anderen verwandt seien und auch so manches gefundene Fossil fälschlicherweise den wissenschaftlich gesellschaftsfähigen Dinos angerechnet wurde, um sie nicht den wissenschaftlich geächteten Drachen zuordnen zu müssen.

Doch jetzt, als Fünfjähriger, vertrat er noch ganz die Drachenrichtung. Und dies nahm sich Miriam zu Herzen, als sie nun Professor Grote und Hans Frankenstein über einen steinigen Weg den Vulkankegel nach oben schickte. Es war jetzt wieder unsäglich heiß. Der Akademiker und der Arbeiter hatten gegen die Peitschenhiebe der Sonne große Palmblätter auf ihre Köpfe gebunden. Grote stoppte.

»Er hat sich gefragt«, erzählte Miriam, »was das soll. Hier raufklettern, um dann ja doch nur in einen blöden leeren Kessel zu glotzen. Als sie aber endlich den Kraterrand erreicht hatten und hinuntergeschaut haben, da ...«

»Ja!?«

»Nun, da ging es so an die fünfzig Meter abwärts, und dort am Grund war eine große Fläche, genauso oval wie der See und der Grundriß von dem Hochhaus.

Eine betonierte Fläche, ganz glatt, so glatt, daß sich die Wolken des Himmels darin gespiegelt haben.«

»Im See aber hat sich nichts gespiegelt, schon vergessen?« erinnerte Elias.

»Stimmt. Im See nicht, aber im Vulkan schon. Und in der Mitte von dieser betonierten Fläche, da war nun ein Wesen, und das Wesen war an beiden Beinen angekettet: ein Drache.«

»Echt?«

»Mhm. Hat echt ausgesehen«, sagte Miriam.

»Ein kleiner oder großer?«

»Ja, das ist komisch, Elias, daß in den meisten Erzählungen die Drachen entweder groß oder klein sind, in unserer Geschichte aber war der Drache weder besonders klein noch besonders groß, sondern einfach mittel, also nicht mittelklein oder mittelgroß, sondern mittelmittel. Er war auch nicht grün mit lila Punkten oder gestreift wie ein Tiger, sondern schwarz und mit zwei kleinen Hörnern und mit Schuppen und einem gezackten Rückenkamm und einer pfeilförmigen Schwanzspitze. Er hatte keine Knopfaugen wie ein Stofftier, sondern einen scharfen Blick. Er hat drachenmäßig normal ausgesehen.«

»Hat er Feuer speien können?«

»Sicher. Doch das Feuer war nicht stark genug, um damit die Eisenkette schmelzen zu können. Aber heiß genug, sich die eigenen Füße zu verbrutzeln. Ja, in dieser Situation, in der er war, wäre es ihm bloß gelungen, sich selbst abzufackeln.«

»Armer Drache.«

»Das war er. Er hat ziemlich dünn ausgeschaut. Und wie sich später herausgestellt hat, wäre er längst verhungert, wären da nicht ein paar Vögel gewesen, die ihm hin und wieder was zum Futtern gebracht haben. Kleine Sachen halt, Würmer und Grillen und so.«

»Ich dachte, auf der Insel waren keine Tiere.«

»O ja doch. Aber die Spinks hatten die Macht, die Tiere ab und zu zum Verschwinden zu bringen. So wie sie fähig waren, eine Welle herzustellen, die wie eine Welle ausgesehen hat, aber nicht wirklich eine war. Die Spinks konnten sowas. Meistens aber waren die Tiere da. Zum Glück für den Drachen. Einmal kam sogar eine Maus zu ihm hin, die sehr alt war und gesagt hat, der Drache möge sie doch fressen, weil sie selbst sowieso bald stirbt.«

»Hat er sie gefressen?«

»Natürlich. Es wäre dumm gewesen, darauf zu verzichten.«

»Aber so dumm war er schon, sich anketten zu lassen.«

Ja, das war die Frage auch für Miriam. Was hatten die Ketten zu bedeuten?

»Grote und Frankenstein«, sagte sie, »haben jetzt diskutiert, ob sie da runtergehen sollen. Ein Drache ist schließlich ein Drache und nicht etwa ein Löwe, dem man einen Dorn aus der Pfote ...«

»Welcher Löwe denn?«

»Ach vergiß es«, sagte Miriam, die nicht noch eine Kiste aufmachen wollte. »Sie haben jedenfalls entschieden, sich dem Drachen zu nähern.«

»Hat der Drache sprechen können?«

»Ja, hat er.«

»Was denn?«

»Na Deutsch.«

»Im Ernst?«

»Schau mal, Elias, die Spinks konnten Deutsch. Warum der Drache also nicht?«

»Okay, das ist logo.«

»Gut. Grote und Frankenstein sind also die steile, felsige Wand hinuntergeklettert …«

Einen boshaften Moment lang überlegte Miriam, wie es wäre, Grote jetzt abstürzen und Frankenstein beim Versuch, den Freund zu retten, ebenfalls verunglücken zu lassen. Und damit ein so tragisches wie unbefriedigendes, aber im Grunde sehr realistisches Ende zu bewerkstelligen. Denn so war doch die Welt, nicht wahr? Heimtückisch und ungerecht. Die ganze Natur eine gemeine.

Exakt! Doch genau *darum* existierten ja all die Geschichten, all die Märchen und Romane, damit die Grotes dieser Welt eben *nicht* im dümmsten aller Momente den Halt verloren, und damit auch die Chance, einen Drachen zu töten oder zu retten oder von ihm gefressen zu werden (wobei, wie die Fachliteratur berichtet, Menschen wegen ihres bitteren Geschmacks nur in der Not von Drachen verzehrt werden).

Nein, Miriam mußte sich dies verkneifen und berichtete also, daß Grote und Frankenstein wohlbehalten auf die Betonfläche gelangten, in der nun auch sie selbst sich deutlich spiegelten.

»Die beiden sind vorsichtig zum Drachen hin«, sagte

Miriam, »grad so nah, daß sie mit ihm reden konnten, aber genug weit weg, damit, wenn der Drache vielleicht mal niesen muß, sie nicht gleich in Flammen stehen. – Grote hat den Drachen gefragt, was er da macht. Der Drache hat geantwortet: *Na, was denken Sie, Herr Professor, ich warte darauf, daß Sie mich endlich befreien.*«

Elias riß die Augen auf. »Was denn, Miriam? Wieso hat der Drache gewußt, wer der Professor Kröte ist?«

»Schau, die Vögel der Insel haben den Drachen ja nicht nur gefüttert, sondern ihm auch gesagt, was so los ist bei den Spinks.«

»Versteh ich nicht. Die Spinks haben doch gar nicht gewußt, daß da ein Drache in dem Vulkan lebt, oder?«

»Das ist der entscheidende Punkt«, sagte Miriam. Wobei auch sie selbst erst in diesem Moment erkannte, wie entscheidend der Punkt war. Darum nämlich, weil zu einer Geschichte die Moral gehörte. Und Miriam hatte soeben begriffen, *welche* Moral. Sie erläuterte, was der Drache erläuterte.

Das eigentliche Problem war die Traumanfälligkeit der Spinks. Das war nun mal ihre Natur: das häufige und intensive Träumen. Leider galt für sie das gleiche wie für die Menschen: wie sehr es ebenso Teil ihrer Natur war, sich gegen ihre Natur zu wehren.

Dem gleichzeitig wissenschaftlichen wie abergläubischen Wesen der Spinks entsprechend, hatten sie bereits zwei Generationen zuvor eine Methode entwickelt, ihre Träume zu bannen. Und zwar die richtiggehenden Alpträume, unter denen sie damals gelitten hatten. Die Frage, die sie sich dabei gestellt hatten, war gewesen, ob man einen Traum einsperren kann, wie man zum Beispiel ein Monster einsperren kann.

Und tatsächlich, es gelang ihnen, denen ja – technisch gesehen – so viel gelingt, ihre schlechten Träume in etwas Lebendiges, somit Greifbares, also Isolierbares zu verwandeln, in ein Konzentrat.

»In ein was?« fragte Elias.

»Also, wenn du alle möglichen Sachen in einen Topf wirfst und unten bei dem Topf ist ein total feines Sieb, und jetzt drückst du die ganzen Sachen durch, dann kommt unten eine Sauce raus, und das ist das Konzentrat. – Und das Konzentrat von den schlechten Träumen der Spinks ... nun ja, das war der Drache.«

»Wie bei einem Fruchtsaft, stimmt's?«

»Genau. Im Falle des Drachen würde ich sagen: Schwarze Johannisbeere.«

Miriam betonte nochmals, daß das Entstehen des Drachen in die Zeit der Großeltern der heutigen Spinks fiel und daß die heutigen Spinks keine Ahnung hatten von der Existenz dieses Wesens. Es war nicht Teil ihres ererbten Wissens. Die Großeltern hatten den Drachen im Inneren des Vulkans angekettet und gemeint, das Thema »Alptraum« damit für alle Zeiten weggesperrt und erledigt zu haben. Schwamm drüber!

»Das find ich jetzt komisch«, unterbrach Elias. »Ich dachte, Spinks haben keine Eltern. Wer keine Eltern hat, hat doch auch keine Großeltern.«

»Stimmt, aber sie haben Generationen. Eine folgt auf die andere.«

»Was ist eine Generation?«

»Wir sind eine, du und ich. Und Mama und Papa sind eine. Und die Oma und der Opa sind wieder eine andere. Nur, daß bei den Spinks die Generationen nicht gleichzeitig da waren, sondern immer nur streng hintereinander.«

Puhh! Auf diese Weise hatte Miriam auch das leidige Fortpflanzungsproblem gelöst, indem sie die Fortpflanzung gar nicht erst vorkommen ließ. Wenigstens nicht in einem körperlichen Sinn. Die Generationen wechselten. So, wie sich der Gott der Spinks das wohl ausgedacht hatte. Dafür mußte niemand mit jemand anders in ein Bett steigen und unter eine Decke schlüpfen.

»Also«, sagte Miriam, »die Urspinks hatten geglaubt, das Drachenproblem für alle Zeiten gelöst zu haben. – Weißt du, Elias, was Mama immer über die Zeit sagt?«

»Nein.«

»Daß das ein blöder Satz ist, wenn man meint, die Zeit heilt alle Wunden. Im Gegenteil. – Klar, eine Weile ist alles gutgegangen, und kein Spink hat mehr schlecht geträumt. Nur noch so normales Zeug. Etwa, daß man im Büro sitzt und Kaffee trinkt. Als würde man gar nicht wirklich träumen. Aber dann, in der nächsten Generation … die Träume haben sich verändert. Sie sind merkwürdig geworden. Unheimlich und verwirrend. Komische Träume.«

»Komisch?«

»Ja, komisch. So, wie es komisch ist, wenn du in eine Gurke beißt und sie schmeckt nach Schokolade.«

»Schokolade ist doch gut.«

»Das schon. Aber nicht, wenn du den Geschmack einer Gurke erwartest. Früher hatten die Spinks schlechte Träume, Drachenträume, aber jetzt hatten sie Träume, von denen sie gemeint haben, die seien direkt vom Teufel geschickt. Ungute Träume. Und dabei vollkommen klar. Kristallklar!«

Elias nickte. Er begriff den Unterschied zwischen »schlecht« und »ungut«. »Schlecht« war irgendwie okay, weil normaler Teil des Lebens, »ungut« hingegen viel schlimmer als schlecht. Ein schlechtes Gefühl machte einen traurig, ein ungutes aber war imstande, einen zu töten. (Elias konnte das nicht wissen, aber es war exakt das, was seiner Mutter widerfahren war.)

Miriam fühlte sich nun gezwungen, ein Wort ins Spiel zu bringen, das sie selbst erst seit einiger Zeit kannte, nicht jeglichen Aspekt dieses Wortes verstand, durchaus aber seine Tragweite. Es war das Wort *Verdrängung*. Sie sagte: »Die Spinks haben den Drachen verdrängt.«

»Wie? Sie haben ihn weggeschoben?«

»Ja, indem sie ihn weggesperrt haben, haben sie auch vergessen, daß er überhaupt existiert. Und wie übel das ist, was für eine Schande, zuerst einen Drachen gefangennehmen und ihn dann aus dem Gedächtnis löschen.«

»Ja«, sagte Elias, »sie hätten ihm zumindest was zum Essen geben müssen. Hab ich recht?«

»Absolut«, meinte Miriam und bewegte ihren Kopf, als zeichne sie eine Sinuskurve in die Luft. »Der Fehler war gewesen, daß die früheren Spinks den Drachen für ein Monster gehalten haben. Was er aber nicht war. Sondern eben ein Drache, nicht ungefährlich, natürlich nicht, auch nicht zu zähmen, und mit Krallen und Feueratem, sowieso, aber kein Monster nicht. Kein Teufel wie der, der jetzt schuld war an ihren unguten Träumen.«

Elias meinte: »Grote und Frankenstein müssen den Drachen befreien.«

Miriam dachte nach. Wenn die Sache mit der »Verdrängung« stimmte, wie sehr sie nämlich dem Menschen schadete, und wenn man davon ausging, daß Spinks und Menschen sich im Grunde recht ähnlich waren, dann ... Sie sagte: »Nein, das müssen die Spinks selbst tun. Ihre Vorfahren haben ihn angekettet und sie selbst müssen ihn jetzt wieder loslassen.«

Elias griff sich ans Kinn, ganz in Denkerpose. Er öffnete seinen Mund, wollte etwas sagen. Doch da kam Nina bei der Badezimmertüre herein. Sie trug einen Packen frischer Wäsche und sagte: »Eure Klamotten hab ich in die Waschmaschine getan. Hier gibt's frische Sachen.«

Miriam stieg aus dem Bad. Ihre Nacktheit war hinter Kuppen von Schaum verborgen. Sie trocknete sich ab, band sich das Handtuch um und stöberte in den Kleidungsstücken, die Nina ihr hergerichtet hatte. Verschiedenes, so mädchenhaft wie burschikos. Es versteht sich, daß Miriam sich für einen Wollrock entschied. Dazu etwas dünnes Langärmeliges, darüber etwas dünnes Kurzärmeliges, leichte Strümpfe, aber keine Socken. Die Wärme, die hier überall vom Boden her aufstieg, reichte aus.

Natürlich war alles ein wenig eng, für eine Zehnjährige gedacht, nicht für eine Zwölfjährige, aber es ging sich aus.

»So, junger Mann«, rief Miriam ihrem Bruder zu, »raus aus der Drecksauce!«

»Ich geh mal nach den Pommes schaun«, meinte Nina, wie um dem Anblick des nackten Elias zu entgehen. Dem sie ebenfalls einiges zum Anziehen bereitet hatte. Alte Sachen ihres Bruders. Aber *gut* alt.

»Schau, Miriam«, rief Elias, »ein Spiderman-Pullover.«

»Ein Kapuzenpulli, um genau zu sein.«

»Ein Katzenpulli?« stellte sich Elias dumm.

»Nein, ein Kratzpulli«, stellte sich Miriam ebenfalls dumm und setzte einen Fön in Betrieb, um abwechselnd die eigenen blonden Haare so wie die dunkelbraun gelockten ihres Bruders zu trocknen.

»Wie können die Spinks einen Drachen befreien, von dem sie gar nicht wissen?« fragte Elias unter dem warmen Wind hervor.

»Na, Grote hat es ihnen natürlich erzählt.«

»Hatten die Spinks denn nicht schreckliche Angst?«

»Das kann man wohl sagen. Und zwar zu Recht. Sie haben gedacht, der Drache wird ihnen aus lauter Wut die ganze Insel abfackeln. Ist aber nicht geschehen. Er war froh um seine Freiheit. Und auch froh darum, daß man ihn gefürchtet hat, ohne ihn aber töten zu wollen. Er ist auf den spinklosen Teil der Insel gezogen und hat sich dort mit den Mäusen angefreundet. Den Nachfahren von dieser einen alten Maus, die sich von ihm hat fressen lassen.«

»Ist dann später aus dem Drachen wieder ein Alptraum geworden? Oder viele Alpträume?« fragte Elias.

»Nein, er wollte Drache bleiben und Schutzpatron der Mäuse«, antwortete Miriam.

»Und die Träume von den Spinks, was war mit denen?«

Miriam erklärte, daß die irritierende Merkwürdigkeit der Spinkschen Träume, ihre glasklare Ausprägung, sich wieder verschoben hätte zu Gunsten ganz normaler Alpträume. So wie zwei Generationen zuvor. – Miriam spekulierte, der Drache hätte einen Teil der bösen Träume, aus denen er einst geboren wurde, nun bei den Spinks zurückgelassen. Weil er zum reinen Drachen geworden war.

Wie auch immer, in den allnächtlichen Traumgespinsten der Spinks tauchten wieder Schlangen und wilde Tiger und eklige Krabbelwesen auf, Verfolgungsjagden fanden statt, und Brücken brachen ein. Dies alles in einem diffusen Licht, geteilt von Schatten und Winkel. Was den Spinks nun aber viel lieber war als das superdeutliche Zeug, das sie zuvor geträumt hatten und das auf eine unaussprechliche Weise obszön gewesen war.

Miriam verwendete allerdings nicht das Wort »obszön«, sondern erneut das Wort »komisch«. Dann sagte sie: »Ich glaube sogar, daß einige Spinks, auch wenn sie gar nicht schlecht geträumt haben, manchmal beim Aufwachen so getan haben, als ob. Nur, um sich von Grote trösten zu lassen. Das mochten sie. Er war jetzt ihr Vater.«

»Wie Gott?«

»Nein, besser. Weil er war ja da, wenn man ihn brauchte.«

»Und Frankenstein?«

»Frankenstein ist ins Meer gegangen und heimgekehrt.«

»Schade.«

»Sicher. Aber die beiden haben sich nicht vergessen.«

»Konnten sie sich schreiben?« fragte Elias. »Oder telefonieren?«

»Nein, das ging nicht. Aber ich glaube, in ihren Träumen – und vergiß nicht, auch Grote und Frankenstein haben geträumt –, da sind sie sich hin und wieder begegnet.«

»Gut«, sagte Elias und schlüpfte in seinen Spiderman-Pulli.

Wenig später saßen sie so ungemein sauber und wohlriechend und aufgewärmt zusammen mit Nina und Odo an einem großen runden Holztisch. Zwischen Elias und Odo standen das Aquapet und das Zebra. Die beiden Jungs drückten abwechselnd auf die Knöpfe des Wassertiers. Tankwart pfiff und zwitscherte neben den bekannten Melodien auch eine gänzlich neue. Die Kälte hatte ihm hörbar so wenig anhaben können wie zuvor das Wasser des Baggersees.

»Eigentlich haben Tiere am Tisch nichts verloren«, erklärte Nina.

»Bitte, bitte! Sie sind auch ganz brav«, spaßte Elias.

Als sei sie hier die Erwachsene am Tisch, bestimmte Nina: »Aber wenn wir essen, muß euer Blödi Ruhe geben.«

»Tankwart ist kein …«

Und dann brachte Nina auch schon das Essen: eine riesige Schüssel Pommes, dazu Ketchup, Essiggurken sowie kleine Würstchen, die in einem Topf mit heißem Wasser schwammen. Zum Trinken gab es Apfelsaft, Coca-Cola und Mineralwasser. Das Cola verweigerte Miriam ebenso wie die Würstchen. Sie würde den Rest ihres Lebens nicht nur dem Fleisch entsagen, sondern auch dem Genuß jenes Getränks, mit dem ihre Mutter versucht hatte, sich selbst wie eben auch ihre Tochter zu betäuben. Sosehr Miriam ein Leben lang dieses Vorhaben ihrer Mutter verteidigen würde, sowenig wollte sie geschmacklich daran erinnert werden. Darum geschah es also, daß jene coffeinhaltige Mixtur, der bei aller weltweiten Zuneigung weltweit viel Schlechtes nachgesagt wird, zumindest im vorliegenden Fall vollkommen unschuldig in Verruf geriet. Jeder Mensch, der in den zukünftigen Jahren Miriams Cola-Verweigerung erleben würde, würde dies natürlich als eine ideologisch-gesundheitliche Aversion interpretieren.

Elias hingegen nutzte die Möglichkeit, Miriam zu fragen, ob er ausnahmsweise mal ein Glas von dem braunen Saft trinken dürfe.

»Du weißt gut, daß Mama das nicht will. Du bist noch zu klein dafür.«

Wie um sich für dieses Verbot zu revanchieren, gemahnte Elias jetzt daran, daß man doch neuerdings vor dem Essen zu beten pflege.

»Kleiner Kreuzritter«, spottete Miriam. Sagte dann aber: »Klar. Tun wir.«

Nina und Odo sahen sich überrascht an. Eine solche christliche Praxis erschien ihnen wie eine überholte Folklore. Gleichzeitig hatten die beiden aber nichts dagegen, eine Ausnahme zu machen. Zwar wurde gekichert, als Miriam jetzt für Pommes und Gürkchen dankte, vor allem für die warme Stube und die glücklichen Umstände des Zusammengeführtwerdens, aber es klang sehr nach einem gutmütigen Kichern.

Zwischenzeitlich war es draußen dunkel geworden. Auch hatte es wieder heftig zu schneien begonnen. Ein Sturm brüllte durch den Wald. Ein Höllensturz der Flocken. Im Inneren hingegen die Naturverachtung moderner Technik. Mehrere Stehlampen, die sich aus ihren jeweiligen Ecken Richtung Raummitte bogen. Sie warfen Streifen von Licht quer durch den Raum. Aus dem Radio drang Musik. Ganz ohne Natur war man allerdings nicht. Im Kamin lag ein glühender Baumstamm und erinnerte an das Ende von Star Wars III.

»Willst du jetzt nicht deine Mutter anrufen?« fragte Nina. »Damit sie weiß, wo sie euch finden kann.«

»Ja schon ... klar ... aber wie heißt überhaupt die Adresse? Euer Haus ist doch das einzige weit und breit.«

»Sag deiner Mutter, ihr seid im Stankowski-Haus. Das ist ein Name, den die Leute hier überall kennen. Das Stankowski-Haus am Ende vom Langen Weg.«

»Stankowski?«

246

»So heißt unsere Uroma.«

»Wo bleibt eure Oma überhaupt?« wollte Miriam wissen.

»Die wird schon kommen«, versprach Nina und holte ein mobiles Telefon, das sie Miriam in die Hand drückte.

Miriam stand auf. »Ich gehe zum Telefonieren ins Nebenzimmer.«

»Wieso?« fragte Elias.

»Darum«, antwortete seine Schwester säuerlich und verschwand in einem sehr viel kleineren und dunkleren Raum, einer mit Büchern gefüllten Studierstube. Dort glitt sie in den Lichtschweif einer einzigen Schreibtischlampe, das Handy in der Hand, verloren, trauernd, immerhin frisch gewaschen und satt.

Es waren zwei Telefonnummern, die sie auswendig kannte. Die Nummer von zu Hause, wo jetzt niemand sein würde, wenn nicht vielleicht die Polizei, sowie die Handynummer ihrer Mutter. Vaters Nummer besaß eine Ziffernfolge, die sie oft durcheinanderbrachte und in der Regel von einem Zettel herunterlas, der in ihrem Kinderzimmer an der Pinnwand hing.

Einen Moment überlegte sie, die Handynummer ihrer Mutter anzuwählen. – Wozu? Um Kontakt zu einem Gerät herzustellen, das am Grund eines Schotterteichs lag?

Sie tat es dennoch, in der Hoffnung auf ein bizarres Wunder. Welches aber nicht geschah. Obgleich sich eine sanfte Stimme meldete, eine Wattestimme: *Ihr gewünschter Gesprächspartner ist zur Zeit nicht erreichbar.* Und dann das Ganze nochmals auf englisch. Immer wieder. Deutsch, dann wieder englisch. So weich die Stimme, drückte sie schwer auf Miriams Brust. Miriam begann zu weinen, nicht bloß ein paar Tränen. Ein Kloß von Schmerz und Trauer löste sich. Sie verkroch sich in den hintersten Teil des Zimmers, kniete in eine Ecke hinein und hielt sich die Hände vors Gesicht, den Sturzbach ihrer Tränen nur schwer bremsend. Klebriges Wasser überall.

Aus wieviel Prozent Wasser besteht eigentlich der Mensch? Sechzig Prozent? Siebzig? – Meine Güte, wieso fiel ihr das in diesem Moment ein? Nur, weil sie in einem fort Träne um Träne verlor und sich jetzt vorstellte, wie alles Wasser aus ihr herausrann und ein kümmerlicher Rest von dreißig, vierzig Prozent übrigblieb? Eine große dunkle Rosine. Wie bei diesen Menschen, die erklärten, nicht mehr weinen zu können, sich leer geweint zu haben.

Na, dann wirst du wenigstens dünner.

»Was …!?« Sie sah zur Seite, als stünde da jemand. Jemand, der gerade eben gesprochen hatte. Tief im Schatten des Zimmers oder hinter dem Vorhang verborgen.

»Verdammt«, sagte sie zu sich, den Rotz aufziehend, wie um nicht alle Feuchtigkeit zu verlieren, »jetzt fang ich wirklich zum Spinnen an.« Dann aber, gegen die Ferne sprechend: »Ich vermisse dich so sehr, Mama.«

Sie richtete sich auf und blickte sich nach Taschentüchern um. Da sie nun nirgends welche finden konnte, aber keinesfalls in diesem verheulten Zustand zu den anderen zurückkehren wollte, ging sie zum Fenster und griff nach dem Vorhang, hinter dem sie noch kurz zuvor eine Person vermutet hatte. Freilich war da niemand ... was allerdings nicht zu bedeuten brauchte, daß nicht kurz zuvor jemand hier gewesen war. Der Teilchenspezialist Grote hätte ihr ein Lied davon singen können. Das Prinzip von manchem Ding in der Welt bestand darin, in dem Moment, da man es entdeckte, schon woanders zu sein.

Jedenfalls faßte Miriam nach dem Vorhangstoff – glücklicherweise dünne Wolle – und trocknete damit ihr Gesicht, ihren Hals, ihre Hände ab. Sie hätte sich auch gerne darin schneuzen mögen, gleichzeitig widerstrebte ihr, sich alles zu erlauben, bloß weil niemand zusah. Nein, sie öffnete jetzt das Fenster, streckte ihren Kopf ein Stück in das heftige Treiben gebeutelter Bettwäsche, legte Daumen und Zeigefinger auf die beiden Nasenflügel und beförderte mit einem Druck gegen den einen und dann den anderen ihren Schleim aus der Nase. – Letztes Jahr in Griechenland war sie von einem Fischer in dieser Art des Sich-Schneuzens unterwiesen worden. Der Mann hatte ihr erklärt, es sei unhygienisch, ein Taschentuch zu gebrauchen, das man sich nachher in die Hose stopfe. Das wäre nicht viel anders, als ein benutztes Klopapier zwischen den Seiten seiner Zeitung aufzubewahren.

In der Folge hatte er ihr gezeigt, wie man sich geschickterweise von diesem Körpersaft befreite, indem man jeweils ein Nasenloch zudrückte und durch das andere ausblies. Sie fand das lustig, argumentierte aber, solcherart würde der Rotz auf der Straße landen, was ja auch nicht gerade hygienisch sei. »Besser als in Rock und Hose«, hatte der Fischer zurückargumentiert und zudem gemeint, eine Straße halte so was schon aus, mehr als die eigene Kleidung. – Miriam dachte daran, daß derzeit viel von den Griechen die Rede war, weil man sie dafür verantwortlich machte, wenn Europa demnächst in sich zusammenfiel. Angesichts der kulturellen Leistungen der alten Griechen fand es Miriam aber für durchaus passend, wenn die neuen Griechen einen Schlußpunkt setzten. Zudem … das mit den Taschentüchern hatte schon etwas für sich.

Sie schloß das Fenster. Ihr Haar war feucht vom Schnee. Sie ließ es ein wenig trocknen, dann ging sie wieder zu den anderen hinüber.

»Hast du deine Mutter erreicht?« fragte Nina.

»Nein. Keine Verbindung«, antwortete Miriam.

»Ja, das passiert hier im Wald schon mal. Und der Sturm ist auch blöd. – Ich versuch aber, ob ich zu Oma durchkomme.«

Miriam reichte der Jüngeren das Handy und nahm wieder ihren Platz ein. Gleichzeitig stand Nina auf und bewegte sich – während ihre Finger über die sensible Oberfläche des aufzuckenden iPhones tänzelten – in das gleiche Zimmer hinüber, in dem auch Miriam telefoniert hatte.

»Eigenartig«, dachte Miriam. Das paßte, wenn überhaupt, nur zu den Erwachsenen: sich zum Telefonieren zurückzuziehen. Nun gut, auch sie hatte sich so verhalten, freilich einzig, um ein Gespräch vorzutäuschen, welches sich niemals – egal ob das Wetter wütete oder nicht – hätte realisieren lassen.

Und Nina? Warum ging sie zum Telefonieren ins Nebenzimmer? Nur um in gleicher Weise den Eindruck volljährigen Benehmens zu erwecken?

Jedenfalls kam Nina nach einigen Minuten wieder zurück und erklärte, sie hätte ihre Oma erreicht. »Aber sie kommt heute nicht mehr. Die haben die Straße gesperrt, wegen einem Erdrutsch. Oma ist zurück in die Stadt und wird im Hotel übernachten. – Ich hab ihr natürlich von euch erzählt und daß ihr einen Unfall hattet, und sie hat gesagt, daß sie zur Polizei geht und sich wegen eurer Mutter erkundigt.«

»Wieso erkundigt?«

»Na, wo sie sich gerade befindet. Und daß man ihr sagt, es geht euch gut. Das willst du doch, daß sie das weiß, oder?«

»Klar will ich das«, meinte Miriam mit einer Stimme dünn wie ein Haar. Dann fragte sie, in dieses eine Haar ein zweites drehend, damit es nicht ganz so schwach klang: »Und was machen wir jetzt?«

»Mein Gott, was schon? Wir bleiben auf, so lange es uns gefällt, und nachher gehen wir schlafen. Bis morgen vormittag wird die Straße wieder repariert sein, und dann kommt Oma und vielleicht auch gleich eure Mama. Außer, der Sturm wird schlimmer. Aber ewig schlimm bleibt der nicht. Kein Sturm tut das.«

Sodann erwähnte Nina, es sei nicht das erste Mal, daß sie und ihr Bruder eine Nacht alleine in diesem Haus zubrachten. Sie hätten keine Angst. Ohnehin sei ihre Oma der Ansicht, man müsse lernen, auch mal ohne die Großen auszukommen.

»Meine Mama«, sagte Miriam, »sieht das ganz anders. Sie würde es nie zulassen, daß wir eine Nacht alleine bleiben.«

Nina grinste: »Na, ich dachte, ihr seid schon ein paar Tage im Wald.«

»Das ist etwas anderes. Das ist ein Notfall.«

»Und heute nacht ist auch ein Notfall«, meinte Nina vergnügt. »Ein schöner Notfall. Dann brauchen wir morgen nicht in die Schule.«

»Gibt es hier draußen denn eine Schule? Was anderes als eine Baumschule?«

»Wir werden immer ziemlich früh abgeholt und in die Stadt gebracht. Aber morgen eben nicht. Ich weiß schon, daß sich alle über diese Erdrutsche aufregen, aber sie haben auch was Gutes. Jedenfalls müssen wir heute nicht gleich ins Bett marschieren. Supi-dupi!«

In der Tat. Die beiden Jungs hatten es sich bereits vor dem Fernseher gemütlich gemacht und eine DVD eingelegt.

Miriam fragte, ob der Film für einen Fünfjährigen überhaupt geeignet sei.

»Ab null«, las Nina die Altersfreigabe auf der Vorderseite der Hülle.

»Das heißt gar nichts«, erklärte Miriam. »Würde ich mir alles anschauen, was ab zwölf erlaubt ist, und ich bin ja zwölf, mein Kopf wäre eine Geisterbahn, und zwar eine schlimme.«

»Das verstehe ich nicht«, meinte Nina, versicherte

jedoch, den Film bereits gesehen zu haben, er sei wirklich lustig und gar nicht schlimm.

Miriam dachte: »Nina hat keine Ahnung.« Aber sie hob die Hände zu einer resignativen Geste und sagte: »Na, hoffen wir das Beste.«

Gleich darauf kam ihr ein schrecklicher Gedanke. Nicht wegen des Films. Nein, ein Gedanke über die *wahren* Verhältnisse, die alles hier bestimmten: Wenn sie selbst, Miriam, zu einer Täuschung fähig war — nämlich in bezug auf den Zustand ihrer Mutter —, war doch genauso gut möglich, daß auch Nina eine Lüge in die Welt gesetzt hatte, indem sie vorgab, ihre Oma angerufen zu haben.

»Verdammt, das kommt von der Geschichte, die ich Elias erzählt hab«, überlegte Miriam. Nämlich die Vorstellung, auch in der Wirklichkeit seien die Erwachsenen aus dem Leben der Kinder verschwunden. Nur, daß die Kinder diesen Umstand voreinander geheimhielten und versuchten, sich mit Ausreden von zu spät kommenden und verhinderten und im Moment gerade unerreichbaren Eltern hinters Licht zu führen. Während es in Wahrheit so aussah, daß überall auf der Welt Kinder soeben dabei waren, sich selbst zu versorgen.

»Schwachsinn!« schimpfte sich Miriam. Aber der Schwachsinn lag wie ein winzig kleines Abspielgerät in ihrem Gehörgang und wiederholte den immer gleichen Verdacht.

»Können wir nicht Nachrichten schauen?« erkundigte sich Miriam listig.

»Nö, nicht jetzt«, funkte ihr Elias dazwischen, der

ja weiter den Film sehen wollte und nicht ahnen und nicht begreifen konnte, daß Miriam zu überprüfen versuchte, ob zumindest im Fernsehen die gewohnte Realität bestand: die Welt der Erwachsenen, die sich um Politik und Sport und das Wetter drehte. Ein Wetter, über das es ja sicher derzeit viel zu sprechen gab, wenn man sah, wie es draußen wieder zuging. Kaum auszudenken, wären sie, Miriam und Elias, in dieser Nacht im Wald geblieben. Das Lagerfeuer hätte keine Chance gehabt. Auch hätte es nichts genutzt, sich mit Karotten und Trockenfutter vollzustopfen. Kein gefüllter Magen hätte geholfen, diesen Schneesturm zu überstehen.

»Also gut«, sagte Miriam, »dann schauen wir uns die Nachrichten später an.« Wobei ihr in diesem Augenblick die Möglichkeit bewußt wurde, daß für den Fall, daß man sich noch immer in einer gemeinsamen Welt mit den Erwachsenen befand und somit die vertrauten Nachrichtensendungen bestanden, möglicherweise von den beiden verschwundenen Kindern die Rede sein würde, eventuell auch davon, deren Mutter sei tot in einem Baggersee aufgefunden worden.

Dies bedenkend, war es ohnehin viel besser, die Nachrichten nicht sofort anzusehen, sondern erst, wenn Elias bereits schlief. Oder überhaupt darauf zu warten, was morgen geschehen würde.

Aber in Miriam war eine Unruhe. Sie erhob sich und sagte: »Ich gehe ein bißchen im Haus herum, okay?«

»Klar doch«, antwortete Nina, die sich jetzt zu den Jungs aufs Sofa gelegt hatte und mit dem Zeigefinger in ihren langen Haaren drehte.

14

Miriam machte sich auf den Weg. Es war ein Haus, in dem man sich wahrlich verirren konnte. Kleine Räume, große Räume, mitunter Nischen, kurze Sackgassen, die aber nicht als Abstellräume fungierten, sondern eine stilvolle Leere beherbergten. Oder einen Schatten. Ja, zumindest jetzt am Abend vermittelte das Haus den Eindruck eines dieser alten Gemälde, bei denen die wesentlichen Teile die zu sein scheinen, wo alles dunkel ist.

Nicht, daß Miriam bereits eine große Ahnung von Inneneinrichtung besaß, aber sie bemerkte die Raffinesse, die in jedem Detail steckte, die Vornehmheit. Indem etwa an manchen Stellen eben *nichts* stand, *kein* Bild den Raum oder Gang schmückte, *keine* Vase den Tisch krönte. Nicht, daß man hier nirgends auf Vasen stieß, aber die waren eher Skulpturen und frei von Blumen. Im übrigen herrschte überall eine große Sauberkeit. Was ja ein gutes Zeichen war, weil Miriam sich schwer vorstellen konnte, wie die beiden Kinder, die in diesem Haus lebten, eine solche Ordnung alleine hätten hinbekommen sollen. Ohne Oma. Beziehungsweise ohne die Putzfrau, die die Oma zu diesem Zweck sicherlich beschäftigte.

Weniger ideal fand Miriam besagte Ordnung, als sie in ein Schlafzimmer geriet, dessen breites Doppelbett über eine ungemein glatt gestrichene Decke verfügte und den Eindruck machte, als hätte es schon lange keine Oma mehr, noch sonst jemand beherbergt. – Was vorkam. Manche Erwachsenen achteten derart auf die Akkuratesse ihrer Bettdecken, als könnte jeden Moment ein Fernsehteam auftauchen, zusammen mit der Jury von »Deutschland sucht das schönste Schlafzimmer«.

Es reizte Miriam, sich auf die mächtige Liegestatt zu werfen. Nun, sie warf sich nicht direkt, sondern nahm auf der Kante Platz und ließ sich quer zur Längsseite nach hinten niedersinken. In der Tat meinte sie zu spüren, daß nichts zu spüren war und wie lange schon niemand mehr hier gelegen hatte. – Konnte man derartiges wirklich erahnen? Konnte man ein gewaschenes Handtuch aus dem Schrank holen und sagen: Damit hat sich schon seit Jahren keiner mehr das Gesicht abgetrocknet? Weil man bei einem schrankfrischen Handtuch nämlich auch umgekehrt sofort bemerkt, wenn es sich aktuell in ständiger Benutzung befindet. Und man trotz glattgebügelter Fläche das fremde Gesicht darin wahrnimmt, die fremden Hände erkennt.

Sie erhob sich wieder aus dem Bett. Einen Moment

überlegte sie, die Einbuchtung, die das Gewicht ihres Körpers verursacht hatte, zu belassen. Was aber, wenn Ninas und Odos Urgroßmutter am nächsten Tag tatsächlich erschien und dann …? Sie zog die Decke an und strich mehrmals mit ihren Händen über die wollene Fläche. Es dauerte eine ganze Weile, bis sie den alten Zustand wiederhergestellt hatte. Falls allerdings ihre Theorie von zuvor stimmte, so würde trotz aller Glattstreicherei ihr Körperabdruck verewigt und spürbar sein. Von den forensisch relevanten DNA-Spuren einmal abgesehen.

Was sie selbst jetzt aber verspürte, war Hunger. Obgleich man ja gerade recht üppig gespeist hatte. Doch so sehr sie den Hunger der letzten Tage im Griff gehabt hatte, kam ihr nun vor, als hätte sie noch gar nichts zu essen bekommen. Sie wollte sich darum noch einige Brote schmieren. Sie pflegte gerne zu sagen: »Das Beste ist und bleibt das heilige Butterbrot.«

»Wieso heilig?« hatte einmal ihre Mutter gefragt.

»Weil ein Butterbrot ist schön, und es ist einfach und schmeckt gut. Ein Schnitzel schmeckt auch gut, aber es ist nicht einfach, und schön ist es auch nicht. Ein Stück Salami richtig häßlich. Und Pudding echt eklig, wenn man ihn so anschaut.«

»Und Spaghetti?«

»Eine Schlangengrube zum Essen.«

»Und Chinesisch?«

»Ein Gemetzel.«

»Japanisch?«

»Sehr hübsch zubereitet«, hatte Miriam gemeint, der

Sushi nicht fremd war, »aber die Sachen schmecken alle, als wären sie zehn Jahre blöd herumgestanden.«

Doch ihre Mutter hatte befunden: »Wie auch immer, mein liebes Kind, in diesem Zusammenhang ist *heilig* ein viel zu starkes Wort. Man sollte ein solches Wort nicht mißbrauchen für ein Butterbrot, auch wenn man Butterbrote mag.«

»Vielleicht hast du recht, Mama«, hatte Miriam geantwortet. Nicht aus Überzeugung, aber sie hatte ihrer Mutter gerne hin und wieder recht gegeben. Nur so aus Freude am Akt der Zustimmung. Lieber jedenfalls als bei ihrem Vater, dem Richter.

Miriam wußte nun nicht, wo die Küche lag, da Nina zuvor das Essen alleine serviert hatte und die Küche nicht direkt an den großen Wohnraum angeschlossen war. Auch tat sich Miriam schwer, einzuschätzen, an welcher Stelle im Haus sie sich überhaupt aufhielt. Himmelsrichtungsmäßig.

Sie verließ das Schlafzimmer und folgte ihrer Nase. Nicht, weil sie etwas roch. Aber die Nase eines Menschen ist halt seine Vorhut.

Dieser ihrer Nase folgend, geriet sie ins unterste Stockwerk, in einen Billardraum, eine kleine Schwimmhalle, zuletzt in einen Ruheraum mit einem Fresko, darauf badende Nackte in Gelb und Rot. Von dort gelangte sie zu einer versteckt gelegenen, recht schmalen Wendeltreppe, über die sie wieder nach oben stieg – den Keller wollte sie nicht sehen und vermutete dort auch nicht die Küche.

Selbige lag dann direkt am Ausgang der Treppe: ein gestreckter Raum mit einem wuchtigen Arbeitstisch in der Mitte, darauf Schalen mit verschiedenem Obst, mit Nüssen, Oliven, zudem mehrere Messer, aufgereiht auf einer Schneidefläche. Die Messer sahen aus, als könnte man damit einen Wal filetieren. Sehr japanisch. Dahinter stand, eingefaßt in Schränke von dunklem Holz, ein gewaltiger Herd. Ziemlich groß für eine Oma und zwei Urenkel. Aber das galt schließlich für das ganze Haus.

Miriam ging zum Eisschrank, öffnete ihn, stellte seine optimale Füllung fest und holte die Butter heraus. Das Brot fand sie in einem rechteckigen Behälter, nahm sich ein Messer von moderater Größe und Schärfe und brachte alles hinüber zum großen Tisch. Sie schnitt sich eine Scheibe ab und begann die Butter gleichmäßig zu verteilen.

Während sie nun kurz aufschaute, ohne eigentlichen Grund, erblickte sie …

Oh Mann!

Sie ließ das Buttermesser fallen.

Was sie sah, war das Folgende: eine Schale mit Beeren. Halbdunkelrot. Erdbeeren. Kleine Walderdbeeren.

Nun, das brauchte nicht zu bedeuten, es handle sich um die gleichen Früchte, die Miriam zwei Tage zuvor unberührt gelassen hatte, um nicht etwas zu pflücken, das der Heiligen Jungfrau beziehungsweise den von ihr behüteten gestorbenen Kindern vorbehalten war. Und selbst wenn es die gleichen waren … Solche Zufälle geschahen. Indem nämlich Nina und Odo, die sich ja in diesem Wald bestens auskannten und offensichtlich ganz alleine ihre Streifzüge unternahmen, an der gleichen Stelle vorbeigekommen waren, sodann die von Miriam zuvor vom Schnee befreiten Beeren entdeckt und sich in der Folge weniger abergläubisch als ihre neue Freundin angestellt hatten. Schließlich beteten die beiden auch nicht.

Na gut, Miriam bis vor kurzem ebenfalls nicht. Zumindest nicht als Einläutung zur Abendmahlzeit. Doch das war nicht der Punkt. Der Punkt war, daß Miriam sich erneut fragte, ob sie die Realitäten verkannte.

Konnte es sein, daß sie irrte, wenn sie meinte, ihre Mutter sei tot, sie selbst und Elias aber am Leben? Was denn, wenn es umgekehrt war? Was denn, wenn sie zwar alle drei mit dem Wagen in den See gestürzt waren, aber die Mutter gegen den eigenen Willen überlebt hatte, während die beiden Kinder ertrunken waren? Und daß somit alles, was sie und Elias hernach in dem zauberisch-wilden Winterwald erlebt hatten, bloß eine Art ... Wie hieß das: Purgatorium? Fegefeuer? Eine Vorhölle, die sich in einen Vorhimmel verwandelt hatte?

Wäre dies der Fall, so ergab sich daraus, daß auch Nina und Odo tote Kinder waren und daß die Erdbeeren im Wald – so natürlich und gewachsen und ungepflückt sie auf dem vom Schnee bedeckten Strauch gewirkt haben mochten – damals bereits Teil einer gottesmütterlichen Darbietung gewesen waren. Dieselben Erdbeeren, die nun also hier auf dem Tisch standen.

Für die verstorbenen Kinder im Himmel.

»Verdammt. Dann bin ich also ein Geist.«

Halb sagte sie es im Spaß, halb im Ernst.

So, wie sie in den letzten Tagen immer wieder ihrem Bruder an die Stirn und Wangen gegriffen hatte, legte sie nun sich selbst die Hand auf. Richtig, die Stirn war warm, *über*warm. Zuvor hatte Miriam gemeint, die aufwallende Hitze komme allein vom langen Sitzen in der heißen Badewanne. Aber jetzt wurde ihr klar, daß ein Feuer in ihr ausgebrochen war. Ein Feuer, das ihr ein Gefühl des Frostes bescherte.

Konnten Tote Fieber haben?

Das war erneut eine Haben-Ameisen-eine-Seele-Frage.

Logisch war freilich, daß wenn die Gottesmutter Erdbeeren für die verstorbenen Kinder sammelte, dies auch einen Hunger oder wenigstens Appetit dieser Kinder voraussetzte. Vielleicht kein Verdauen im herkömmlichen Sinn, aber ein Schmecken, ein Genießen. Und wer Hunger verspürte, konnte auch Fieber verspüren.

Miriam strich das Brot fertig, bröselte etwas Salz darüber, schnitt es in Streifen und – Geist hin oder her – verspeiste es mit Genuß. Danach trank sie ein Glas Wasser und verließ die Küche.

Ein paar Zimmer später gelangte sie wieder in den mächtigen Hauptraum. Die anderen saßen noch immer vor dem Bildschirm. Elias war eingeschlafen. Miriam setzte sich dazu. Jetzt war sie es, die zitterte. Sie nahm von der Seite eine Decke und wickelte sich fest darin ein. Dann schob sie ihren Bruder so zu sich her, daß sie seinen Kopf auf ihren Schoß betten konnte. Sie faßte ihm an die Stirn. Wunderbar kühl. Hin und wieder ein Hüsteln, das war es auch schon.

Nina richtete sich auf: »Du wolltest doch Nachrichten schaun, oder?«

»Muß nicht sein«, antwortete Miriam. »Ich glaub, ich will lieber auch schlafen. Gleich hier.«

Sie schloß ihre Augen. Und hörte noch, wie Nina etwas von einem Zimmer erzählte, das für Gäste bereitstand. Auch daß Elias die Nacht bei Odo verbringen könnte. Aber Miriam gab keine Antwort mehr. Eine ungemeine Schwäche hatte von ihr Besitz genommen, lastete auf ihr. Sie fühlte sich eingeschlossen wie in einer zur Ruhe gekommenen Lawine, wenn man nicht weiß, wo oben und unten ist. Klar, in einer Lawine geht einem die Luft aus. Aber bevor das geschah, rutschte sie durch eine plötzliche Öffnung, ein Schneeloch, hinein in den Schlaf.

Und vom Schlaf in den Traum.

Sie wußte, daß sie träumte. Aber nicht auf diese Weise, wie man sagt: Ach, ist doch nur ein Traum. Sondern ganz im Gegenteil. Eher gemäß der Erkenntnis, im Traum finde das richtige Leben statt und damit sei auch jede Freude und jedes Leid ungleich bedeutungsvoller. Ein Leben, welches für Miriam nun darin bestand, sich durch eine Stadt zu bewegen, eine südamerikanische, so schien es ihr, etwas wie ... Montevideo. Genau, die Gassen und Straßen spürten sich an, als besäßen sie eine montevideische Atmung: auf eine heftige Weise träge. Ein Lied ging Miriam durch den

Kopf, eins, das sie im Radio gehört hatte, im Autoradio, oder vielleicht auch bei Vater in der Wohnung: *Monteviideoooh! Nach Montevideo, lebendig oder tot!*

Und das war ja in der Tat die Frage: lebendig oder tot? Geist oder Mensch? Und vor allem: War es möglich, im Leben *kein* Geist zu sein, im Traum aber *sehr wohl?* Oder gar umgekehrt?

Was tat sie in Montevideo?

Nun, sie war auf der Suche. Auf der Suche nach dem Mann aus schwarzem Chiffon, den sie an diesem Flecken der Erde vermutete, in einem der Häuser, einem der Lokale, auf einem der Märkte. Es war laut und heiß, und da waren viele Jungs auf Mopeds, die an ihr vorbeifuhren und ihr Dinge zuriefen, die sie nicht verstand. Die aber ausgesprochen schmutzig klangen. Sie hätte Lust gehabt, eine ihrer mitgebrachten Stricknadeln aus dem Köcher zu holen und einen von diesen Halbwüchsigen, wie man so sagt, vom Pferd zu schießen.

Aber dafür war keine Zeit. Sie mußte den schwarzen Mann finden.

Schließlich gelangte sie an eine Türe. Anders gesagt: Die Türe stand ihr plötzlich im Weg gleich einem dicken Polizisten.

Sie griff nach der Klinke. Genau in diesem Moment machte es *Suuuuhp!* und sie schreckte hoch, erwachte aus ihrem Traum.

Im Raum war es dunkel. Aus der Ferne ein paar leuchtend rote Punkte, die in der Luft schwebten.

Wie denn? Heilige Erdbeeren? Die im Unterschied

zu heiligen Butterbroten zu leuchten und zu schweben verstanden?

Nein, es handelte sich allein um einen Rest von Glut: kleine, verglühende Sterne, die kein Geräusch mehr von sich gaben. Es hatte sich ausgeknistert im Kamin. So wie es sich draußen ausgestürmt hatte. Denn als Miriam jetzt den Kopf drehte und hinüber zur Fensterreihe sah, bemerkte sie, daß es nicht mehr schneite. Und auch der Wind mußte sich gelegt haben, denn es war wieder deutlich das Geplätscher und Gegurgel des Baches zu vernehmen.

Miriams Augen hatten sich an die Dunkelheit gewöhnt, sodaß sie nun den Kopf ihres Bruders auf ihrem Schoß erkannte. Sie registrierte seinen ruhigen Schlaf, das leichte, gleichmäßige Gegrunze. Sie dachte: Mein kleines Schlafschweinchen.

Während sie selbst zur Seite rückte, hob sie Elias' Kopf an und legte ihn sachte auf der Sofabank ab. Dann stand sie auf und wand sich aus der Decke heraus. Sie fror jetzt nicht mehr so wie zuvor, war jedoch stark verschwitzt. Mit vorgestreckten Armen bewegte sie sich durch den finsteren Raum und gelangte auch ohne Licht ins Badezimmer, wo sie dann aber endlich eine Leuchte in Betrieb setzte, aus ihrem Oberteil glitt und sich mit einem Handtuch den feuchten Körper abrieb. In der Folge griff sie nach einem Fön und ließ sich vom Nabel aufwärts mit warmer Luft bedienen. Die Gänsehaut verschwand wie unter dem Eindruck eines Löschblatts.

Um jetzt nicht wieder auf das durchnäßte Hemd zurückgreifen zu müssen, schlüpfte Miriam in einen Bademantel, der da vom Haken hing, keiner für zwölfjährige Mädchen, denn er reichte hinunter bis zum Boden, eine kleine Schärpe bildend. Aber das Frottee fühlte sich gut an auf ihrer Haut. Mit diesem Noppenstoff – dem Geruch frischer Handtücher, frischer Badetücher, frischer Waschlappen – verband sie die Fürsorglichkeit ihrer Mutter, solange diese eben bestanden hatte.

Stimmt schon, saubere, gebügelte, wohlriechende Wäsche, das bedeutete bürgerlichen Standard, mit oder ohne Haushaltshilfe. Doch es war wohl die zärtliche Geste gewesen, an die sich Miriam so gerne erinnerte, die Geste des Überreichens, wenn ihre Mutter ihr nach dem Baden ein solches Frotteetuch bereitet hatte, einen vorgewärmten Bademantel, ein vorgewärmtes Nachthemd, warme Hausschuhe oder warme Socken. (Später einmal würde Miriam denken: Sicher, man kann es auch übertreiben und sogar die Stofftiere fürs Schlafengehen vorher anwärmen oder den Kindern noch im Schulalter mit warmen, nassen Lappen den Hintern auswischen, doch welche Bedeutung die Fürsorglichkeit besitzt, begreift man erst, wenn sie fort ist. Aber das gilt wohl für alles.)

Miriam kehrte zurück in den Wohnraum und wollte sich gerade wieder zu Elias aufs Sofa legen, als sie von außerhalb etwas hörte. Einen Ruf. Einen Ruf, ohne daß sie aber hätte sagen können, von wem oder von was. Also stellte sie sich ans Fenster und schaute hinaus, hinunter auf den Bach: dunkel, geradezu ölig, eingebettet zwischen die im Mondlicht glitzernden weißen Schneeflächen, als sei er bedrängt von zwei breiten Bräuten.

Na und?

Miriam schärfte ihren Blick. Und endlich sah sie ihn, den Rufenden. Auf der gegenüberliegenden Uferseite, ein Stück nach oben hin, wo sich die erste Baumreihe streckte. Dahinter der Wald, in dem Miriam und Elias in den letzten Tagen groß geworden waren. Was man ja ständig wird, nämlich groß. Aber diesmal war es schon etwas anderes gewesen. Sie waren im Kopf gewachsen.

Dort drüben also erkannte Miriam eine dunkle Figur. Welche zu weit weg stand, um genau sagen zu können, um wem es sich handelte. Gleichwohl war Miriam überzeugt, es müsse sich um den Mann mit dem Smokinggesicht handeln, den Mann aus schwarzem Chiffon. Das war nämlich nur logisch.

Logisch in dem Sinn, daß eine Stufe auf die andere folgt.

Drei Stufen!

Zu Beginn, Stufe eins, war der Chiffonmann in Miriams Träumen erschienen, wo er ihr den Rat gegeben hatte, auf die Tränen im Bach zu achten. Sodann war er, Stufe zwei, ohne ihr Zutun in ihrer Spinks-Geschichte aufgetaucht und hatte dort völlig unbemerkt von Grote und Frankenstein und den befreiten Kindern diese begleitet. Um nun auf der dritten Stufe …

Ja, von Miriams Traum in Miriams Erzählung hinüber in Miriams irdische Welt.

Zumindest die irdische Welt dieses Waldes, vor allem aber die irdische Welt eines Baches. Und genau darum war es Miriam nicht möglich gewesen, den dunklen Unbekannten im Montevideo ihrer Träume aufzuspüren. Dort war er längst nicht mehr gewesen. Er hatte Miriam bloß eine Spur hinterlassen. Kein Wunder, daß sie erst hatte aufwachen müssen, um ihm zu begegnen.

Jetzt war er hier, stand am Bachufer und wartete. Das war eindeutig.

Miriam ging zum Sofa zurück, deckte Elias zu und begab sich, ein Ganglicht einschaltend, ins untere Stockwerk. Den Bademantel ließ sie an, wie auch ihren Rock und ihre Strümpfe, schlüpfte aber in eine an der Garderobe hängende dünne Jacke und zuletzt in Ninas dicken, südpoltauglichen Anorak. Sie setzte sich eine Wollmütze auf, die von Nina genauso wie von Ninas Oma stammen konnte, und glitt in ihre eigenen, wieder trockenen Winterstiefel.

Solchermaßen eingekleidet, verließ Miriam das Haus. Ohne Taschenlampe. Aber der Himmel war jetzt vollkommen offen und der Mond ein aufmerksamer Begleiter. Miriam stieg hinunter zur Holzbrücke, überquerte den Bach und bewegte sich auf die Stelle zu, an der sie zuvor den Mann aus schwarzem Chiffon gesehen hatte.

Wo war er? Sie konnte ihn nicht sehen. Und weil dies so war, überlegte sie, alles bloß phantasiert zu haben. Sie ärgerte sich. War es denn nicht absolut verrückt, geschwächt, krank, wie sie war, hier in Bademantel und

ausgeborgtem Anorak durch den Schnee zu stapfen, als
hätte sie nicht genau das in den letzten Tagen bereits
zur Genüge getan?

»Ich blöde Kuh!« schimpfte sie. Und ergänzte: »Ver-
dammte blöde Kuh!«

Dann aber …

Ein dunkler Fleck löste sich aus dem Schatten der
Bäume. Zwei Schritte nur, dann hielt die Gestalt inne
und rührte sich nicht mehr.

Miriam keuchte. Viel zu laut, schien ihr. Gleichwohl
trat sie näher, verengte ihren Blick und versuchte, eine
Veränderung des Mannes auszumachen, eine Veränderung, die sich aus dessen Reise vom Traum über die
Fiktion zur Wirklichkeit ergeben hatte. Vielleicht war
ein Weiß in seine Augen gekehrt. Etwas Pupillenfarbe.

Doch nein, das Schwarz war ungebrochen und schil-
lerte wie eh und je.

Miriam war jetzt ganz dicht herangekommen und
blickte hoch zu dem seidenen Gesicht. Und endlich,
endlich begriff sie, es nicht mit einem schwarzen Mann,
sondern mit einer schwarzen Frau zu tun zu haben.

»Mama?« fragte sie und verschluckte sich an der
eigenen Stimme.

Die Gestalt umfing sie, drückte sie sachte an sich.
Miriam spürte den weichen Seidenstoff, der einen
leeren Raum umgab, einen leeren Raum mit einem leeren Herzen. Aber das Herz pumpte. Gedanken und
Gefühle. Einzelne Worte, die einen Kreislauf bildeten, eine Kette, aber keine Kette, die Sätze ergab, wie
man sie kannte, wenn man Mensch war, mit Sinn und

Zweck und Punkt und Komma. Und dennoch griff ein Wort ins andere, gleich spielenden Kindern, die sich an der Hand halten und in einer geschmeidigen, tänzerischen Bewegung sich drehen und drehen und drehen.

Ob das Sekunden oder Minuten so ging ...? Die beste Uhr hätte es nicht zu sagen vermocht.

Miriam hatte ihre Augen geschlossen, und als sie sie öffnete, stellte sie fest, daß sie alleine im Schnee stand.

»Mama!?«

War es Einbildung gewesen? Ein Resultat ihrer Not und Sehnsucht? Höchstwahrscheinlich.

Sie fror. Natürlich tat sie das. Fror und schwitzte zugleich.

»Verdammt!« rief sie ihr neues Lieblingswort in den Wald hinein. »Verdammt und zugenäht!« Und machte sich daran, zum Haus zurückzukehren. Aber während sie den ersten Schritt tat, fiel ihr Blick auf etwas, das im Schnee lag. Etwas Kleines, Dünnes. Nicht viel größer als ein Fingerglied und zudem etwas schmaler.

Ein Stück Ast?

Nun, Äste waren selten schwarz und weiß gestreift. Außer bei Birken. Aber hier stand nirgends eine Birke.

Sie beugte sich hinunter und hob es auf.

Es war kein Ast, sondern ein Bein.

Ja, das Bein eines Zebras!

Gott, was sollte sie dazu sagen? Außer vielleicht: *verdammt!*

Sie war jetzt wirklich überfordert. Ein Wunder, ein wirkliches, war nicht so leicht auszuhalten. Denn die schwarze, seidene Figur ihrer Mutter konnte sie als Phantasieprodukt ihrer angeschlagenen Seele interpretieren. Nicht hingegen jenes Zebrabein aus Plastik, das spürbar hart in ihrer Hand lag und auch nach mehrmaliger Berührung und Betrachtung keine Anstalten machte, sich in nichts aufzulösen.

Und eben dort, in ihrer zwölfjährigen Hand, befand sich das Teil noch immer, nachdem Miriam wieder ins Haus zurückgekehrt war, den ruhigen Schlaf ihres Bruder festgestellt hatte und in den kleinen Arbeitsraum gewechselt war, der fortgesetzt im grünlichen Schein der Schreibtischlampe lag.

Genau unter diese Lampe plazierte sie den gefundenen Gegenstand.

Es hätte sie kaum überrascht, hätte sie nun auf ein beliebiges Stück Plastik geschaut, ein Röhrchen, ein Kabel, irgendein Bruchstück, vielleicht stellenweise angebrannt, verkohlt, solcherart das gestreifte Muster bildend. Oder doch etwas von einer Birke?

Aber das Wunder blieb in der Welt und sagte: Ich bin ein Zebrabein.

Es war klar, was jetzt kam. Miriam ging hinüber zum großen Wohnzimmertisch, auf dem Elias und Odo mit dem Zebra und mit Tankwart gespielt hatten, nahm das schwarzweiße Schleich-Tier und trug es ebenfalls hinüber ins Arbeitszimmer. Dort brach sie die hölzerne Prothese vom Beinstumpf herunter, setzte die aufgelesene Gliedmaße an und überprüfte, ob die beiden Bruchstellen ineinandergriffen. – Genau das taten sie. Kein Zweifel, das im Schnee gefundene Fragment und

270

das dreibeinige Zebra gehörten zueinander. Ein verlorenes Bein war zu seinem Träger zurückgekehrt.

Man soll die Dinge nicht vergleichen, hatte Miriams Vater seiner Tochter immer wieder geraten. Und damit gemeint, der Vergleich führe stets zu einer Lüge, weil etwas Kleines groß geredet werde und damit gleichzeitig das Große in die Niederungen absinke. – Gut, das hatte etwas für sich. Eine Barbiepuppe war kein lebendes Fotomodell, kein wirklicher, echter Mensch. Andererseits gab es vielleicht Leute, welche die Würde einer originalen Barbiepuppe gerne verteidigten gegen die unwürdige Realität fleischlicher Laufstegschönheiten.

Also: Es war Miriam durchaus bewußt, daß hier kein Messias auf die Erde gestiegen war, um einen Gelähmten wieder gehend und einen Blinden wieder sehend zu machen. Ja, schlußendlich lag es an ihr selbst, in den Schubladen des Schreibtischs nach einem Kleber zu suchen, den sie auch fand, um die beiden Plastikteile zu verbinden und das Zebra in seinen ursprünglichen, vierbeinigen Zustand zu versetzen. Aber es war andererseits ebenso eindeutig, daß hier mitnichten ein Zufall vorlag und es der schwarzen Gestalt – dem fürsorglichen Geist ihrer Mutter – zu verdanken war, daß das vor so langer Zeit an gänzlich anderer Stelle verlustig gegangene Zebrabein in dieser Nacht wiederaufgetaucht war. Nahe eines winterlichen Gewässers.

Denk an die Tränen im Bach!

Nun, das hatte sie in der Tat getan, immer wieder. Nach und nach hatte sich in ihr die Vorstellung verfestigt, die eigenen Tränen würden sich mit denen der Mutter vermischen, getragen vom Wasser, dahinschießend im Strom, vereint in den Strudeln und Wirbeln wie auch im beruhigten Wasser der flachen Täler. In den vermischten Tränen sah Miriam die Verbindung von Diesseits und Jenseits.

Klar, ein Bild nur. Aber am Ende dieses Bildes, am Ende der Rätsel und Zweifel stand nun ein Plastikzebra, das nach vielen Jahren wieder intakt war. Das mochte im Gefüge der Welt so gut wie gar nichts bedeuten, lachhaft sein, mehr wunderlich als ein Wunder, ja, für die meisten Leute mochte die eigentliche Sensation in der Herstellung exzellenter Sekundenkleber bestehen, mit denen man solche zu Bruch gegangenen Tiere und Vasen und Tassenhenkel reparierte, für Miriam aber stand dieses *geheilte* Zebra für die Gewißheit einer präsenten Mutter.

Trotzdem würde es in ihrem Leben nie wieder geschehen, daß sie meinte, von einer schwarzen, seidenen Luftgestalt umfangen und getragen zu werden. Sie würde weder gespenstische Einflüsterungen vernehmen noch sonstwelche Visionen haben. Nicht mit Tischen rücken, nicht mit Pflanzen reden, keine Geister beschwören, nicht einmal Lottozahlen im Raum aufleuchten sehen. Der Umstand eines geheilten Zebras – ein Objekt, das sie ihr ganzes restliches Dasein mit sich führen würde – würde ihr vollends ausreichen. Miriam würde alt werden, sehr alt, und am Ende ihres Lebens würde sie das Zebra in der Hand halten, ohne überhaupt noch zu wissen, was ein Zebra ist, und schon gar nicht, daß es einst ein dreibeiniges gewesen war und einige Jahre lang ihrem Bruder gehört hatte. Ja, sie würde sich nicht erinnern, je einen Bruder gehabt zu haben oder was das Wort *Bruder* eigentlich bedeutet. Aber nichtsdestotrotz würde sie – bloß noch ein vertrockneter, verwirrter, kleiner Rest von Mensch – das gestreifte Plastiktier im Moment ihres Todes umklammert halten. Ihre letzten Worte (die übrigens niemand mitbekommen würde und damit auch nicht die verblüffende Klarheit, mit der sie aus dem Mund der uralten, dementen Frau gelangten) würden lauten: »Die Wahrheit ist, daß der Grote ein ziemlich lausiger Erzähler von Gute-Nacht-Geschichten war. Er war nicht mal mit Herz bei der Sache. Und trotzdem, die Spinks haben ihn geliebt. Sie hätten ihn für kein Geld der Welt wieder hergegeben.«

Soviel zur Zukunft.

In der Gegenwart geschah es, daß Miriam das zur Vierbeinigkeit zurückgekehrte Zebra auf den Tisch stellte, hinüber zu Tankwart, der allerdings – so ganz ohne die Animation eines Knopfdrucks – die Verwandlung seines Gegenübers reglos und stimmlos hinnahm. Dann legte sich Miriam wieder auf das Sofa und schmiegte sich fest an Elias, der ein sanftes Geräusch entließ, als entweiche ein wenig Luft aus einem Ballon: pfffffh!

Miriam fiel zurück in ihren Schlaf und damit auch nach Montevideo. Aber die Stadt war jetzt anders, und auch Miriam war jetzt anders. Keine Jagd, keine Verfolgung geschah, nirgends dumme Buben auf Motorrädern mit den überall auf der Welt gleichen blöden Sprüchen. Statt dessen am Rande eines weiten, von Palmen umsäumten Platzes ein schlanker Mann in einem dunkelblauen Anzug, der zu Miriam herüberblickte. Miriam fühlte einen Stich in ihrem Herzen, eine kleine Höhlung, einen Ameisengang. Eine Ahnung von Liebe. Liebe, deren Sinn nicht im Glück besteht, sondern in der Hingabe, im Verlorensein.

15

Als sie am nächsten Tag erwachte, mit einem Kratzen im Hals und dem Gefühl von Hitze in der Brust und Eiswürfeln in den Zehen, aber keineswegs von einer Grippe gepackt, die sie gelähmt hätte, da richtete sie sich rasch auf und warf einen Blick hinüber zum Tisch, wo das Zebra postiert war. Doch es befand sich zu weit weg, als daß Miriam hätte sagen können, ob das Aufrechtstehen des Plastiktiers einem echten oder einem Kunstbein zu verdanken war.

Am Tisch saßen bereits die beiden Jungs, Odo und Elias, und blätterten gemeinsam in dem einen Pokémonheft, welches Miriam nicht mehr hatte verfeuern können. Es kam einer Demonstration gleich, daß Elias dieses sein Heft jetzt präsentierte. Wie man auf einer Pressekonferenz den einzigen Überlebenden vorstellt.

Miriam rutschte vom Sofa, band den Gürtel ihres Bademantels fester und begab sich so zögernd wie ängstlich hinüber zu dem runden Tisch.

Da stand es, das Zebra, mit verklebtem Bein, wobei man schon genau hinschauen mußte, um die sauber geschlossene Bruchstelle zu erkennen. Dennoch war klar, daß Miriam nicht geträumt hatte, zumindest nicht die Heilung des Zebras.

Miriam streckte sich, aber mehr aus Verlegenheit, und sagte: »Morgen, Jungs.«

»Morgen, Miriam«, sprach Elias und blickte kurz auf, um aber gleich wieder auf das gerettete Heft hinunterzusehen. Auch Odo grüßte.

Miriam war irritiert. Es wäre das mindeste gewesen, hätte Elias augenblicklich die wundersame Verwandlung, die nächtliche Heilung des Zebras, *seines* Zebras, erwähnt. Statt dessen schien es nichts Wichtigeres zu geben, als sich dem Studium von kämpferischen Typen wie Raupy, Lektrobal oder Pikachu zu widmen. Kein Wort über die erstaunliche Gesundung des gestreiften Unpaarhufers.

Sicher, es reizte Miriam, die beiden Zeitungsleser zu fragen, ob ihnen denn nichts aufgefallen sei. Dann aber dachte sie, es gebe schließlich auch Kinder – gleich, ob sie fünf oder zehn waren, und erst recht unter den Jungs –, die eine Änderung der Realität einfach hinnahmen. Eine solche Verwandlung nicht als Wunder, sondern als Evolution begriffen. Was ja auch wiederum bestens zu deren Begeisterung für Pokémonwelten paßte, dort, wo ständig Evolutionen geschahen und auch niemand richtig starb, sondern im Zuge einer Niederlage vom Bildschirm verschwand, um geheilt wiederaufzutauchen.

Vielleicht empfanden Elias und Odo das Zebra als

ein Pokémonzebra, ein Pokémonzebra der wirklichen Welt, das für seine »Reparatur« halt etwas länger gebraucht hatte als die hüpfenden Dinger in ihren elektronischen Sphären.

Miriam fragte nicht, und die Jungs schienen von sich aus nichts daran zu finden. Allerdings erschien kurz darauf Nina im Wohnzimmer, und Miriam griff nach dem Zebra, hielt es der Jüngeren vors Gesicht und wollte wissen: »Fällt dir was auf?«

Nina betrachtete eine Weile das Plastiktier, strich mit dem Finger über die leicht gewellte Oberfläche und sagte dann: »Nö. Wieso denn?«

»Ach nichts«, antwortete Miriam. Und beeilte sich, eine andere Frage vorzuschieben: »Wann gibt's Frühstück?«

»Gleich. Ich mach uns Rührei«, versprach Nina und verschwand wieder.

Miriam dachte nach. Richtig, zwar war bereits am Vorabend das Zebra auf dem großen Tisch gestanden, aber keineswegs hatte eine Diskussion über die abgebrochene und ersetzte Gliedmaße stattgefunden. Es war also gut möglich, daß Odo und Nina der Umstand einer hölzernen Prothese gar nicht aufgefallen war.

Elias hingegen …

Egal, sagte sich Miriam, wichtig war, daß das Zebra – jetzt, mit dem alten, neuen Bein – wieder das ihre war. Sie nahm es vom Tisch und steckte es ein.

Das freilich merkte Elias sofort. Ohne von seinem Heft aufzusehen, sagte er: »Dann gehört Tankwart aber mir.«

Es war keine Frage oder Bitte, sondern eine Feststellung.

Miriam nickte.

(Was dem kleinen virtuellen Wassertier nun leider ein Schicksal bescherte, das typisch war für die meisten Tankwarts dieser Welt. Nur wenige Wochen später landete es erneut in einer Kiste und drang im Zuge diverser tektonischer Verschiebungen immer tiefer in deren verstaubte Niederungen. Irgendwann kam dann auch die ganze Kiste an die Reihe, geriet ihrerseits abwärts, hinunter in eine Abstellkammer, einen Keller. Die Jahre würden vergehen, ohne Licht, ohne Liebe und ohne Nahrung. Ein Dornröschenschlaf, aber ein ewiger. – Klar, die Wissenschaft war heutzutage in der Lage, einen 31 000 Jahre alten Pflanzensamen aus der Eiszeit zum Blühen zu bringen, den einst ein Erdhörnchen in einer Futterhöhle versteckt hatte. Aber jemand wie Miriam hätte wohl gefragt: Will man das? Wie fühlt man sich nach 31 000 Jahren? Umgeben von russischen Wissenschaftlern, für die man eine Kuriosität darstellt: eine Frau mit behaarter Brust. Einen Riesen, der auf dem Kopf eines Zwerges steht. Ein Huhn, das sein eigenes Ei jongliert. – In Wirklichkeit war es doch so, daß die Forschung nur geil darauf war, demnächst Saurier auszubrüten. Eines muß freilich ebenso gesagt sein: Auch Miriam vergaß Tankwart.)

Noch aber stand der elektronische Säulenheilige auf dem gleichen Tisch, auf dem die Kinder nun ihr Frühstück herrichteten, die angekündigte Eierspeis, weiters Cornflakes, Brote, Marmelade, Schokocreme, Säf-

te, Kakao. Und dazwischen eben Tankwart, der nach
mehrmaligem Knopfdruck auf seine Nahrungstaste
vergnügt quietschte und sodann einen Gesang entließ,
welcher – war man willig, dies zu erkennen – einen Ti-
tel von Procol Harum interpretierte: *Nothing but the truth.*

Die Sonne stach durch die Fenster. Draußen brannte das Weiß. Die Kinder waren jetzt ganz Kinder und
tanzten mit dem Frühstück.

Nur einmal sagte Elias: »He, jetzt haben wir ganz
vergessen zu beten.«

Miriam dachte nach, ob man nicht auch in der Mitte
eines Mahls oder im nachhinein beten konnte. Somit
einmal nicht dafür dankte, daß etwas auf den Tisch gekommen war, sondern wie sehr es soeben schmeckte
oder gerade geschmeckt hatte. Andererseits wider-
sprach es der Würde des Gebets, praktisch mit vollem
Mund oder vollem Bauch dem Herrn zu danken. Sie
sagte: »Beim nächsten Mal denken wir wieder daran,
okay?«

Aber im Grunde wußte sie, daß es ein nächstes Mal
nicht geben würde. Nicht was das Beten vor dem Essen
betraf.

Nach dem Frühstück zogen sich die Kinder an und gingen nach draußen, überprüften die Eignung des Schnees
und begannen eine Schneeballschlacht. Ohne wirklich
zwei Gruppen zu bilden. Eher jeder gegen jeden, plus
Koalitionen, die oft nur Sekunden hielten. Weltpolitik
in Zeitraffer.

Als Elias, entsprechend seinem Alter, einmal die

Deckung aufgab, um ganz nahe an Odo heranzukommen und besser zielen zu können, lief er genau in die Flugbahn eines Schneeballs, der ihm gar nicht zugedacht gewesen war. Die Kugel erwischte ihn mitten im Gesicht. Er begann zu heulen und beklagte sich lautstark über die Unsportlichkeit Odos, der recht bedröppelt dreinsah, keiner Schuld bewußt, dennoch diese tragend. In der Tat lieferte Elias einen mitleiderregenden Anblick, wie er dastand, der Kleinste, tief im Schnee, mit einem so ungemein nassen Gesicht, als sei auch er nach 31 000 Jahren gerade wieder aufgetaut worden. Dabei war es einfach so, daß das geschmolzene Wasser sich mit den Tränen vermischte (ohne daß aber hier das Diesseits und das Jenseits eine Pforte geschaffen hätten). Elias wirkte wie die pure, gedemütigte Unschuld. Odo bat um Verzeihung, während er zugleich versicherte, gar nicht auf Elias' Gesicht gezielt zu haben.

»Doch!« empörte sich Elias. »Das war Absicht.«

»Bullshit!« fuhr Miriam dazwischen.

»Bull... was?« fragte Elias, das eigene Geschluchze übertönend.

»Du bist in den Schneeball reingelaufen. Das ist Fakt.«

»Gar nicht.«

»Und ob. Wie eine Zielscheibe, die sich blöd vor einen Pfeil hinwirft. Da kann der Pfeil nichts dafür.«

»Kann er doch!« beschwerte sich Elias, bildete allerdings zwischen seinen Augen eine runde Falte, die durchaus dem innersten Ring einer Schießkarte gleichkam.

»Also gut, lassen wir das«, sagte Miriam. »Komm her, kleiner Mann, ich helf dir.«

Sie kramte ein Taschentuch hervor und wollte Elias das Gesicht trocknen. Aber er war noch nicht so weit. Er wollte noch leiden. Er wollte noch ein wenig die Schmach des Getroffenen auskosten. Er wollte noch ein wenig unausstehlich sein. Noch ein wenig diesen seinen Anteil an der Macht ausspielen.

In diesem Moment kamen zwei Wagen den schmalen Schotterweg heruntergefahren. Der vordere ein mittelgroßer Geländewagen, der hintere eine silberne Audi-Limousine, wie Miriams Vater eine fuhr.

Auch Elias erkannte sofort das Auto und rief, geradezu hilfeschreiend, die Arme wie ein Ertrinkender in die Höhe reißend: »Papi! Papi!«

Und in der Tat, Vater stieg aus dem Wagen, dieser bebrillte Hollywoodmann, wie Mutter ihn oft bezeichnet hatte, ohne daß je deutlich geworden war, wieviel Bewunderung oder wieviel Spott in dieser Beschreibung mitschwang. Jedenfalls wirkte er wie immer äußerst elegant in seinem dunklen Mantel, mit Schal und Krawatte und den seitlichen Strähnen aus Grau, die einen gemalten Eindruck machten. – Hatte die Mutter in den letzten Jahren auch ohne Essen zugenommen, so war der Vater ungemein schlank geblieben, freilich etwas steif, wie alle Großgewachsenen, die sich in einer normierten Welt dann am besten fühlen, wenn sie einfach aufrecht im Raum oder in der freien Natur stehen können, anstatt sich bewegen oder sitzen oder hinunterbeugen zu müssen. Wobei er allerdings genau das jetzt tat, um seinen heraneilenden Sohn in den Arm zu nehmen, ihn fest an sich zu drücken, hochzuheben, auf die Wange zu küssen und milde, tröstende Worte an das Kind zu richten.

»Ach, Papi, Papi«, strömte es dankbar immer wieder aus Elias' Mund.

Miriam seufzte abfällig. Ganz klar, das war sowas von typisch. Nachdem es ihr gelungen war, ihren kleinen Bruder aus dem See zu retten, ihn in die Hütte zu bringen, zu versorgen, zu wärmen, ihn mit der Kraft der Tannennadeln zu stärken, mit der Energie einer toten Amsel, nachdem sie also mit ihren zwölf Mädchenjahren gleich einer Mutter das Überleben dieses Fünfjährigen gewährleistet hatte, hatte der von ihr Gerettete nun nichts anderes zu tun, als hinüber zu seinem terminbeladenen Vater zu laufen und sich wegen einer blöden Schneeballgeschichte auszuheulen.

Verdammt ungerecht!

Nun, Miriam war eine Intellektuelle. Die meisten sind das nämlich von Anfang an oder gar nie. Philosophie ist mitnichten eine Frage des Alters. Um über Sinn, Zweck und Ende der Welt zu brüten, muß man nicht in einer Universität hocken. Es genügt, in der Welt zu hocken, die um diese Universität herum besteht. Es genügt, den Umstand eigenen Geborenseins zu bedenken.

Richtig, auch und gerade Elias fragte oft: *Warum? Wieso? Weshalb?*

Aber das war nicht Philosophie, sondern Neugierde. Beziehungsweise ein nervtötender Reflex, geschaffen, um den körperlich überlegenen Eltern Paroli bieten zu können. Philosophie hingegen ...

Nein, Miriam hatte längst begriffen, wie sehr Ungerechtigkeit nicht nur einfach zum Leben gehörte, sondern eine »tragende Säule« darstellte. Ohne die Ungerechtigkeit wäre die Welt unsinnig gewesen. Die Welt war in sich eine Prüfung. Es kam wohl darauf an, wie man mit alldem umging. Die unaufhebbare Ungerechtigkeit in Würde zu ertragen, als Täter wie als Opfer. Auch der Böse konnte nämlich erhaben sein. Und der Gute ein blöder Hund.

Freilich schien es wünschenswert, gut *und* gescheit zu sein.

Die wahrscheinlich entscheidende Tat Miriams in den letzten Tagen hatte weder darin bestanden, einen Ofen in Betrieb gesetzt noch Nahrung herbeigeschafft, sondern ihrem Bruder eine Geschichte erzählt zu haben. Möglicherweise war es genau dieser Geschichte zu verdanken, daß Elias am Leben geblieben war. Weil es einfach so ist, daß man nicht sterben kann, wenn man wissen will, wie es weitergeht. Und wie es ausgeht.

Jetzt war Elias wieder gesund, und es zählten andere Dinge. Dinge wie der Schneeball, der so vollkommen ungünstig und schmerzhaft in seiner Gesichtsmitte gelandet war.

Der Vater trocknete dem Sohn das Gesicht. Als sich dieser endlich beruhigt hatte, stellte er ihn wieder auf der Erde ab.

Währenddessen war eine alte Frau aus dem Geländewagen gestiegen, hatte ihre beiden Urenkel kurz begrüßt und war dann zu Miriam gegangen.

Merkwürdigerweise war der Anblick dieser alten, dieser wirklich alten Frau für Miriam der endgültige Beweis, sich in der Welt der Lebenden zu befinden. Weit mehr als die Gegenwart ihres Vaters, dessen Berührungen ihr seit seinem Wegzug von zu Hause so seelenlos erschienen waren. Dieser Mann konnte gut und gern auch eine Illusion sein.

Nicht aber Ninas und Odos Oma, beziehungsweise Uroma, die jetzt Miriam behutsam am Arm faßte und sagte: »Du bist Miriam, nicht wahr? Nina hat mir von dir erzählt. Und von deiner Mutter.«

Miriam sprach es ganz rasch aus, ohne den geringsten Bruch in ihrer Stimme: »Meine Mutter ist tot.«

Die Frau nickte. »Ich weiß. Sie wurde gestern nachmittag gefunden. Man hat die Autospuren entdeckt. Und sehr gefürchtet, ihr könntet ebenfalls im Wagen gewesen sein.«

»Wir waren auch im Wagen«, erklärte Miriam. »Aber wir haben uns gerettet.«

Das »wir« war in diesem Fall gänzlich unpassend, aber das war jetzt unwichtig.

Die greise Architektin stellte die entscheidende Frage: »Weiß dein Bruder, daß seine Mutter tot ist?«

Miriam schüttelte verneinend den Kopf.

Die alte Frau wandte sich um und gab Miriams Vater ein Zeichen. Er schien augenblicklich zu verstehen.

»So, wir gehen jetzt rein«, sagte die Frau, »und machen uns einen Tee.«

»Mein Gott«, dachte Miriam, die ja durchaus die Parallelen dieser Geschichte zu einem bestimmten

Märchen erkannte hatte, »das also ist die Hexe. Eine liebe Frau, die Tee kocht.«

Klar, es gab auch gefährlichen Tee. Aber Miriam glaubte kaum, daß diese Architektin und Uroma Krähenfüße, Froschherzen oder den Geist martialischer Computerprogramme in die Teebrühe mischte.

Im übrigen hatte sie etwas von Professor Grote an sich, obgleich weder maskulin noch Teilchenphysikerin, zudem wesentlich älter. Aber es war wohl ihre Art zu schauen. Grotes Art: die Wehmut derer, die fortgesetzt auf der Erde wandelten, während so viele ihrer Lieben bereits verstorben waren.

Denn auch diese Frau hatte eine Menge Menschen verloren. Aber sie hatte ihre Urenkel, so wie Grote seine Spinks hatte.

Man begab sich ins Haus und stellte Wasser für den Tee auf. Als er fertig auf dem Tisch stand, holte Miriam ein paar verbliebene Tannennadeln aus ihrer Tasche und tat sie in Elias' und ihre Tasse. Niemand erkundigte sich nach Bedeutung und Zweck. Es war eindeutig, wie konsequent Miriam hier einen Weg zu Ende ging. Nach einiger Zeit fischte sie mit dem Löffel die spitzen Blätter heraus und sagte zu Elias: »Trink!«

Später kamen Polizisten, und es kam ein Arzt, der Elias und Miriam untersuchte. Der Arzt war zufrieden, er sprach von einem »Wunder«. Freilich stehe noch ein Besuch im Krankenhaus an, um ganz sicherzugehen. Aber Miriam wies bloß eine leicht erhöhte Temperatur als Resultat der Anstrengungen auf und Elias eine Verkühlung von der Art, wie sie in seinem Alter nicht zu den Schrecken zählte. Gleichwohl verbot der Arzt für den Tag weitere Schneeballschlachten und verabreichte ihnen etwas zur Stärkung. Ob das sinnvoll war oder nicht, sie schluckten es. Miriam dachte sich: »Hauptsache fleischlos.«

Die Polizisten wiederum hielten sich vorerst im Hintergrund, vielleicht aus Rücksicht gegenüber den Kindern, vielleicht aus Rücksicht auf den Vater der Kinder.

Selbiger winkte Miriam freundlich zu sich, und die beiden wechselten in einen Nebenraum, wo sie einander gegenüber in zwei Lederstühlen Platz nahmen.

Der Vater begann: »Du hast das ganz großartig gelöst, Miriam.«

Die Tochter erwiderte: »Wie kannst du das wissen? Vielleicht habe ich Mist gebaut.«

»Hör auf, Miriam, ohne dich hätte Elias das nicht überlebt. Den See nicht und den Wald nicht.«

»Stimmt«, dachte Miriam. Und dachte weiter: »Und du hättest keinen Sohn mehr, der auch mal Richter wird.«

Aber das war nicht fair, denn Miriams Vater betonte gerne, wie sehr Frauen sich gleichfalls für solche Ämter eigneten und sie ja sinnvollerweise ebenso innehatten. Den Frauen liege alles Juristische im Blut.

Es war Miriam, die das völlig anders sah, weil sie argumentierte, daß wenn die meisten Verbrechen, vor allem die meisten schlimmen Verbrechen, von Männern begangen wurden, es eigentlich nur logisch sei, wenn auch Männer es waren, die die Arbeit hatten, Strafen auszusprechen. – Wer den Dreck machte, sollte den Dreck auch wegräumen.

Hingegen hielt sie das Argument ihres Vaters, wie sehr eine Verbesserung der Welt durch die Einmischung der Frauen möglich sei –, ein Argument, das übrigens ihre Mutter gleichermaßen vertreten hatte – für Schwachsinn. Sich in die Männerwelt einzumischen, erschien Miriam als dasselbe, wie ein vergiftetes Getränk trinken, und zwar in der Hoffnung, die Giftigkeit würde sich verflüchtigen, wenn nur ein guter Mensch es war, der hier trank.

Nein, Miriam hielt es für den klügeren Weg, sich aus der Welt, die sie die »politische« nannte, herauszuhalten, so weit das eben ging. Das brauchte keinesfalls zu bedeuten, zum Sklaven zu werden und die Essenswünsche und sonstigen Ansprüche eines launischen Oberhaupts zu befriedigen.

Miriam verspürte jetzt ein großes Bedürfnis danach, zu stricken. Aber Stricken kam später, erst mußte sie mit Vater sprechen. Sie sagte: »Ich habe Mama gesehen.«

Er verstand nicht. Stockte, schluckte, stotterte. »Du meinst ... im Auto ... wie sie im See unterging.«

»Nein, danach. Gestern in der Nacht.«

»Im Traum.«

»Nein«, sagte sie und zog das Zebra aus ihrer Tasche. »Sie hat mir das Bein von dem Zebra gebracht. Du weißt doch, das Bein, das ich verloren hab, als ich klein war.«

»Äh ...? Also, Miriam ...«

»Du erinnerst dich doch, oder? Wie es abgebrochen ist?«

Das tat er. Miriam hatte deswegen ein großes Gezeter gemacht und nicht zuletzt den Vater gezwungen, ihr bei der Suche nach der verlorenen Gliedmaße zu helfen. Aber das war *eine* Sache, eine *andere* war, daß der Vater hier und jetzt ein intaktes Plastikzebra vergegenwärtigte. Das sagte er auch: »Mein Schatz, das ist einfach ein neues Zebra.«

»Ist es nicht. Schau her, da ist die Klebestelle.«

Sie reichte ihm das Gebilde. Er nahm es, betrachtete es eingehend. Meinte dann: »Also gut, da ist eine Klebestelle. Das kommt vor, daß es auch geflicktes Spielzeug gibt. Sowas wirst du in jedem Kinderzimmer finden.«

»Es ist aber nicht von hier, es ist das Zebra von damals«, erklärte Miriam. Eine Verzweiflung war in ihrer Stimme. Auch die Verzweiflung darüber, überhaupt damit angefangen zu haben. Sie konnte nicht wirklich erwarten, daß der Vater ihr glaubte. Sie sah doch, wie hilflos auch er war. Er hatte gehofft, sich ganz auf seine kleine kluge Tochter verlassen zu können, und mußte nun feststellen, daß sie nicht ohne Schrammen davongekommen war. Schrammen des Verstands. Keine Frage, der Schmerz über den Tod der Mutter mußte sie zur Flucht ins Phantastische getrieben haben. Hinein in eine obskure Zebrageschichte.

Miriam wiederum wußte, wie sehr Erwachsene, auch wenn sie Christen waren und an jemanden glaubten, der von den Toten auferstanden war, sich vor Geistern fürchteten. Und zwar derart fürchteten, daß sie sie verleugneten. Geister wurden als Spukgestalten diffamiert und schienen allein für Schriftsteller tolerabel, und für Leute, die Kinofilme machten. Na, und für Kinder, die sich alles mögliche einbilden durften.

Wenn sie kleine Kinder waren. Miriam war kein kleines Kind.

Der Vater sagte jetzt: »Komm her, Miriam. Komm her, mein Mädchen.«

»Ich weiß nicht, Papa ...«

»Du gibst mir die Schuld, daß die Mama sich das angetan hat. Und daß sie euch da mit reingezogen hat.«

»Beim ersten ja, beim zweiten nein.«

»Du irrst dich, wenn du meinst, die Mama hätte wieder glücklich werden können, wäre ich zu ihr zurückgekehrt. Das Unglücklichsein war ihre Krankheit. Eine unheilbare.«

»Ach so, und wenn ich also morgen krank werde, dann wirst du mich alleinlassen. Um dich nicht anzustecken, oder was?«

»Ich hätte Mama nicht helfen können.«

»Soll ich glauben«, fragte Miriam, den Druck der Tränen spürend, die jetzt nicht die Trauer, sondern die Wut ins Freie beförderten, »du bist von Mama und uns weggegangen, weil wir ein hoffnungsloser Fall waren.«

»*Euch* hab ich nicht ...«

Sie unterbrach ihn: »Das hat also gar nichts zu tun mit der Frau, mit der du jetzt zusammen bist? Onkel Robert hat mir erzählt, sie ist ein Fotomodell, und man kann sie in Zeitungen sehen.«

»Also, Miriam, ich bin nicht zu Tanja gezogen, weil sie aus irgendwelchen Journalen herauslacht oder hin und wieder im Fernsehen herumtanzt. Das ist mir eher unangenehm.«

»Und daß sie so jung ist, ist dir das auch unangenehm?«

»Och Gottchen, das hast du von Mama. Oder von Onkel Robert.«

»Ist doch egal, von wem man was hat, wenn's richtig ist.«

Juristisch war das korrekt, sonst hätte es keine Kronzeugenregelung gegeben. Denn egal, ob Onkel Robert soff oder nicht, er ...

Der Vater schloß einen Moment seine Lider, als steckten auf der Rückseite der Augenfalten Schummelzettel, auf denen eine gute Replik geschrieben stand. Dann machte er die Augen auf und meinte: »Sag ehrlich, Miriam, denkst du denn, die Mama hätte es besser ertragen, wenn Tanja doppelt so alt wäre, wie sie ist? Und du? Würdest du Tanja als Stiefmutter haben wollen, wäre sie schon vierzig?«

»Jetzt verdrehst du alles, Papa. Du verdrehst immer alles, wenn es brenzlig wird. Ich wollte niemals eine neue Mama, egal wie alt. Das mit dem Alter ist dein Ding, comprende?«

»Darauf kommt es nicht allein an, wie alt jemand ist«, erklärte der Vater.

»Dann könnte deine Tanja also auch gerne siebzig sein. Versteh ich das richtig?«

»Hör zu, Schatz«, sagte der Vater, »jung ist jeder

mal. Entscheidend ist, wie jemand sich verhält, wenn er älter wird. Ob er komisch wird, komisch und ungemütlich und verbittert.«

»Wieso? Sind die Jungen nicht komisch und ungemütlich und verbittert. Ich schau mir manchmal diese Sendung im Fernsehen über die Fotomodelle an. Also, ich finde, diese Bohnenstangen sind total komisch und ungemütlich. Das sind echte Zicken. Das kann nur besser werden, wenn die einmal alt sind. Ich glaube, manche Menschen müssen erst ein bißchen einen Bauch kriegen und ein wenig Fett an den Beinchen, damit sie wieder normal werden.«

Ihr Vater wandte ein: »Es gibt auch viele dumme dicke Menschen.«

»Na, vielleicht wird deine Tanja ja schwanger und wirft ein Mädchen, das schlanker ist als ich. Dann hast du endlich eine dünne Tochter.«

»Mein Gott, Schatz …!« rief der Vater aus.

Er hatte das Zebra auf einem seitlichen Tischchen abgestellt und war aufgesprungen, seinen langen Körper gleich einem hölzernen Metermaß ausstreckend und mit zwei Schritten zu Miriam eilend. Er beugte sich hinunter, setzte sein linkes Knie auf den Teppichboden auf und griff nach den beiden Händen seiner Tochter, die er wie ein rundes Stück Teig knetete und rieb und wärmte, als wollte er nicht nur eine Semmel formen, sondern sie auch gleich backen. Sein eigenes Ding backen.

»Mein Gott, Kind«, wiederholte er, »wie kommst du auf so einen Unsinn? Ich brauch kein anderes Mädchen, ich brauch keins und will keins. Gleich, was geschieht, du wirst immer die erste und Wichtigste für mich sein.«

Miriam grinste verächtlich. »Ich bin sicher, genau so was hast du auch einmal zu Mama gesagt. Zumindest, als ihr geheiratet habt.«

»Die Liebe zwischen Erwachsenen kann vergehen, die zu einem Kind nie.«

»Und wenn das Kind erwachsen wird?«

»Nicht für einen Vater. Du bleibst immer mein Herzstück.«

»Auch wenn ich hundert bin?«

Anstatt darauf zu verweisen, daß er, der Vater, dann schwerlich noch auf der Welt sein würde, sagte er: »Ewig.« Er fand dies zwar ziemlich pathetisch, wäre jetzt aber bereit gewesen, einen Dämon zu erwürgen, um der Tochter seine Liebe zu beweisen. – Stimmt schon, Miriam war zuletzt ein wenig pummelig geworden, als hätte der Babyspeck, der ihr als Sechsjährige abhanden gekommen war, sich Jahre später zurückgemeldet, um erneut seinen Einfluß geltend zu machen. Doch Miriams gewisse Fülle war nicht unhübsch, sie war nicht etwa schwabbelig oder gar unförmig. Sondern voll. Und immerhin hätte er seine Tochter auch dann geliebt, wäre sie ...

War das wirklich so? Konnte man ein Kind weiterlieben, das sich in eine Kröte verwandelt hatte? Dem der Speck herunterhing. Welches sich zusehends – gewissermaßen Schokolade um Schokolade – zur optischen Katastrophe ausweitete, immer mehr.

Klar, war man selbst fett, war das nicht so schlimm. Fette Eltern konnten auch ihre fetten Kinder lieben. Aber es war doch etwas anderes, wenn man schlank und sportlich daherkam und nun zusehen mußte, wie der eigene Sprößling sich aufblähte? Wie er anquoll. Wie die Arme und Beine zu Würsten mutierten und das Augenpaar sich unter dem Druck drängenden Fleisches in Schlitze verwandelte. Wie dieses Kind, welches einst einen Anblick geboten hatte, in dem man sich selbst wie in einem Jungbrunnen hatte spiegeln können, wie es sich nun in ein Geschöpf verwandelte, das am ehesten an einen Sumoringer erinnerte.

Meine Güte, dachte sich der Vater, was sind das für Gedanken?! Jedenfalls keine, die er zu denken brauchte. Weil ja Miriam so überhaupt nicht an einen gezopften Dickwanst erinnerte. Sie war kein Monstrum, sondern klug und hübsch, und es war nun wirklich leicht, sie gern zu haben. Ihre Mutter hingegen ... Vielleicht waren es die Medikamente gewesen. Nein, auch sie war nicht richtig fett geworden, sondern bloß schlaff. Ein wenig schwammig, obgleich sie so gut wie nichts gegessen hatte. Tanja hingegen aß unentwegt. Na ja, die war ja fast noch im Wachsen begriffen. Wie auch immer, Wein und Tabletten ergaben eine schlechte Mischung. Da half dann auch das diätische Nikotin nicht mehr, die Figur zu halten. Außerdem ...

Diese Frau, Miriams Mutter, so dachte jetzt der Vater, hatte es immer schon darauf angelegt gehabt, sich zugrunde zu richten. Es war ihre destruktive Natur gewesen. Ihre Unzufriedenheit mit sich. Dieser Anspruch, entweder die Beste oder tot zu sein. Nun, sie hatte sich entschieden. Wobei es so vollkommen typisch war, daß sie versucht hatte, die Kinder in den Tod mitzunehmen, *ihre* Kinder, wie man ein wertvolles Gemälde lieber verbrennt, als es der Verwandtschaft zu hinterlassen.

Es war unrichtig, wenn Miriam meinte, es hätte eine anderes, ein besseres Ende oder eben überhaupt kein Ende gegeben, hätte er diese Ehe aufrechterhalten. Nein, damit lag sie falsch. Es ging hier nicht um Jugend und Schlankheit. Zumindest nicht in erster Linie.

Dachte der Vater, der noch immer die Hände seiner Tochter hielt, Hände, die langsam knusprig wurden. Und sagte: »Mama war krank.«

»Du wiederholst dich«, merkte Miriam an und entzog ihm seine Hände, weil ja nach dem Knusprigwerden rasch das Verbrennen folgte. Wobei ihre Stimme nun nicht höhnisch klang, sondern müde und traurig. Erneut dachte sie an das Wort, das auch im Zusammenhang mit den Spinks gefallen war: Verdrängung. Ihr Vater verdrängte. Beziehungsweise legte er sich die Welt so zurecht, wie es ihm behagte. Sie konnte sich gut vorstellen, wie er seine Urteile fällte, auf die gleiche Weise »schuldig« sagte, wie er jetzt »krank« sagte. Zugleich aber verlangte er von ihr, der Tochter, die Absolution. So wie er da kniete und ihre Hand hielt und sie um Vergebung bat. Wofür eigentlich? Für die sogenannte Krankheit der Mutter? Oder dafür, diese Weihnachten leider, leider mit Tanja in der Karibik zu verbringen?

Nun gut, er würde die Karibik dieses Jahr wahrscheinlich absagen. Absagen müssen. Angesichts der besonderen Umstände.

Miriam betrachtete den Vater, der da noch immer kniete, jetzt aber nicht wußte, was er mit seinen langen Armen machen sollte.

»Du schaust aus, Papa, als wolltest du zu einem Hundert-Meter-Lauf starten.«

Er erhob sich nicht gleich, sondern neigte den Kopf zur Seite, wobei sein Blick wieder auf das Zebra fiel. Miriam erkannte jetzt deutlich, wie sich sein Adamsapfel bewegte. – Warum denn eigentlich »Adam«? Sie würde nachher im Internet nachsehen, dann, wenn sich alles beruhigt hatte. Jetzt aber beobachtete sie das Vor- und Zurückgleiten dieses aus dem Hals stehenden Knödels. Sie merkte, wie ihr Vater schluckte. Klaro, die Sache mit dem Zebra verstörte ihn. Wäre Miriam kleiner gewesen, so klein wie Elias, kein Problem, doch wenn eine Zwölfjährige von wundersam geheilten Plastiktieren erzählte, läuteten die Alarmglocken der Erwachsenen. Glocken der Aufklärung.

Miriam sagte: »Vergiß es, Papa.« In ihrer Stimme war jene Kälte, mit der sie später auch Männer, die nicht ihr Vater waren, in die Schranken weisen würde.

»Was denn?«

»Du brauchst keine Angst zu haben, daß du mein Zebra füttern mußt.«

»Bitte? Das versteh ich jetzt nicht.«

»Na, wie bei den Haustieren. Erwachsene fürchten ja immer, wenn ihre Kinder ein Haustier kriegen, daß sie selbst, die Eltern, es später versorgen müssen.«

295

»Also ehrlich, Miriam, das kommt auch ab und zu vor, oder? Damals bei deinem Collie war es doch genauso, da haben dann deine Mutter und ich ständig rausmüssen mit dem Hund.«

»Erstens war es meistens die Mama, und zweitens … ja zweitens hab ich doch grad gesagt: Keine Sorge, um das Zebra kümmer ich mich selbst.«

Der Vater wußte nicht so recht, wie er das verstehen sollte. Ihm war unwohl zumute. Die ganze Situation stellte eine Katastrophe dar. Natürlich war er überglücklich, seine Kinder am Leben zu sehen, aber er würde nun mal aus vielen guten oder auch nicht guten Gründen kaum in der Lage sein, deren Pflege und Erziehung zu übernehmen. Ganz abgesehen von der Behandlung der traumatischen Folgen.

Die Frau, mit der er zusammenlebte und die er demnächst heiraten wollte (jetzt aber, ohne sich zuvor aufwendig scheiden lassen und die Spielregeln der katholischen Kirche mißachten zu müssen), nun, diese Frau war weder geeignet noch willens, eine Mutterrolle zu übernehmen. Sie war ohnehin kaum zu Hause, sondern fuhr in der Weltgeschichte herum. Es war gar nicht so einfach, ihr zu begegnen. Mitunter mußte er rüber nach Paris, um sie zu treffen. Tanja war gerade groß im Geschäft. Dabei wäre ihm weitaus lieber gewesen, sie hätte sich als kleine Sekretärin verdingt und ihre Abende zu Hause verbracht. Weihnachten in der Karibik! Was für ein Aufwand! Dumme Hitze! Gut, wenigstens das konnte er sich jetzt sparen. Für Weihnachten war Trauer angesagt.

Was aber danach?

Miriam war klar, daß ihr Vater ihr keine Hilfe sein konnte. Daß er es schwer genug hatte, sich selbst zu helfen. Eines freilich würde ihm nicht erspart bleiben: Elias die Wahrheit beizubringen. Wahrscheinlich nicht ohne den Himmel ins Spiel zu bringen. Er, der Vater, war noch immer in der Kirche, zahlte noch immer Kirchensteuer. Da war es nur recht und billig, sich in der Not der höheren Sphären zu bedienen.

Miriam bat ihren Vater bloß um eines: »Wenn du Elias alles erklärst, sag bitte nicht, daß Mama von Anfang an tot war. Daß sie mit dem Auto untergegangen ist und ich es gesehen hab. Er soll nicht wissen, daß ich gelogen habe.«

»Du hast nicht gelogen, Miriam.«

»Sondern, Herr Richter?« Sie mußte lächeln. Es tat ihr gut, auf diese Weise mit dem Vater zu sprechen.

Er sagte: »Du hast nicht gelogen, sondern die Wahrheit für einen günstigeren Moment aufgespart. Das war gut und richtig so, das einzig Sinnvolle in diesem Moment. Du bist eine tapfere kleine Person.«

Das mochte eine dumme Phrase sein, aber sie gefiel Miriam dennoch. Sie stand auf und fiel ihrem Vater in die Arme. Die Tränen kamen. Sie kamen lange und dicht und heftig, wie in der Nacht zuvor, als sie in der Ecke des Arbeitszimmers gekniet hatte. Aber jetzt war es ihr Vater, den sie beweinte und der ganz naß von Miriams Tränen wurde.

Als sie damit zu Ende war, drückte sie ihr Gesicht in sein Jackett, ließ es dort ein wenig trocknen, löste sich wieder und sagte: »Danke!«

»Wofür?«

»Ich habe das nicht zu dir gesagt.«

Sie ließ ihn verwundert zurück, trat aus dem Zimmer und wechselte hinüber zu den Polizisten, die sich wahrhaft geduldig gezeigt hatten, aber auch nicht ewig warten konnten. Noch fehlte eine eindeutige Klärung, ob nicht etwa ein Verbrechen vorlag. Ein anderes als das, welches die Mutter begangen hatte, indem sie versuchte hatte, ihre Kinder mit in den Tod zu nehmen. Woran schließlich kein Zweifel bestand. Wäre Miriam jetzt auf die Idee gekommen, einen simplen Unfall zu behaupten, man hätte ihr das Märchen nicht abgenommen. Also berichtete sie vom Überleben im Walde, von der Hütte, vom Ofen, von den Pilzen, ließ aber die Amsel, die Ameisen und die heiligen Erdbeeren unerwähnt.

Die Polizisten hörten zu, ohne jedoch an diesen Details interessiert zu sein. Sie hielten Miriam wohl für eine kleine Pfadfinderin und ihr Geschicktsein in freier Natur für nicht weiter aufregend. Wichtig schien den Beamten nur, herauszufinden, ob eine vierte Person im Wagen gewesen war.

Miriam machte große Augen und fragte: »Wie kommen Sie denn auf sowas?«

Die Beamten wollten nicht gleich damit herausrücken. Doch Miriam war lästig.

Also offenbarte der eine Polizist: »Wir haben im See ein Handy gefunden, das nicht deiner Mutter gehört hat.«

»Könnte doch meines sein, oder?« meinte Miriam.

»Wir wissen, daß du keines hattest. Hat uns dein Vater erzählt.«

»Sie denken wirklich, mein Vater war oft genug zu Hause, um sowas genau sagen zu können?«

Die Beamten schauten sich fragend an.

Doch Miriam kam ihnen zu Hilfe und erklärte, in der Tat über kein Handy zu verfügen. Sie hätte letztes Jahr eines besessen, es aber aus lauter Wut über die ständigen Anrufe einer Klassenkameradin weggeworfen und sich auch kein neues mehr zugelegt. »Mama meinte immer, Handys verderben die Menschen.«

»Na, deine Mutter hatte aber eins.«

»Sie hatte vieles, was sie schlecht gefunden hat. So sind die Erwachsenen, oder?«

Die Beamten verzogen ihre Mienen, als sei Miriam eine lebende Sitzblockade. Sie waren hier nicht im Ethikunterricht, sondern führten eine Ermittlung. Also zeigten sie der kleinen Zeugin jetzt ein Foto, auf dem ein Mobiltelefon zu sehen war, und fragten sie, ob sich ein solches im Auto befunden habe. Vielleicht ein Zweithandy ihrer Mutter. Oder das eines Fremden.

»Nein«, sagte Miriam. »Da war niemand anders im Auto und auch kein anderes Handy. Ich hab so eins noch nie gesehen. Glauben Sie mir.«

»Du hast grad versucht, uns hereinzulegen, und jetzt sollen wir dir glauben.«

»Hereingelegt? Mannomann, Hereinlegen geht anders.«

Stimmt. Die Beamten gaben sich zufrieden. Ohnehin war ihnen die Beherrschtheit des Kindes unbehaglich.

Später sollte sich herausstellen, daß das am Teich-
grund entdeckte Handy von einem Mann stammte, der
einst in der Hütte gelebt hatte. Einem Einsiedler, der
unerlaubterweise die Baracke des früheren Grubenbe-
treibers bewohnt hatte und Monate zuvor in ein Pfle-
geheim umgesiedelt worden war. Woher auch immer
das Mobiltelefon ursprünglich stammte, auch er hatte
es weggeworfen, hatte es im nahen Baggersee entsorgt.
Vielleicht war er in ähnlicher Weise wie Miriam von
einem alten Klassenkameraden genervt worden. Jedenfalls hatten die Taucher der Polizei das Ding gefunden,
wodurch für einen kurzen Moment der Verdacht entstanden war, jemand vierter sei im Wagen gewesen.

Kurz nach Weihnachten besuchte Miriam den alten
Mann in seinem Heim und brachte ihm den Regenmantel zurück, der ihr und ihrem Bruder in einer Winternacht als Schutz gedient hatte. Im Grunde hätte sie ihm
die ganze Hütte, den Ofen, die restlichen Päckchen
von Salz und Zucker, das Bett und die Decken aushändigen mögen, wenn schon nicht die Sexheftchen, die
sie als Brennmaterial und einmal auch als Toilettenpa-
pier verwendet hatte, aber die Decken waren irgendwie
verschwunden und allein der Mantel geblieben, den sie
nun seinem Besitzer zurückerstattete.

Eine dumme Idee, fanden alle. Aber Miriam war ja
gerade Halbwaise geworden und verfügte über ein ge-
wisses Recht an »dummen Ideen«.

Sie hatte einen verwirrten alten Mann erwartet, weil
man ihr einen verwirrten alten Mann angekündigt
hatte. Zwar wirkte er recht verwildert mit den langen

Haaren und dem Bart, der viel dunkler war als sein
weißer dichter Schopf, aber er schien in keiner Weise
verblödet. Seine Augen verfügten über einen wachen
Blick, und seine Stimme erinnerte an eine präzise an-
geschlagene Klaviatur. Wozu durchaus das Weiß und
Schwarz seiner Zähne paßte. Nicht aber die Hände,
die zu groß waren, um gewandt über schmale Tasten
zu segeln. Er bedankte sich herzlich bei Miriam für
den Mantel und erklärte wirklich, ihn vermißt zu haben. Er gehe gerne ins Freie, doch hier im Heim gebe
es nur Schirme, keine Regenmäntel. Weil sich ohnehin niemand nach draußen wage. Er sagte: »Die Leute
haben richtig Angst vor der Natur, vom Direktor bis
zur Krankenschwester. Diese Wahnsinnigen haben die
Bäume vor den Fenstern der Verwaltung gefällt. Angeblich wegen dem Licht. Aber ehrlich, Kleines, das
war eher die Art, wie man mit einem Feind verfährt.
Kopf ab! Sicher ist sicher. Die Natur verdrängen. Wie
man Drachen verdrängt.«

»Drachen?« Miriam riß die Augen auf.

Er lächelte stumm. Eine junge, bildschöne Krankenschwester erschien, beugte sich zu dem Greis hinunter
und erklärte in einem Tonfall, der nun in der Tat ver-
trottelt klang: »Na, jetzt haben wir aber genug geplau-
dert. Zeit für die Badewanne.«

Der alte Mann brummte aufständisch.

»Keine Widerrede«, erklärte die hübsche Bestie, griff
ihm unter die Achsel und half ihm, sich zu erheben. In
seinem freien Arm hielt er eisern den zusammengefal-
teten Regenmantel.

Der Alte zwinkerte Miriam zu, dann wandte er sich um und verließ im Schlepptau seiner Begleiterin den Raum.

Miriam hörte noch, wie er sagte: »Na, Schwester, wollen wir beim nächsten Regen einen gemeinsamen Spaziergang machen. Ich bin jetzt ausgerüstet.«

Die Stimme der Krankenpflegerin vertiefte sich zum Geräusch einer Nagelfeile »Das hätten Sie gern, was, Herr Frankenstein! Und dann müssen wir Sie wieder drei Tage suchen.«

Frankenstein?!

Nun, erstens konnte man sich verhören, und zweitens war es ein Name, der hin und wieder vorkam. Hatte sie, Miriam, es nicht genau so Elias erklärt: ein normaler Name, den auch Menschen trugen, die weder Wissenschaftler noch verrückt waren. Noch Monster schufen. Noch in den Erzählungen kleiner Mädchen eine Rolle spielten.

Doch am Abend sagte Miriam zu ihrem Bruder: »Ich bin heute Frankenstein begegnet.«

»Welchem Frankenstein?« fragte Elias im Ton der Gleichgültigkeit.

»Dem Mann, der in der Hütte gelebt hat.«

»Wie?«

»Schau, bevor wir da hinkamen, hat dort jemand gewohnt. Hat dort auf dem Bett geschlafen, den Ofen benutzt, die Decken.«

»Na und?«

»Er heißt Frankenstein. Das ist sein Name. Sag nicht, dir fällt nicht was auf?«

»Ach so. Du meinst, wie der Mann in deiner Geschichte. Aber du hast mir doch gesagt, daß viele Leute so heißen. Auch in Wirklichkeit.«

»Nicht *viele*, hab ich gesagt, sondern *einige*.«

Elias sah sie kritisch an. »Also, was jetzt? Ist das ein normaler Name, Miriam, oder nicht?«

»Vergiß es!«

Elias zuckte mit der Schulter und vertiefte sich wieder in seine Lektüre. Ein nagelneues Pokémonheft, das sein Vater ihm mitgebracht hatte. Zusammen mit einem Legobaukasten aus der Star-Wars-Serie und mehreren Schleich-Tieren, darunter freilich kein Zebra. Vater hätte einen Teufel getan, ein Zebra zu besorgen. Umso mehr, als Elias sich nie wieder nach dem ehemals dreibeinigen und jetzt wieder vierbeinigen Streifentier erkundigt und sein Treuebedürfnis ganz auf das Aquapet Tankwart übertragen hatte. Na, wenigstens für ein paar Wochen.

Hingegen war ihm der Tod der Mutter nie wirklich begreiflich geworden. Im Grunde hoffte er, daß sie demnächst bei der Tür hereinkam. Er bestand darauf — entgegen der zuletzt unmißverständlichen Darlegung des Vaters —, die Mutter habe sich verirrt und werde demnächst oder auch etwas später zurückkehren. Die Formulierung »oder auch etwas später« war wohl eine unbewußt eingeschobene Absicherung, denn Elias hielt diese Position viele Jahre aufrecht, vermied es, gleich wem gegenüber, davon zu sprechen, seine Mutter sei gestorben, sondern gebrauchte Vokabeln wie »weg« und »fort«. Im Erwachsenenalter modifizierte er seine

Haltung nur dahingehend, indem er äußerte, die Mutter habe die Umstände des Unfalls genutzt, sich aus ihrer unglücklichen Situation zu lösen und das Abenteuer eines freien Lebens aufzunehmen. Ihr Grab hielt er für leer. – Als der Germanist, der er wurde, erklärte er gerne: »Meine Mutter ist wie eine Figur aus einem Max-Frisch-Roman. Sie hat ihr Existenz gegen eine neue eingetauscht.«

»Wie selbstsüchtig!« kommentierten die Frauen, denen er im Laufe der Jahre über den Weg lief. Doch er verteidigte stets seine Mutter, zeigte Verständnis für das Bedürfnis, den bürgerlichen Fesseln zu entkommen und dafür auch die eigenen Kinder zu verlassen. Gleichzeitig hörte er nicht auf, ihre Rückkehr zu erwarten. Als er dann kurz nach seinem vierzigsten Geburtstag starb, meinten darum einige Leute, er habe zu warten aufgehört, um sich in Richtung auf seine Mutter zuzubewegen. Passenderweise ein Auto benutzend. Es blieb unklar, ob er die Herrschaft über seinen Wagen verloren oder absichtsvoll die Leitplanke durchbrochen hatte und in das Gewässer gestürzt war. Sollte es bloß ein dummer Zufall gewesen sein, na, dann aber ein *gewaltiger* dummer Zufall.

Während Miriam also ein Leben lang den Plan der Mutter, die Kinder in den Tod mitzunehmen, rechtfertigte, rechtfertigte ihr Bruder die Flucht dieser Frau in ein anderes Leben. Jeder auf seine Art verteidigte die Mutter gegen die moralische Empörung der Gesellschaft. Dennoch vermieden sie es, sich je darüber auszutauschen.

Daß der Vater es in der ersten Zeit nach den Ereignissen unternahm, seinen Sohn mit Spielzeug einzudecken, war so hilflos, wie es sinnvoll war. Elias wollte ja abgelenkt werden. Um eben die Zeit zu überbrücken, die es dauerte, bis seine Mutter zurückkehren würde. Somit war nur konsequent, daß der Vater, solange er lebte, seinem Sohn mit materieller Großzügigkeit begegnete. Manch einer fand, der Vater »mülle« den Sohn mit Geschenken zu. Doch weder wurde Elias ein Schnösel noch zeigte er sich undankbar, sondern meinte später, der Vater hätte genau das getan, »wofür er nun mal geschaffen ist«.

Bei Miriam freilich blieb dies ohne Wirkung. Sie erwies sich als unempfänglich für derartige Ablenkungen. Sie reagierte auf die Spendierhosen ihres Vaters mit einem abfälligen Bedauern. Ohne dabei viel Theater zu machen, ohne weltanschaulich zu werden und zurück auf die Bäume zu wollen, nicht als das Kind, das sie war, und nicht als die Erwachsene, die sie werden würde, aber sie schaute in solchen Momenten ihren Vater an, als betrachte sie eine Geschmacklosigkeit. Etwas, wie steinerne Löwen an der Hauseinfahrt. Oder weiße Socken zu dunklen Sandalen.

Miriam sollte insgesamt ein arroganter Mensch werden. Man muß aber sagen: zu Recht. Die Welt, wie sie ist, verdient Verachtung.

An dem Tag nun, da der Vater seine beiden Kinder lebend im Haus der greisen Architektin Stankowski angetroffen hatte, begab man sich zusammen mit den

Polizeibeamten in das nächstgelegene Krankenhaus, wo erneut die Unversehrtheit der Kinder diagnostiziert wurde. Elias' Verkühlung und Miriams Schnittwunde auf dem Handrücken erschienen als die einzigen körperlichen Überbleibsel der Strapazen. Nichts wies darauf hin, daß der kleine Elias an einem bestimmten Moment der letzten Tage auf der Kippe zum Tod gestanden hatte. Man mußte das auch nicht zur Sprache bringen. Miriam hatte wenig Lust, sich dem Vorwurf auszusetzen, auf kindhafte Weise etwas dramatisieren zu wollen. Dennoch wußte sie, daß es genau so gewesen war. Daß dieser kleine Körper für Stunden an einer Schwelle gestanden hatte.

Die Zuführung von Vitaminen und die Auffrischung von Miriams Tetanusimpfung geschahen, damit etwas geschah, nachdem nicht einmal ein Antibiotikum zum Einsatz gebracht werden mußte. Was sich freilich zwingend anbot, war eine psychologische Betreuung. Die dann aber in erster Linie dem verunsicherten Vater zuteil wurde. Immerhin hatte er noch ein schwieriges Gespräch mit Elias vor sich.

Miriam hingegen verweigerte sich dem Angebot der Psychologin. Sie reagierte mit einem »Nein«, das frei von Hysterie war. Dieses »Nein« besaß die Kraft einer Amsel, wenn man unter »Kraft« die Fähigkeit verstand, zu fliegen. Wegzufliegen.

Nachmittags fuhr man wieder ins Stankowski-Haus. Darauf hatte Miriam bestanden. Sie wollte jetzt nicht in die Stadt, nicht in die Wohnung, auch nicht zu den

Großeltern, schon gar nicht in Vaters »Tanjaapparte-
ment«, sondern nahe des Ortes bleiben, an dem sie
ihre Mutter verloren, aber auf eine gewisse Weise ihr
eigenes Leben gefunden hatte. Nicht, daß sie plante,
zurück zur Hütte zu kehren, aber doch zurück in den
Wald. Zusammen mit Nina und Odo. Und sie wollte
bei jener alten Frau sein, die genau in diesen Wald hinein ein so elegantes wie wuchtiges Haus gebaut hatte.

»Bleibt hier, solange ihr wollt«, erklärte Frau Stankowski.

Es versteht sich, daß der Vater andere Pläne hatte.
Doch er wagte nicht, sich Miriams Ansinnen entgegen-
zustellen. Zugleich fürchtete er, Miriam wolle versuchen, erneut mit ihrer Mutter – die, die angeblich ein
lange vermißtes Zebrabein im Schnee abgelegt hatte –
in Verbindung zu treten. Erneut den nächtlichen Wald
aufzusuchen, um …

Doch damit irrte er. Denn Miriam begriff, wie sehr
ein geheiltes Zebra genügen mußte. Daß der Sinn von
Wundern nicht darin bestand, sie ständig zu wiederholen, und daß die singuläre Genesung eines einzelnen
Tiers den Kontrapunkt zur massenhaften Produktion
vieler darstellte. Miriam wußte, daß die Mutter nicht
Nacht für Nacht in Gestalt einer tiefschwarzen Chif-
fongestalt erscheinen würde, um stets aufs neue Ver-
luste rückgängig zu machen. Sie sagte sich: »Wenn ich
das nächste Mal Mama begegne, dann werde ich selbst
tot sein.«

Der Vater erkannte also nicht, daß es allein die Nähe
des Waldes war, um die es Miriam jetzt ging. Und um

die Nähe zu der alten Frau, mit der Miriam bisher kaum noch ein Wort gesprochen hatte und ihr dennoch verfallen war. Wie man einer Gottheit verfallen ist. Dem Gesicht oben auf einem alten Stein. Einem Osterinselgesicht.

Wie praktisch, wenn die Gottheit ein guter Koch ist!

Denn das war die Oma Stankowksi fürwahr. Sie hatte, eingedenk der soeben zum Vegetarismus konvertierten Miriam, ein asiatisches Gericht auf den Tisch gezaubert, in dem sich neben allerlei gegartem Gemüse und diversen Pilzsorten auch Stücke von Reiskuchen befanden, die schmeckten wie der beste Kaugummi aller Zeiten. Hernach gab es eine Schokoladetorte, die zwar keinen Blinden sehend machte, aber den Sehenden zeigte, wie täuschend das Sichtbare und Augenscheinliche sein konnte. Denn der Anblick dieser Mehlspeise war ausgesprochen unförmig, grob und brüchig, zudem fehlte eine schmückende Glasur. Eher mutete das Ding wie ein Unglück an, ein Erdrutsch, ja erwies sich gewissermaßen als ein Zitat jener Naturerscheinung, die bewirkt hatte, daß in der Nacht zuvor die Straße gesperrt worden war und die Oma in der Stadt hatte bleiben müssen. – Der Geschmack der Torte hingegen ... nun, der Geschmack entpuppte sich als betörend. Vielleicht wie Elvis Presley geschmeckt hätte, wäre er ganz aus Schokolade gewesen. Möglicherweise hatte es aber auch etwas mit den Erdbeeren des Waldes zu tun, die sich als ganze Stücke darin fanden.

Häßlicher Anblick, famoser Geschmack! *Augen zu und durch* konnte auch etwas Gutes bedeuten.

(Später würde Miriam einmal sagen: »Sind wir doch ehrlich, müßte der Mensch sich zwischen dem Sex und dem Essen entscheiden – ich meine, wenn man sich vom Sex ernähren könnte –, unsere Entscheidung wäre doch eindeutig, oder? – Jeder wußte, daß sie ganz sicher nicht den Sex meinte.)

Nach dem Essen zogen sich die Jungs in Odos Zimmer zurück. Was auch immer sie dort taten, hin und wieder drangen unartikulierte Laute durch die geschlossene Türe: ein Tschuhi! und Pffffuh! und Peng! Dazwischen auch Töne, die von Tankwart stammten, der das außerplanetarische Geschieße und Gehaue musikalisch untermalte. Die Mädchen hingegen halfen der Oma beim Aufräumen, während der Vater einige Telefonate führte, die er eigentlich längst hätte führen müssen, aber auf Grund der Umstände des Tages auf den Abend hatte verschieben müssen.

Richtig, das war natürlich eine ungleiche, eine reaktionäre Situation: einerseits in den unendlichen Weiten des Weltraums engagierte Jungs sowie ein in organisatorische Fragen verwickelter Vater, während auf der anderen Seite die Uroma und die Mädchen die Küche aufräumten, den Dreck beseitigten, die Überreste versorgten, saubermachten, eine Ordnung schufen, eine, die ohne Managementplan gelang. Aber im Grunde waren die Frauen froh, wie doll die Männer beschäftigt waren, daß alle drei, die beiden Kleinen wie der eine Große, daß sie »spielten«. Nicht vergessen, Oma Stankowski hatte Häuser gebaut, nicht nur dieses eine hier.

Und nicht vergessen, auch der Vater konnte kochen, sehr gut sogar, er hatte nur selten Zeit dazu. Er war gewissermaßen ein Zeitreisender im Strudel ständiger Verspätungen. Ein ICEler des wirklichen Lebens.

»Ich glaube«, sagte Miriam, während sie der Oma Stankowksi einen gewaschenen und getrockneten Topf reichte, »ich würde gerne für immer hier leben.«

Die Oma lachte und sagte: »Ja, ob zwei oder vier Kinder, ist eigentlich einerlei. Aber schau, du hast ja deine eigenen Großeltern.«

»Aber keine Uroma.«

»Trotzdem kann ich mir nicht vorstellen, daß dein Papa das zuläßt.«

»Ach was. Der wäre froh, er könnte uns ins Internat stecken.«

»Ich war auch mal im Internat«, sagte die Greisin, deren Falten wie bei einem Strahlenkranz von der Gesichtsmitte nach außen liefen.

»Warum schicken Sie dann Nina und Odo nicht dorthin?«

»Stimmt, Miriam, die beiden sind lieber hier. Wegen dem Haus und wegen dem Wald.«

»Und wegen Ihnen. Das weiß ich.«

»Wegen meinem Schokoladekuchen«, behauptete die alte Frau. »Und weil ich es nicht so mit den Schulnoten habe. Aber kaum, weil ich zweiundneunzig bin.«

»Bei mir schon. Für mich ist das wichtig«, sagte Miriam. »Ich mag Ihr Alter. Und ich will wissen, wie es früher war. Vor den Nazis noch.«

»Meine Güte, Kind! Wie alt bist du?«

»Als Sie zwölf waren, wollten Sie da nicht auch wissen, wie es hundert Jahre vorher war?«

»He, mach mich nicht älter, junge Dame.«

»Ich mag dieses Haus.«

»Dein Vater hat mir gesagt, du hättest deine Mutter dort draußen gesehen. Deine tote Mutter.«

»Ach ja, das macht ihn panisch, den Papa. Er fürchtet, ich könnte verrückt werden. Oder bin's schon. Daß ich nur hierbleiben möchte, um jeden Tag mit Mama zu sprechen. Aber ich weiß, daß das nicht geht.«

»Du sagst also, du magst das Haus«, wiederholte die Architektin desselben.

»Ja. Ich habe das richtige gefunden.«

Die alte Frau stellte ein Glas in das dafür vorgesehene Fach, eine letzte Lücke füllend, eine letzte Bereinigung vornehmend, und meinte nun zustimmend: »Ja, das können die wenigsten Menschen behaupten.«

Miriam ging zum Fenster und schaute hinaus auf den Bach, dann hinüber zum Wald. Sie erwartete nicht, dort drüben eine Figur ganz aus Chiffon zu sehen, einen Mann mit Smokinggesicht, der in Wirklichkeit ihre Mutter war. Nein, eine Amsel hätte ihr schon gereicht. Oder ein Rehbock. Aber der Wald schien so leer, als würden die Spinks grad wieder mal ein Experiment über die Bühne gehen lassen.

Na, die sollen mal auf ihre Träume aufpassen!

Es taute. Regen hatte eingesetzt, der den Schnee wegwusch. Schlanke Tränen, vieltausendfach.

Auch wenn gerne davon gesprochen wird, wie verdreckt heutzutage der Regen ist und mitunter sauer genannt wird, als handle es sich um Kirschen oder Kutteln, kamen Miriam diese »verwandelten Tränen« so ungemein sauber vor. Sie beschloß, hinauszugehen, einen Becher in den Niederschlag zu halten und davon zu trinken.

Jetzt, wo sie schon mal mit Schnee ihren Durst gelöscht hatte, Schnee und Tannennadeltee, wollte sie es auch mit Regen probieren.

MONICA ALI

Die gläserne Frau

Roman

Nach einem fremdbestimmten Leben im Licht der Öffentlichkeit hat Lydia in Kensington, USA, endlich einen Ort der Ruhe gefunden. Ihre neuen Freundinnen ahnen nichts von ihrer Vergangenheit. Einzig ihr Liebhaber spürt, dass Lydia vieles vor ihm verbirgt, und wirbt umso mehr um sie. Doch Lydia will ihre neu gewonnene Freiheit – ein Leben jenseits des Rampenlichts – nicht aufs Spiel setzen. Wie soll sie ihm erklären, wie grausam es ist, der Spielball anderer zu sein und nicht für sich selbst bestimmen zu können? Wer sagt ihr, dass er begreift, wie groß ihre Einsamkeit war, so groß, dass sie sogar ihre Kinder verlassen hat? Und vor allem: Würde er schweigen? Als ein britischer Fotograf in der Kleinstadt auftaucht, sieht Lydia ihre neue Identität in Gefahr, denn er weiß alles über ihr altes Leben – und setzt alles daran, dies öffentlich zu machen.

»Ein spannendes Drama
um eine bewegende Suche nach Identität.«
FÜR SIE

DROEMER

FRIEDRICH ANI

Süden

Roman

Zurück in München, erhält Tabor Süden als Detektiv den Auftrag, nach dem Wirt Raimund Zacherl zu suchen. Der Fall ist genau das Richtige für den ehemals so erfolgreichen Ermittler: Ein Mann verlässt sein Durchschnittsleben, und jeder fragt sich, warum. Mit seinen besonderen Methoden findet Süden die Spur des Wirts und verfolgt sie bis nach Sylt – und schon längst hat er begriffen, dass niemand den Mann wirklich kannte.

Friedrich Ani erhielt für »Süden« den »Deutschen Krimipreis 2012 – national«.

»Einzigartig im deutschsprachigen Raum.
Wer Anis Geschichten liest, lernt anders denken.«
HAMBURGER ABENDBLATT

Knaur Taschenbuch Verlag

KATE ATKINSON

Das vergessene Kind

Roman

Tracy Waterhouse, ehemalige Polizistin und absolut gesetzestreue Bürgerin, kauft ein Kind. Niemand ist davon mehr überrascht als sie selbst. Zwar handelt es sich dabei eigentlich um eine Rettungsaktion, dennoch ist das Ganze keineswegs legal, und Tracy ist von Stund an auf der Flucht. Da kommt es ihr höchst ungelegen, dass ein gewisser Jackson Brodie, Privatdetektiv, sie unbedingt wegen eines dreißig Jahre alten Falls sprechen möchte ...

Kate Atkinson erhielt für »Das vergessene Kind« den »Deutschen Krimipreis 2012 – international«.

»Bis jetzt Atkinsons bestes Buch.
Genau genommen ist es eines der besten englischen
Bücher der letzten Jahre überhaupt.«
THE MIRROR

Knaur Taschenbuch Verlag